그녀의
집은
어디인가

그녀의 집은 어디인가

장은진 장편소설

자음과모음

차례

1

그녀는 가로등이 우는 시간에 태어났다고 했다.

그러니까 가로등이 우는 시간이 자신의 생일이라는 것이다. 가로등이 우는 시간은 구체적으로 몇 시를 가리키는 거냐고 심각하게 물었을 때, 그녀는 심각할 거 없다는 듯 살포시 웃기만 했다. 자시子時, 축시丑時도 아니고 가로등이 우는 시간이라니······.

나는 천장을 올려다보며 곰곰이 생각했다. 가로등이란 건 대체 언제 우는 걸까. 지나가는 사람 하나 없는 늦은 밤, 홀로 켜져 있을 때 울까. 아니면 많은 사람이 지나다니는 밝은 대낮, 불이 꺼져 있을 때 울까. 아니 그 전에, 가로등은 왜 우는 걸까. 늦은 밤이 쓸쓸하고 싸늘해서 우는 걸까. 날이 밝아지면 자신이 쓸모없다고 생각돼서 우는 걸까. 그나저나 세상에 그런 시간이 있기나 할까. 아마 그건 그녀가 알고 있는 어떤 시간에 대한 자기만의 표현 방식이거나 의식일 것이다. 분명한 건 '그 말' 때문에 내가 그녀에게 조금 관심을 기울이게 됐다는 점이다. 하지만 깊어지지 않게 조심하자며 속으로는 수십 번 다짐했다.

"그럼 넌 일 년 내내 생일인 거야?"

가로등이란 하루도 빠짐없이 꺼졌다 켜졌다 하는 것이니 매일 울 테고, 그런 논리라면 생일은 매일 찾아오는 것이 된다. 그러나 그녀는 내 물음에 딱 잘라 말했다.

"아니."

"아니면?"

나 또한 딱 잘라 물었다.

"내 생일은 하루 종일이 아니라 일 초야. 딱, 일 초."

"일 초?"

"가로등이 우는 시간 말이야."

도대체가 진전이라고는 없는 대화였다. 날 놀리고 있는 것 같기도 했다. 나중에는 좀 화가 나 한 대 때려 주고 싶다는 생각까지 했다. 그러나 그럴 수는 없었다. 여자나 때리는 한심한 놈이란 소리를 듣기 싫어서가 아니라, 그녀를 만지는 순간 죽을 것이기 때문이다. 그래서 난 죽기 싫어 그녀에게 피로 쌓인 격양된 목소리로 다시 물었다.

"그러니까 가로등이 질질 짠다는 그 시간이 구체적으로 몇 시를 가리키는 거냐고!"

그제야 그녀가 구체적으로 그 시간을 말해 줬다.

"가로등이…… 막 꺼지는 시간."

"……."

"가로등이 필요하기도 하고 필요하지 않기도 한, 어둡기도 하고 어둡지 않기도 한, 경계의 시간."

"……."

"그때, 내가 태어났어."

마지막 말을 할 때의 그녀는 누가 엿듣기라도 할까 봐 아주 작은 목소리로 말했다. 마치 지금껏 아무한테도 하지 않았던 비밀을 털어 놓는 것처럼 은밀하게. 작은 목소리로 말하니 진짜 비밀 얘기를 듣는 기분도 들었다. 그 말을 하고 난 그녀는 창밖으로 시선을 돌려 무언가를 지그시 쳐다봤다. 마침 작은 창으로 예의 바르게 고개 숙이고 서 있는 가로등이 보였다. 나 또한 태어나 처음으로 가로등이란 걸 유심히 쳐다봤다. 오랫동안 쳐다보니 가로등이 왜 다들 구부러진 모양을 하고 서 있는지 알 것도 같았다. 그건 어두운 밤길을 안녕히 지나가라고 사람들을 사려 깊게 지켜 주고 굽어보기 위해서였다. 그러니까 저 가로등이 운단 말이지.

그녀와 나는 한참을 말없이 가로등만 쳐다보고 있었다. 정지 화면을 보고 있는 것 같아 슬슬 잠이 쏟아지려고 했고, 나중에는 돌멩이라도 달아 놓은 것처럼 눈꺼풀이 점점 바닥으로 내려앉았다. 눈꺼풀이 세계를 막 덮으려는 순간, 그녀가 결심한 듯 내게 말했다.

"이 집에 들어온 지 일주일 된 기념으로 그걸…… 보여 줄게."

내 졸음을 쫓으려고 한 말 같았지만, 그 때문인지 정말로 졸음은 삼천리 밖으로 달아나 버렸다. 그녀는 내가 그토록 보고 싶어 하는 '그걸' 보여 주겠다고 하고 있었다. 그건 그녀가 자신의 존재를 증명하는 방법이자 내가 그녀의 존재를 확인하는 하나의 방법이었다. 피로가 물거품처럼 사라진 나는 흥분과 긴장을 감추지 못한 목소리로 다급하게 물었다.

"언제, 언제?"

그녀는 여유 있는 목소리로 말했다.

"가로등이 우는 시간에."

2

나는 그녀의 '그걸' 보기 위해 가로등이 우는 시간, 그러니까 그녀의 표현을 빌리자면 가로등이 필요하기도 하고 필요하지 않기도 한, 어둡기도 하고 어둡지 않기도 한, 경계의 시간이 오기만을 두 눈 부릅뜨고 기다렸다. 내가 부릅뜨고 쳐다본 건 당연히 벽에 걸린 시계가 아니라 창밖의 가로등이었다.

그리고 오랜 기다림 끝에 드디어 나는 봤다. 가로등이 막 꺼지던 그 고요한 순간을. 가로등이 운다던 그 오묘한 시간을. 순간 아찔하게 가슴이 먹먹해졌고 뭔가가 쓸쓸하고 허전한 기분이 들었다. 어딘가 막연히 숙연해지는 것 같기도 했다. 그녀가 시적으로 표현한 '가로등이 우는 시간'은 세계가 모두 잠든 새벽의 어느 일 초를 말하는 것이었다. 정말 일 초에 해당될 만큼 그것은 눈 깜짝할 사이의 시간, 일부러 눈여겨보지 않고서는 도저히 포착하기 어려운 시간이었다. 가로등이 꺼지는 순간을 일삼아 지켜보는 사람은 없을 테니, 그 시간이란 결국 '아무도 모르는 시간'을 의미할 거라고 나는 생각했다. 아무도 모른다고 생각하니 괜히 눈물이 날 것도 같았지만 그렇다고 눈물을 흘린 건 아니었다. 이래서 가로등이 우는 시간이라고 했던 걸까?

그리고 드디어.

그녀는 내게 '그걸' 보여 주기 위해 '가로등이 우는 시간'에 기타 통을 슬그머니 열어젖히고 양쪽 끝에 플러그가 대롱대롱 매달려 있는 하얀 전선을 꺼냈다. 그것은 마치 달팽이 더듬이 같은 모양을 하고 있었다. 막상 도구까지 보자 궁금증은 더해만 갔다. 과연 그녀는 그걸 어떻게 이용할 것인가. 콧구멍에 찔러 넣을 것인가. 아니면 주유구처럼 몸 어딘가에 콘센트가 부착되어 있어 거기다 찔러 넣을 것인가. 콘센트가 있다면 그건 몸 어디쯤에 있을까. 나는 일 초 동안 그 위치를 바쁘게 상상하느라 혼이 났다. 뒤통수? 엉덩이? 가슴? 옆구리? 배꼽? 아니면…… 거, 거기? 상상이 거기까지 미치자 입안에 다

디단 침이 고였다.

그사이, 그녀가 전선을 자기 몸 어딘가로 스멀스멀 가져가기 시작했고, 난 고인 침을 들키지 않게 살그머니 삼키며 그 손을 유유히 따라갔다. 그리고 그녀는 플러그에 돋은 두 개의 쇳덩어리를 키스하듯 혀로 부드럽게 휘감더니 달콤하게 눈을 감았다. 반전 없는 싱거운 결말이었다. 그녀는 내 상상을 단순하면서도 보기 좋게 위반하고 있었고, 단순하게 위반당한 나는 눈을 찡그리며 몸을 한없이 움츠려야만 했다. 내 혀가 찌릿찌릿 저려 오는 것만 같았기 때문이다. 그러나 그녀는 아무렇지도 않은 듯, 마치 내가 돼지 보쌈을 먹을 때나 짓는 풍요로운 표정을 지어 보였다. 더없이 충만한 얼굴이었다.

그녀는 조금 있다 윙크하듯 한쪽 눈만 뜨고는, 전기 먹는 모습을 아무한테도 보여 주지 않는다고 말했다. 거듭, 보여 준 적도 없다고 말했다. 그러니까 특별히 나한테만 보여 주는 거라고 했다. 나는 그녀가 왜 '특별히'란 부사를 사용했는지 잘 알고 있었다. 그 말에 특별한 감정을 갖거나 넘어가서는 절대 안 된다는 것도.

"그동안은 왜 아무한테도 안 보여 줬어?"

나는 놀라지 않은 척하려고 낮에 먹고 구석에 처박아 둔 비스킷 봉지를 끌어당기며 짐짓 차갑게 물었다.

"모습이 예쁘지 않으니까."

그녀는 플러그에서 잠시 입술을 떼고 말했다. 공교롭게도 비스킷은 조금도 바삭거리지 않았다. 장마철 습기 때문인 것 같았다. 바삭

거리지 않아서 그런지 비스킷은 맛이 없었다. 아니, 먹는 재미가 없었다. 문득 비스킷은 소리로 먹는 음식이라는 생각이 들었다.

"방금 네 모습은 충분히 예뻤어."

순간 아차, 싶었지만 인정할 건 인정하자는 마음도 들었다. 그녀는 얼굴을 찡그려도 정말, 예뻤다. 내 말에 그녀가 대답했다.

"자제하고 있었으니까."

"뭘?"

"뒤틀리려는 내 몸을."

"자제하지 않으면 어떻게 되는데?"

"발작을 일으키는 것처럼 보여서 흉측해."

"왜 예쁘게 보이려는 건데?"

그녀는 한참 있다 말했다.

"난 여자고, 당신은 남자니까."

3

그녀는 눈을 감고 다시 전기를 흡입하기 시작했다. 문득 영화나 만화 속에서 전기가 몸을 관통할 때의 모습을 묘사한 코믹한 장면들이 떠올랐다. 그처럼 잠시, 그녀의 몸이 미세하게 진동하는 모습이 분명하게 보였다. 그녀 딴에는 자제한다는 모습이었지만 눈꺼풀에 뒤덮인 그녀의 눈동자는 자제하지 못한 채 심하게 좌우로 요동치고 있었다. 나는 두려움이랄까, 긴장을 피하기 위해 그녀가 전기를 먹는 동안 비스킷을 하나 더 집어 들었다. 역시나 비스킷은 어떤 소리도 내지 않고 혀 위에서 조용히 부서져 내렸다. 눅진하고 퍽퍽한 맛이 싫어 냉장고에서 콜라를 꺼내 왔다. 캔 따는 소리에 그녀가 슬며시 눈을 떴다. 나는 다시 냉소적인 자세를 유지하려 애쓰며 물었다.

"맛있어? 도대체 그건 무슨 맛이야?"

"궁금해?"

"누구라도."

"왜 궁금하지?"

"아무도 그걸 먹지 않잖아. 누구도 모르는 거야. 물을 데도 없고."

"지금까지 그걸 궁금해하는 사람은 없었어."

"왜 그렇지?"

"상상력이 부족하니까."

"그렇군."

"당신은 상상력이 풍부한 사람이야."

상상력? 한때 상상력이 풍부해 소설가를 꿈꾼 적이 있었다. 하나의 문장을 완성시킬 때마다 내 인생도 완성되고, 그 문장과 함께 내 인생도 유유히 흘러가 줄 거란 착각에서였다. 그러나 이젠 오래전에 접은 꿈이 되고 말았다. 돈이 되지 않기 때문이다. 어쩌면 상상력이 지나치게 풍부해 소설을 쓰지 못하게 됐는지도 모르겠다. 내게 허황된 소설은 얼음 알갱이 같은 현실을 더욱 비참하게 인식하게 하는 도구가 되었다. 그때 내가 내린 결론은 꿈을 이루며 산다는 건 환상일지도 모른다는 것이었다. 생각을 마친 사이 그녀가 이어서 말했다.

"그래서 당신이, 좋아."

순간 가슴 한쪽이 시큰해질 만큼 서늘해졌다. 나는 그녀가 '좋아'라는 말을 할 때마다 가슴이 서늘해지곤 했다. 그건 설렘하고는 다른 느낌의 감정이었다. 죽음이나 두려움을 떠올릴 때 느껴지는 감정이라고 해야 할까. 그다지 좋은 기분은 아니었다. 죽음이 좋은 게 아닌 것처럼.

"왜 좋아?"

"적어도 날 이해할 수 있다는 거니까."

"내가 이해 못한다면?"

"당장 이해해 달라는 게 아니야. 시간이 필요할 거라 생각해. 이해는 시간이니까."

"계속 여기 있겠다는 뜻이야? 내가 이해해 줄 때까지?"

"곧 이해할 거라 생각해. 당신은 상상력이 풍부하니까."

"그걸 어떻게 장담해?"

"상상력이 없는 사람은 삶의 비애도 몰라. 당신 삶은 비애로 가득차 있어. 나처럼."

"그건 또 어떻게 알았어?"

"전기로."

나는 비스킷과 콜라를 놓고 그녀에게 한 발짝 다가가 비밀스러운 목소리로 다시 물었다.

"전기라는 건 도대체 무슨 맛이냐니까?"

순간, 그녀의 몸에서 전기 냄새가 확 풍겨 왔다. 냄새와 맛이 일치한다면 그 전기라는 건 아주 기분 나쁜, 몹쓸 맛일 것 같았다. 떫은 감을 베어 물었을 때의 얼얼한 느낌, 아니면 아침에 일어나자마자 죽음을 떠올렸을 때 느껴지는 비릿한 맛, 고통의 맛.

"집집마다 달라. 어떤 집은 달콤하고, 어떤 집은 아주 쓰고, 어떤 집은 썩은 내나 퀴퀴한 구린내가 나기도 해."

"왜 그런 차이가 나? 세계 어딜 가나 똑같은 거 아니야? 아니, 똑같아야 하는 거 아니야? 뉴욕 전기와 서울 전기가 무슨 차인데?"

"뉴욕 물맛이 서울 물맛과 다른 차이야."

"뉴욕 물맛을 알아? 마셔 봤어?"

"일테면 그렇다는 거야. 뉴욕은 모르지만 서울 물맛은 알아. 나도 물은 마시니까."

"무엇이 그런 차이를 만드는데?"

"그 집 분위기를 따라간다고 보면 쉬워. 화목한 집은 달콤하고, 서로 못 잡아먹어 안달인 집은 쓰고, 부자거나 부정을 많이 저지른 집은 구려. 아주 못 먹을 정도로."

"먹어 보면 그 집 사람들 성향을 대충 파악할 수 있다는 거야?"

"응."

"우리 집 맛은 어떤데?"

대답을 기다리는 나는 좀 긴장되었다. 나에 대한 어떤 것을 무방비로 들킨다는 기분이 들어서였다.

"쓸쓸한 맛."

쓸쓸하다……. 어떻게 알았을까. 내가 쓸쓸하다는 걸. 전기 맛에 정말 그런 세세한 정보가 내장되어 있을까. 그렇다면 또 어떤 정보가 더 내장되어 있을까. 혹시 전기 맛 하나로 내 성적 취향이나 좋아하는 체위까지 알 수 있는 건 아닐 테지. 그렇게 생각하자 발가벗겨진 느낌이 들어 나도 모르게 가랑이를 살짝 오므렸다. 나에 대해 알고 있는 게 더 있느냐고 물으려는데 그녀가 덧붙여 말했다.

"특히 내가 좋아하는 맛이지."

이상하게도 이번 그 '좋아'라는 말에서는, 죽음이나 두려움과 상관없이 그냥 즐거운 기분이 들었다. 마치 나를 좋아한다고 고백하는 것 같아 짧은 순간 그녀를 안고 싶어졌다. 그러나 이내, 내가 그런 생각을 했다는 것 자체에 스스로 놀라 몸을 부르르 떨었다. 그녀를 안는 순간 난 새까만 숯덩이가 되고 말 것이다. 지극히 위험한 생각이었고, 결코 해서도 안 되는 생각이었다. 죽음은 싫다.

나는 나의 안전과 안위를 위해 뒤로 다시 한 걸음 물러났다. 그러고는 할 일 없는 사람처럼 바닥에 떨어져 있는 비스킷 부스러기를 집게손가락으로 찍어 한곳에 착실하게 모았다. 그때, 식사를 마친 그녀가 전용 전선을 돌돌 감아 기타 통에 넣었다. 전선 양쪽 끝에 달린, 촉촉한 윤기를 머금은 플러그 두 개가 노려보듯 순간적으로 반짝였다. 반대 방향을 향해 더듬이를 세우고 있는 두 마리의 엉큼한 달팽이. 그녀가 배부른 표정으로 나를 쳐다보자 비스킷 부스러기를 모으다 말고 날 선 목소리로 물었다.

"그래서 우리 집에 들어온 거야?"

"응."

"그래서 우리 집에서 안 나갈 참이야?"

"응."

짧지만 나에게는 대단히 절망적인 대답이었다.

"이봐, 내 사정을 좀 봐주면 안 돼? 감당하기 힘들다고. 내 삶이 비애로 가득 차 있다고 했지? 네가 온 뒤로 그 비애가 가득 차다 못해 넘치고 있어. 너도 가득 차 있다니 더 잘 알 거 아니야. 그게 어떤 건지."

그녀는 아무 말도 하지 않았다. 미안해서 그러는 건지 뻔뻔해서 그러는 건지 도무지 알 수 없었다. 왠지 그녀한테 속은 기분이 들었다. '그걸' 보여 주겠다는 핑계로 날 현혹해 오늘도 양껏, 전기를 먹어 버렸기 때문이었다. 그보다 그녀는 오늘 내게 너무 많은 질문을 쏟아 내게 했다. 그녀의 의도였는지는 모르지만 그녀가 내 집에 머문 이후 가장 많은 대화가 오간 게 사실이었다. 그리고 그녀의 존재는 확실히 증명되었다. 그렇다고 그녀를 이해하게 됐다거나 이해하게 될 거라는 건 아니다.

4

더없이 나른하고 무더운 일요일 오후, 낡고 오래된 라디오에서 올드 팝송이 흘러나오고 있었고, 그녀는 방구석에 봉제 인형처럼 쭈그리고 앉아 책을 읽고 있었다. 그녀가 붙들고 있는 책은 사 놓고 아직 시도조차 못 하고 있던 니체의 『자라투스트라는 이렇게 말했다』였다. 더워서 짜증이 나는 것인지 짜증이 나서 더운 것인지 알 수 없던 나는 창으로 들어오는 따가운 햇살을 피해 자리를 조금씩 벽 쪽으로 이동 중이었다. 그사이 FM 방송에서 흘러나오던 익숙한 팝송 한 곡이 끝나고 디제이의 수다스러운 멘트가 이어지려 하고 있었다. 나는 재빨리 트랜지스터라디오의 다이얼을 돌려 주파수를 맞췄다. 어딘가에서 흐르고 있을 다른 시간의 음악을 찾기 위해서였다. 지지직거리는 소리가 한참 이어지자 그녀가 시끄럽다는 듯 한마디 던졌다.

"왜 자꾸 채널을 돌리는 거야?"

"버릇이야. 난 인간의 말소리가 싫거든."

인간의 말소리가 싫어서 주로 라디오를 듣지만 라디오에서는 음악보다 인간의 말소리가 더 자주 나왔다. 내가 원하는 라디오 프로그램은 디제이 없이 삼백육십오 일 음악만 틀어 주는 것이었다. 그러나 아직까지 그런 기똥찬 라디오 프로그램을 들어 본 적은 없었다. 전복적이고 혁신적인 라디오 프로그램 기획자가 나오지 않았다는 증거다. 그래서 음악이 끊기고 디제이의 멘트가 시작되면 난 어김없이 다이얼 돌리는 수고를 해야만 했다. 내게는 인간의 말소리보다 다이얼을 돌릴 때 나오는 '지지직' 소리가 훨씬 더 음악적이고 인간적이고 정직하게 들렸다. 채널 맞추기가 번거롭다고 느껴질 때는 멘트가 끝날 때까지 빨간 바늘을 같은 자리에서 움직여 나만의 비트를 만들어 내기도 했다.

"난 인간의 말소리가 좋은데."

"물론 넌 그렇겠지. 하지만 난 아니야."

더 정확하게 표현하면 난 그녀의 말소리가 싫고 짜증 나는 것이다. 병적이다 싶을 만큼 쉴 새 없이 쫑알대고 간섭하려 드는 그녀가. 난 누군가의 얘기를 듣는 것도 좋아하지 않지만 내 얘기를 누군가한테 하는 것도 별로 좋아하지 않는다. 내 얘기를 하면 빌린 돈 갚듯 저쪽에서도 자기 얘기를 할 게 분명하므로. 그 얘기를 들어 줄 걸 생각하면 급 피로해지므로. 그런데 그녀는 내 말의 진위를 눈치채지 못하고 있는 것 같았다.

"음악도 무언가를 전달하려고 만든 인간의 말소리야. 리듬과 멜로디가 첨가됐을 뿐 다를 게 없어."

"방식과 수용의 차이겠지."

"아무런 뜻 없이 지지직 흘러나오는 그 소리가 난 더 싫어. 그 소리가 독서를 방해하고 있다고."

"싫으면 여길 떠나. 넌 고작 독서지만 난 삶 전체를 방해받고 있어."

그래도 그녀는 눈치를 못 채고 있었다. 자못 고집스러운 모습이었다.

"그럼 차라리 CD를 듣거나 MP3를 듣지 그래?"

"보시다시피 이건 트랜지스터라디오야. 다른 기능은 없어."

"CD 플레이어나 MP3 플레이어를 사면 되잖아."

"그런 데 쓸 돈이 없다는 걸 네가 더 잘 알잖아. 너 때문에 그럴 돈은 더 없어져 버렸어. 그동안 네 주둥이로 빨려 들어간 전기만 모아도 MP3 플레이어 두 개는 넉넉히 살 수 있는 돈이었어."

"핑계 대지 마."

그녀는 눈치를 못 채는 게 아니라 눈치를 못 채는 척하고 있을 뿐이었다. 그녀는 누구보다 눈치가 빠른 사람이었다.

그녀 말대로 나는 지금 핑계를 대고 있다. 아마 돈이 있다 해도 CD 플레이어나 MP3 플레이어 같은 건 사지 않을 것이다. 가난한 사람들은 돈이 없기 때문에 아날로그에 머물 수밖에 없는 자들이다. 다행히 나는 가난하지만 아날로그 방식으로 작동되는 것들을 좋아한다. 아날로그는 노력한 만큼 그 성과를 보여 주기 때문이다. 아날로그는 하나의 음악을 들려 주기 위해 하나의 노동 혹은 노력을 요구한다. 그런데 디지털은 하나의 음악을 들려 주기 위해 반 개의 노동 혹은 노력을 요구한다. 반 개의 노동 혹은 노력만으로도 두 개의 음악을 들을 수도 있다는 얘기다. 즉, 아날로그의 작동 원리는 원칙과 정직이고, 디지털의 작동 원리는 반칙과 위반이라는 게 나의 생각이다. 디지털로 인해 속도는 빨라지고, 생활은 편리해지고 정갈해졌지만 오랫동안 쓰다듬고 매만짐으로써 발생하게 되는 아날로그적 열정이나 정감, 온기를 디지털에서 기대하기란 어려워 보인다. 설사 열정이나 온기란 게 발생하더라도 그만큼 빠르고 편리하게 사라지는 게 디지털의 세계고, 빠르게 사라져야만 발전할 수 있는 게 그 세계다. 사라짐은 디지털을 움직이는 연료다.

아날로그적 작동 원리로 움직이는 것은 이제 인간의 몸뿐일 것이다. 지구 자체가 디지털화된다 해도 인간의 몸은 끝까지 아날로그로 살아갈 수밖에 없다. 진화는 하겠지만 변신은 하지 못한다. 그렇다면 인간의 몸은 원칙과 정직을 향해 움직이고 있을까. 진정한 아날로그적 시스템이 적용되고 있을까. 전혀 그렇지가 않다. 어떤 몸은 십만 원어치 노동을 하고도 오만 원밖에 못 벌고 어떤 몸은 오만 원어치 노동을 하고도 십만 원을 번다. 전자가 바로 나다. 그것은 유구한 세월 동안 인류가 변화 없이 축적해 온 몸의 논리이다. 육체 노동자란 정직함이 지나쳐 오히려 손해 보고 사는 부류다. 결국 인간의 몸도 거짓이란 얘기다. 어쩌면 이 트랜지스터라디오보다 더 못한 게 인간의 몸뚱이일지도 모른다.

이 라디오는 비빔면 세 봉지를 사 들고 집으로 돌아오는 길에 고물상에서 만 원 주고 산 것이다. 너무 싸게 구입한 것 같아 아저씨한테 비빔면 좋아하느냐고 물으며 한 봉지 건넸더니 좋아서 씩, 웃었던 게 생각난다. 이빨이 시꺼맸던 것도.

"좋아, 그럼 내가 당신 라디오 해줄게."

"무슨 소리야?"

"당신이 음악 듣고 싶을 때 언제든 기타 연주를 해주거나 노래를 불러 준다고."

"내 집에 머물려는 수작인 거 다 알아."

"당신이 내 말소리를 싫어하니까 생각해 낸 방법이야."

그녀는 이제야 알아먹은 척했다.

"네가 여길 떠나는 게 유일한 방법이야."

"전기나 건전지 없이도 아무 때나 음악을 들을 수 있고, 수고롭게 주파수를 맞추지 않아도 돼. 공짜로 생음악을 들을 수 있다고."

그녀는 다시 못 알아먹은 척하며 자기 말만 했다.

"전기? 그 전기는 네가 다 먹잖아. 네가 먹는 전기에 비하면 이 라디오가 먹는 전기는 새 발의 피야. 나한테 이로운 건 하나도 없어. 네 작동 원리는 전기니까 그게 그거라고!"

나는 라디오 전원을 탁, 꺼버리고 벽을 보고 돌아누웠다. 그녀는 그런 나를 위로해 주고 싶었는지 기타 연주를 하기 시작했지만 난 귀를 틀어막았다. 그건 결코 들어서는 안 되는 세이렌의 연주였다. 그러나 그런 노력에도 불구하고 나는 곧 잠이 들고 말았다.

5

잠에서 깨어났을 때 날은 어두워져 있었고 더위는 한풀 꺾여 있었다. 어둠 속에서 희미하게, 신줏단지처럼 기타를 껴안고 꾸벅꾸벅 졸고 있는 그녀가 보였다. 나는 귀신이라도 본 것처럼 화들짝 놀라 자리에서 벌떡 일어났다. 아까 낮에 잠을 자고 있던 곳은 분명 아랫목이었는데, 지금 내가 앉아 있는 곳은 윗목이었다. 그녀로부터 불과 삼십 센티미터도 떨어져 있지 않은 거리. 내 잠이 조금만 더 깊었거나 나도 모르게 뻗은 팔이 그녀의 몸에 닿기라도 했다면 엄청난 일이 벌어졌을 뻔했다. 나는 화가 나 옆에 놓여 있는 빈 콜라 캔을 집어 들어 그녀에게 던졌다. 캔이 민감한 기타 줄을 맞추고 내 쪽으로 다시 데굴데굴 굴러 왔다. 소리에 놀란 그녀가 잠에서 깨어났고, 난 기다렸다는 듯 있는 힘껏 소리 질렀다.

"내가 자고 있을 땐 화장실 가서 자라고 했지! 누구 초상 치를 일 있어?"

비록 다섯 평도 안 되는 초라한 공간이지만 내겐 더없이 풍족한 방이었다. 그런데 그녀가 오고부터 방은 한 평도 안 되는 것처럼 비좁게만 보였다. 당연했다. 그녀와 몸이 닿기라도 할까 봐 마음 졸이며 살다 보니 움직임은 극도로 제한되었고, 꼭 남의 집에 신세 지고 있는 것처럼 마음은 불안하고 몸은 불편했다. 나날이 누가 주인이고 객인지 헷갈리기만 했다. 아니, 그녀는 내게 객도 아니었다. 객은 예의라도 있고, 그것도 없으면 염치라도 있다. 군이 분류하고 칭해야 한다면 그녀는 무단 침입자 적이다. 도대체 언제까지 내 집에서 팔다리 하나 쭉쭉 뻗지도 못하고 살아야 한단 말인가.

"화장실에서 자기로 한 건 저녁이었잖아. 죽기 싫으면 당신이 잠버릇을 고치는 게 좋을 거야. 침대를 하나 들여놓든가. 보다 보다 당신처럼 잠버릇 고약한 인간은 처음이야."

마치 협박처럼 들렸다. 그녀의 가장 큰 문제점은 자신이 남한테 어떤 피해를 끼치고 있는지, 그로 인해 상대방이 어떤 불편을 겪고 살고 있는지 생각을 해보기는커녕 노력조차 하지 않는다는 것이다. 한마디로 적반하장이었다. 말은 또 어찌나 잘하는지 당해 낼 재간이라고는 없었다. 가정교육이나 예절 교육 같은 건 받아 보지도 않고, 막 자라 온 것 같았다. 차라리 내 라디오가 되어 주겠다는 그 제안을 받아들이는 게 좋을까. 그러면 적어도 그녀의 말소리는 듣지 않아도 될 거 아닌가. 그러지 않아도 피곤한 삶이 떽떽거리는 목소리 때문에 더욱 피곤해지고 있었다.

나는 담배나 한 대 피우려고 밖으로 나갔다.

담배나 피우려고 밖으로 나간 나는 그 담배를 입에 물어 보지도 못한 채 다시 후다닥, 방으로 뛰어 들어와야 했다. 나는 내 앞으로 날아온 전기요금 고지서를 마구 구겨 그녀한테 던졌다.

"당장 내 집에서 나가든지 날 구워 죽이든지 맘대로 해!"

그녀가 구겨진 고지서를 빳빳하게 펴고는 뚫어지게 쳐다봤다. 이번 달 전기요금도 삼십만 원이 넘게 나왔다. 벌써 석 달째다.

내가 그녀의 존재를 처음 알게 된 것도 이 고지서란 형식 때문이었다. 나는 그때 세상에서 유일하게 거짓말하지 않는 건 고지서에 나열된 숫자라는 중요한 사실을 알게 되었다. 무게를 재는 저울처럼 내 소비 행태를 매달 눈금으로 보여 주는 성실한 그것. 요금이란 쓴 만큼 나오게 되어 있었고, 그 눈금은 그녀가 도둑이라는 걸 명백하게 말해 주고 있었다. 그러니까 그녀는 빈집만 골라 물건을 훔치는 빈집털이범이었다. 중요한 건 아무도 그녀가 다녀갔다는 걸 눈치채지 못한다는 사실이었다. 그녀는 아무것도 건드리지 않았고 값진 보석이나 통장을 훔쳐 가지도 않았다. 백 캐럿짜리 다이아몬드조차 그녀에게는 길바닥에 굴러다니는 단단한 돌멩이에 불과했다. 그녀에게 필요한 건 오로지 주린 배를 채워 줄 전기뿐이었다. 전기는 눈에 보이거나 만져지는 게 아니라서 사람들은 그게 없어졌는지 당장 알아차리지 못했다. 그녀가 한 집에 오래 머물지 않으면 사람들은 그조차 모르고 지나칠 수밖에 없었다.

아무도 눈치채지 못한 그녀를 내가 눈치채게 된 건, 그녀의 말대로 우리 집 전기가 특별히 맛있기 때문이었다. 그녀가 특히 좋아한다는 그 쓸쓸한 맛. 입맛에 맞다 보니 그녀는 매일 우리 집을 찾아오게 됐고, 너무 많이 찾아오다 보니 전기 요금이 너무 많이 나오게 된 것이었다.

보시다시피 나는 거대한 이 도시에서 혼자 살고 있는 남자다. 바쁘게 하루하루를 살아가는 도시의 미혼 남자란 가전제품을 두루 갖쥐 놓고 살지 않는 사람을 의미하기도 한다. 내가 현재 보유하고 있는 가전제품은 백과사전 두께의 노트북과 밑반찬 보관용 미니 냉장고와 트랜지스터라디오와 헤어드라이어가 전부다. 그나마 헤어드라이어는 내가 산 물건도 아니다. 이 집에 세 들어 살던 남자가 이사를 가면서 놓고 간 물건이었다.

아직도 생각난다. 이사 오던 날 밤, 방 한가운데 덩그러니 놓여 있던 파란색 헤어드라이어. 방 안의 싸늘한 공기 때문이었는지 아니면 텅 빈 공간 때문이었는지 그것은 마치 우주의 괴생물처럼 기이하고 낯선 물건으로 보였다. 잠시 그것의 용도가 떠오르지 않아 난감했던 기억도 난다. 뜬금없다는 생각에 코웃음도 쳤던 것 같다. 그 웃음이 끝나자 나는 그것을 만지작거리며 남자가 왜 이걸 놓고 갔는지 곰곰이 생각해 봤다. 아마 남자는 헤어드라이어가 필요 없는 헤어가 돼버린 것이리라. 도시라는 스트레스가 남자에게 헤어드라이어를 사용할 권리마저 빼앗은 것이리라. 나는 그날 이삿짐을 옮기고 샤워를 마친 뒤 오랜만에 헤어드라이어로 머리를 말렸다. 머리숱만큼 빽빽한 자부심이 생겨나 정수리를 짓누르는 것 같았다. 그 후 내게 머리는 꼭 헤어드라이어로 말리는 새로운 습관이 생겼다.

그 습관 때문에 헤어드라이어는 내가 자주 사용하는 가전제품이 됐지만 다른 제품들은 거의 사용하지 않았다. 인터넷조차 연결되어 있지 않은 데다 맛까지 살짝 간 노트북은 특히 사용할 일이 없었고, 미니 냉장고도 한여름에만 잠깐 틀 뿐이었다. 형광등도 밤늦게까지

켜둘 일은 거의 없었다. 삼 개월 전부터 휴대폰 할부금 때문에 파트타임으로 호프집 서빙 아르바이트를 하게 된 뒤로는 집에 들어오자마자 불 켤 시간도 없이 곧바로 곯아떨어지기 바빴다. 그 때문에 읽지 못한 책들이 한가한 먼지와 함께 책상에 수북이 쌓여만 갔다.

그렇게 책 한 권 읽어 내지 못한 채 살아가고 있는 내게 어느 날 청천벽력 같은 일이 벌어졌다. 그것은 반갑지 않은 고지서란 형식으로 내게 도착했다. 내가 전기를 삼십만 원어치나 썼다고 국가에서 삼십만 원이 찍힌 고지서를 보내 온 게 아닌가. 혹시 전산 처리 실수로 0 하나가 더 붙은 게 아닐까 싶어 한 달만 참아 보기로 했다. 그런데 다음 달에도 그 0은 정정되지 않았고, 오히려 만 원이 더 붙어 나왔다. 삼십만 원을 벌기 위해 한 달 동안 깎아야 하는 열쇠 부스러기와 맥주잔을 날라야 하는 노동을 생각하자 도저히 가만히 앉아 있을 수가 없었다. 나는 한전에 전화해 뭔가가 이상하다며, 나란 인간이 전기와 얼마나 친하지 않은 삶을 살아가고 있는지 구구절절 설명했다. 내 말을 다 듣고 난 한전 직원이 하품까지 해가며 심드렁하게 말했다.

"그럼 딴 사람이 몰래 쓰나 보죠."

그 직원 말이 맞았다. 옷장 속에서 여름휴가를 통째로 보낸 끝에 그녀를 붙잡았으니.

손가락으로 동그라미 개수를 확실하게 짚어 낸 그녀가 이제야 좀 미안한 마음이 드는지 고개 숙이며 기어들어 가는 목소리로 말했다.

"당신이 시키는 건 뭐든 다 할게."

"뭐든 다 한다? 내가 바라는 건 오로지 네가 이 집에서 나가는 거야! 몇 번을 말해야 알아먹을래!"

이건 정말이지 구멍 뚫린 주머니에서 돈이 야금야금 새 나가는 것과 같았다. 꼭 잠긴 수도꼭지에서 줄줄 새어 나오는 물처럼, 나에게 아무런 이익도 가져다주지 않고 맥없이 사라지는 것과 같은 맥락이었다. 그러나 그녀의 대답은 나를 더할 나위 없이 맥없게 만들었다.

"나가라는 말만 빼고."

"뭐?"

"빨래도 좋고 설거지도 좋고 방 청소도 좋아. 물건 정리도 자신 있어."

"가사 도우미라도 하겠다는 거야?"

"응."

"보시다시피 방이 작아 청소할 만한 건 없어! 난 남이 내 빨래 주물럭거리는 것도 싫고, 밥 먹는 수저에 손대는 것도 싫어! 정리할 물건이나 서랍 같은 건 더더군다나 없고. 무엇보다 가사 도우미를 써도 너 정도로 돈이 많이 들진 않아!"

나는 한숨을 폭폭 내쉬며 말했다.

"그럼 어떻게 할까?"

"너란 여자는 아무짝에도 쓸모없어. 봉제 인형보다 더 못해. 인형은 만지면 부드럽기라도 하고 푹신하면 베개로라도 쓸 수 있지."

"요리라도 해줄게."

나는 그 말을 듣자마자 콧방귀를 뀌었다. 어처구니가 없어서였다.

"요리를 해주시겠다?"

먹어 본 거라고는 고작 전기와 물밖에 없으면서 요리를 해본 적이 있겠는가. 아니, 그녀는 요리를 할 필요도 없는 삶을 살아왔다. 요리를 하지 않아도 되는 삶, 정말이지 생각해 보면 더없이 간단명료한 삶이었다. 혼자 사는 사람한테 가장 귀찮은 일은 끼니를 챙겨 먹기 위해 부엌에서 지지고 볶고 요리하는 것이다. 부산하지만 지루하고 피곤한 시간. 배고프면 휴대폰 충전하듯 플러그만 갖다 대면 되니 이 얼마나 최첨단 인간인가. 당장 오늘 저녁에 뭘 해 먹을 것인지 고민되자 그녀의 처지가 살짝 부럽기도 했다.

"간도 못 보는 혀로 요리는 무슨 요리야!"

"요리를 꼭 간 보고 할 필요는 없어. 정말 프로는 간을 보지 않아. 요리 프로그램에 나오는 요리사들 봐봐. 중간에 간을 보는 요리사가 하나나 있나."

"그건 카메라 앞이니까 보고 싶어도 못 보는 거고, 그리고 넌 프로도 아니잖아!"

"프로는 아니지만 책 같은 거 보고 하면 얼마든지 가능해. 예전에 몇 번 해본 적도 있고."

"해봤다고? 참, 나. 언제?"

"스무 살 때."

"누구한테?"

"사랑했던 사람한테."

나는 헛웃음을 지었다. 그녀 입에서 '사랑'이란 말이 나오자 거짓말이란 생각이 분명하게 들었기 때문이었다. 만지지도 못하는데 사랑은 무슨 개뿔 사랑인가. 나는 알고 있었다. 그녀가 날 또 현혹해 질문을 던지게 함으로써 오늘도 밤새 시끄러운 대화를 이끌어 나가려는 수작이라는 것을. 그래서 이 순간을 또 모면해 보려는 고도의 전략이라는 것을.

"헛소리 그만하고 빨리 나가."

배가 고파서 그런지 이젠 말할 기운조차 없었다. 자기 사랑을 농락했다고 화가 난 건지 내내 고분고분하던 그녀가 갑자기 사납게 돌변하기 시작했다. 그녀는 이만하면 참을 만큼 참았다는 표정을 짓고 있었다. 아니, 그 정도로 머리를 조아렸으면 전기 요금 삼십만 원에 대한 미안한 마음을 충분히 전달했다고 자기 딴에는 생각하는 것 같았다. 역시나 그녀는 뻔뻔했다.

"당신 능력껏 쫓아내."

그녀는 지금 나한테 권력을 행사하고 있었다. 내가 어떤 방법을 동원한다 해도 그녀를 물리적으로 내동댕이칠 수 없다는 걸 알고, 자신의 신체적 특성을 이용해 내게 폭력을 가하고 있는 것이었다. 그녀는 배 째라는 심보로 구석에 무릎을 세우고 앉아 『자라투스트라는 이렇게 말했다』를 고고하게 펼쳐 들었다. 나는 자리에 털썩 주저 앉고 말았다. 솔직히 아직까지는 방법이 없었다. 그렇다고 이대로 물 러설 수도 없는 노릇이었다. 뾰족한 수가 생각날 때까지 부려 먹을 수 있는 한도 내에서 맘껏 부려 먹어야 응어리진 속이 좀 풀리려나. 나는 체념하듯 말했다.

"네가 잘할 수 있는 게 뭔지 말해 봐."

"기타 치고 노래하는 거랑 당신 얘기 들어 주는 거. 물론 얘기하는 걸 더 잘하지만. 알고 있는 재미난 얘기도 많아."

그녀는 물 만난 고기인 양 신나게 떠들었지만 유감스럽게도 그건 내가 제일 싫어하는 것들이었다. 더 이상 할 말이 없어서 냉장고에 서 라면 두 봉지를 꺼내 그녀의 발부리로 던지며 말했다.

"라면이나 한번 끓여 봐."

그녀가 책을 덮고 초롱초롱한 눈으로 라면을 집어 들었다.

"조리법은 봉지 뒷면에 나와 있어."

6

샤워를 마치고 드라이어로 머리를 말리고 있을 때 그녀가 쟁반에 받친 양은 냄비와 김치를 들고 방으로 들어왔다. 그녀가 쟁반을 방 바닥에 놓고 자기 자리로 돌아가 책을 집어 드는 걸 확인하고서야 나는 안심하고 냄비 뚜껑을 열었다. 훈김이 모락모락 올라와 안경알을 뿌옇게 흐려 놓았다. 안개가 걷히듯 안경알에 서린 김이 사라지자 그녀가 끓였다는 라면이 보이기 시작했다. 라면은 어떤 영화 제목처럼 '파 송송 계란 탁'이었다. 나는 세상에서 라면을 제일 좋아하지만 파와 계란이 들어간 라면을 세상에서 제일 싫어했다. 냄비에서 라면 고유의 냄새가 나지 않고 파와 계란 냄새만 잔뜩 올라왔다. 가늘게 풀어 헤친 계란 때문에 죽처럼 희멀건해진 라면 국물에서는 얼큰한 맛의 기미라고는 전혀 보이지 않았다. 짜증이 확, 밀려왔다.

"조리법대로 끓이라고 했잖아! 그것도 하나 제대로 못해? 라면 하나 맘에 들게 딱딱 못 끓이면서 무슨 도우미를 하겠다는 거야!"

"조리법대로 했어!"

그녀 역시 지지 않겠다는 듯 내게 대들었다. 나는 부엌에서 빈 라면 봉지를 들고 와 뒷면에 적힌 조리법을 손가락으로 짚으며 큰 소리로 읽었다. 그녀가 내 말을 중간에 끊고 들어왔다.

"신선한 야채와 함께 드시면 한층 더 맛있는 라면을 드실 수 있다고 해서 넣은 거야. 앞에 라면 사진에도 파가 들어 있기에."

"그럼 계란은?"

그녀는 한참을 우물쭈물하다 결국 말을 못 했다. 그래서 다시 물었다.

"계란은 왜 처넣은 거냐고! 그것도 두 개씩이나!"

"내가 옛날에 좋아했던 사람이 계란 넣은 라면을 좋아했어. 그 사람은 계란 넣은 라면을 세상에서 제일 맛있다고 했어."

"그건 그놈 입맛이고!"

그렇다고 그녀의 말을 믿는 건 아니었다. 빠져나갈 구멍을 만들려고 또 사랑 운운하며 수작을 부리는 거라고 생각했다.

"보글보글 끓어오르는 라면을 보는데 갑자기 그 사람 생각이 나서 그만…… . 정신이 들었을 때 이미 계란은 깨져 있었어."

그녀는 금방이라도 울 것 같은 목소리였다. 그러나 끝내 울지는 않고 조심스레 이어 말했다.

"다시 끓여 올까?"

딱 두 봉지밖에 없던 터라 다시 끓일 수도 없었다. 나는 일부러 달그락 소리를 내며 냄비 뚜껑에 한 김 식힌 라면을 한가득 퍼 담았다. 그녀는 할 말이 있는 사람처럼 라면 먹는 나를 힐끔힐끔 쳐다보다 결국 귀찮게 또 물었다.

"라면이란 건 도대체 무슨 맛이야?"

밥 먹을 때 말 시키는 사람을 제일 싫어하지만 그 질문은 저번에 내가 그녀한테 던졌던 것과 똑같은 거라, 나는 라면 가닥을 입가에 대롱대롱 매단 채 그녀를 쳐다봤다.

"내가 전기를 맛있게 먹었던 집 쓰레기통을 뒤져 보면 항상 라면 봉지가 들어 있었어. 그래서 늘 무슨 맛일까 궁금했어."

"궁금해?"

"응."

"왜 궁금하지?"

"난 그걸 먹지 않으니까. 물을 데도 없고."

"먹는다고 죽는 것도 아니잖아."

"그렇긴 하지만 며칠 동안 구토와 설사에 시달려서 그게 더 죽을 맛이야."

"보통 음식을 먹어 본 적은 있다는 거야?"

그녀는 자라며 점점 보통 음식이 몸에 안 맞게 돼서 그렇지, 어렸을 때는 곧잘 먹기도 했다고 말했다. 그러나 맛에 대한 기억을 지금은 거의 잃어버린 상태라고 했다. 난 물 말고 뭘 더 먹어 봤냐고 물었다. 그녀는 대답하지 않고 다시 물었다.

"라면이란 건 도대체 무슨 맛이냐니까?"

"쓸쓸한 맛."

나는 라면 국물을 한 모금 들이켜며 말했다. 그녀가 놀란 눈으로 나를 쳐다봤다.

"당신 집 전기 맛이랑 비슷하다는 거야?"

"우리 집 전기 맛을 내가 어떻게 알아. 너나 알지."

"방금 쓸쓸하다고 했잖아?"

"혼자 먹는 라면에서는 다 쓸쓸한 맛이 나."

그러고 보니 라면을 누군가와 함께 먹어 본 적이 거의 없었던 것 같다. 우연인지 필연인지.

"불쌍하군."

"내가?"

"그래."

"왜?"

"서민을 위한 이 값싼 라면 맛을 모른다는 게."

"쓸쓸한 맛이라며."

똑같이 쓸쓸하다는 표현을 썼지만 과연 내가 느낀 이 라면 맛과 그녀가 알고 있는 우리 집 전기 맛이 똑같을까. 궁금하지만 우리는 죽을 때까지 서로가 알고 있는 그 맛을 알 수는 없을 것이다. 죽기를 각오하지 않는 한 결코. 그녀는 아직도 라면에 대한 궁금증이 풀리지 않았는지 다른 식으로 그 맛을 표현해 달라고 졸랐다. 정말 귀찮고 끈질겼다. 나는 라면 국물에 찬밥 한 덩어리를 말아 김치 한 가닥을 올린 뒤 대충 꾸며 댔다.

"구멍 뚫린 가슴으로 찬바람이 들어오는 맛."

구멍 뚫린 가슴으로 찬바람이 들어오는 맛을 느껴 보려는 듯, 그녀가 고개를 들어 진지한 표정으로 창밖의 가로등을 쳐다봤다. 어느새 비가 촉촉하게 내리고 있었다.

7

부슬부슬 내리던 빗줄기가 갑자기 굵어지기 시작했다. 나 또한 괜히 부산해져 분주히 음악을 찾아 라디오 다이얼을 돌렸다. 비 오는 밤에 어울리는 재즈가 나른하게 흘러나오는 곳에 주파수를 날카롭게 맞추고 팔을 베고 누웠다. 식곤증 때문인지 곧바로 잠이 비처럼 쏟아졌다. 깜빡 졸았나 싶어 눈을 떴을 때는 곡 하나가 소나기처럼 막 끝나 가고 있었다. 비몽사몽으로 라디오 다이얼로 손을 뻗으려 하자 그녀가 재우쳐 말했다.

"디제이가 개인 사정으로 프로그램 진행을 못 하게 돼서 오늘은 두 시간 동안 음악만 계속 내보낼 거래."

한마디로 시끄럽게 지직대지 말고 조용히 닥치라는 것이었다. 잠이 선명하게 달아나자 나를 꽉 조여 매고 있던 나사가 헐거워지는 기분이 들었다. 잠시 무언가로부터 해방된 기분도 들었지만 말 그대로 그건 잠시뿐이었다. 곧바로 인간의 말소리보다 더 듣기 싫은 광고가 흘러나왔기 때문이었다. 라디오에서는 가끔가다 이렇게 인간의 말소리가 중단되곤 하지만 광고가 중단되는 일은 결코 없었다. 광고가 멈추면 세계도 멈추기 때문이다. 세계가 멈추면 안 되므로 나는 주파수 맞추는 걸 포기하고 트랜지스터라디오의 스피커 구멍을 쳐다봤다. 그때 갑자기, 소리가 새어 나오는 수십 개의 스피커 구멍이 날 충동질하기 시작했다. 그러자 손이 근질거려 미칠 것만 같았다. 한동안 잠잠하던 병이 도지고 있다는 뜻이었다. 머릿속이 막연하게 불안해지더니 식은땀이 나기 시작했다.

내게는 이상한 버릇이 하나 있다. 무언가가 촘촘하게 혹은 빽빽하게 박혀 있거나 모여 있는 걸 발견하면 몇 갠지 꼭 세어 봐야 직성이 풀리는 버릇이었다. 하루키의 소설 『바람의 노래를 들어라』에는 나와 비슷한 증상을 가진 주인공의 이야기가 나온다. 주인공은 존재 이유에 대해 생각하다 그런 기묘한 버릇에 사로잡혔다고 했다. 주인공은 그 뒤로 지하철 승객 수나 계단 수, 맥박 수를 세기 시작했고, 심지어는 자신이 피운 담배 개수와 여자와 섹스한 횟수까지 세게 됐다고 고백했다. 그렇게 수치로 환산하면 타인에게 뭔가를 전할 수 있을지도 모른다는 생각에서였다. 하루키의 소설을 지독하게 싫어하지만 나와 비슷한 버릇을 가진 주인공이 나온다는 이유 때문에 그 소설책만은 소장하고 있다.

물론 수치로 환산해야 한다는 건 주인공과 같지만 그 이유는 같지 않았다. 내 경우는 타인에게 뭔가를 전하기 위해서가 아니라 타인이나 사물을 이해하기 위해서 그런 과정이 필요했다. 촘촘하거나 빽빽하게 놓여 있는 건 늘 내 머릿속을 헤집어 어지럽혔고, 그 어지러움을 해결하기 위해 개수를 세면 신비롭게도 사물에 대한 개념이 생겨나 이해가 되는 방식이었다. 예를 들어 말하면 이런 것이다. 플라스틱 통에 빽빽하게 들어차 있는 이쑤시개의 개수를 세고 나면 비로소 '잇새에 낀 것을 쑤셔 파는 데 쓰는 이쑤시개'라는 개념이 생겨나는 것이었다. 다행히도 그 과정은 반복되지 않고 단 한 번으로 끝난다. 하나의 사물에 대한 하나의 의식을 끝내고 나면 편의점에 수십 통씩 쌓여 있는 똑같은 이쑤시개를 아무리 보고 또 봐도 세고 싶다는 욕망은 생겨나지 않았다. 또 하나 천만다행인 건 밤하늘의 별이나 해변의 모래알처럼 애초에 세기가 불가능한 것들에 대해서는 도전할 마음이 안 생긴다는 것이다. 그건 그냥 점액질처럼 한 개의 덩어리로 보일 뿐이었다.

몇 년간 잠잠하던 병이 도진 걸 보니 내가 헤어지긴 헤어진 모양이다. 이상하게도 누군가를 사랑하고 있으면 그 증상은 감쪽같이 종적을 감췄다가 그 사람과 헤어지고 나면 어느 날 갑자기 유령처럼 다시 모습을 드러내기 시작했다. 어쩌면 사랑이 떠난 쓸쓸한 빈자리를 새로운 타인과 사물로 메우려는 나만의 생존 본능 같은 것일지도 모르겠다. 어떻게든, 그리고 무엇에든 기대어 버티고 살아가야 하니까.

아무튼 몇 달 전에 나는 분명 이별을 했으니 지금 라디오의 스피커 구멍 개수를 세어야만 하는 것이다. 이 라디오를 내가 이해하고 이 라디오와 새로운 관계를 맺고 또 기대어 살아가려면. 이별 후 처음으로 우리 집으로 들어온 물건이기도 하니까. 셀 수 있는 건 왠지 만만하게 느껴지기도 해서 대할 때 자신감이나 용기가 생기기도 했다.

나는 연필을 들고 스피커 구멍 위에 사과 꼭지 같은 빗금을 그어가며 차근차근 개수를 세어 나갔다. 예전에는 운전 중 등 뒤로 사라지는 가로수를 세느라 접촉 사고를 낸 적도 있었고, 책 뒤에 찍혀 있는 바코드 줄 수를 센 적도 있었으며, 밥 먹다 말고 작은 종지에 담긴 굵은소금 알갱이를 센 적도 있었고, 앞치마에 그려진 딸기 개수를 세다 청어를 태워 먹은 적도 있었다. 이건 좀 민망하지만 사타구니 털을 세본 적도 있었다. 손톱 가위로 한 올 한 올 잘라 가면서. 어차피 다시 자랄 것이기에 아까움에서 비롯된 망설임은 없었다. 오히려 다 세고 나자 내 페니스를 온전히 이해할 수 있게 되어 뿌듯하기만 했다. 신기하게도 그 후 그것이 욕망하는 것들에 대해 심각하게 고민한다거나 저항하는 일은 생기지 않았다.

스피커 구멍에 사과 꼭지를 절반쯤 달고 있을 때 갑자기 그녀가 말을 걸어왔다. 개수를 세는 데 정신을 쏟느라 그녀의 존재를 잠시 잊고 있던 나는 순간 몇 개까지 셌는지 잊어버렸고, 그래서 화가 났다. 나는 자리에서 벌떡 일어나 그녀를 노려봤다. 그러고 보니, 그녀 또한 우리 집으로 들어온 가전제품이나 마찬가지였다. 하는 일 없이 주야장천 전기만 퍼먹는 구닥다리 전기 제품.

그렇다면 라디오처럼 그녀를 이해하기 위해서는 그녀를 세어야만 할까. 세어야 한다면 어디를 어떻게 센단 말인가. 그녀가 지금까지 먹은 우리 집 전기의 양을 세면 되나. 하지만 그건 셀 수 있는 게 아니지 않은가. 셀 수 없다면 그녀는 밤하늘의 별이나 해변의 모래 알처럼 애초에 불가능한 하나의 덩어리인 것인가. 그러니 도전할 생각조차 말고 포기해야만 하는가. 만약 셀 수 있다면 내가 그녀를 이해하게는 될까.

처음에는 나도 그녀를 이해했었다. 그날, 옷장 속에 숨어 열쇠 구멍으로 훔쳐본 그녀는 눈부시도록 아름다웠기에. 그녀는 사내라면 누구라도 가슴에 품고 싶을 만큼 매력적인 외모를 갖고 있었다. 남자가 여자를 이해하는 기준이란 의외로 단순하다. 미모. 일단 미모만 잘 갖추고 있으면 그 여자가 어떤 못된 성질머리의 소유자라도 이해하려 노력한다는 게 남자들의 공통된 심리다. 나 또한 사내인지라 두 달 동안 우리 집 전기를 훔친 도둑의 정체를 알게 됐는데도 화는커녕 심장이 바깥으로 튀어나올 정도로 흥분만 됐다. 너무 흥분된 나머지 하마터면 옷장 문을 열고 뛰쳐나갈 뻔했고, 오줌도 조금 지렸다.

뜨거우리만치 들끓고 있던 내 심장에 찬물을 끼얹은 건 다행히도 머릿속에서 메아리처럼 맴돌고 있는 삼십만 원짜리 고지서였다. 일단은 그녀가 전기를 어떤 식으로 쓰는지 확인해야만 했고, 전기를 어떤 운동으로 변환시켜야 삼십만 원이 나오는지도 알아내야 했다.

곧장 정신을 차린 나는 숨죽이며 찜통 같은 옷장 속에서 그녀의 행동을 예의 주시했다. 그녀는 어깨에 메고 있던 기타 통과 헝겊으로 대충 접어 만든 듯한, 주머니처럼 생긴 배낭을 바닥에 내려놓고 눈을 감았다. 베개를 건네주고 싶을 만큼 피곤한 기색이 역력했다. 도둑질이 피곤하지 않을 리 없을 것도 같았다. 그러고는 한 십 분쯤 지나자 어둡지도 않은데 맥없이 형광등을 켜고 인터넷도 되지 않는 노트북을 켰다. 그녀는 고작 세 곡밖에 저장되어 있지 않은 음악 파일을 열더니 음악에 맞춰 가볍게 몸을 흔들었다. 움직일 때마다 치마 끝자락이 물결처럼 찰랑였다. 나중에는 책꽂이에서 책 한 권을 꺼내 읽기 시작했는데, 니체의 『자라투스트라는 이렇게 말했다』였다. 중간을 펼쳐 읽는 걸로 보아 내 집에서 짬짬이 읽어 오던 책인 것 같았다. 니체를 읽는 도둑이라. 외모만큼이나 꽤 매력적이라고 생각했다.

그녀의 행동은 지극히 자연스럽고 편안해 보였다. 마치 자기 집인 양 부담 없이 행동했고 집 안에 놓인 얼마 되지 않는 물건의 혜택을 맘껏 누렸다. 무언가에 도취되어 있는 듯 눈동자가 약간 풀려 있는 것 같기도 했다. 오히려 내가 그녀의 집에 숨어든 도둑처럼 느껴져 불안할 지경이었다. 하긴 두 달 동안 들락거렸으면 제 집으로 여겨질 만도 했다. 그녀는 더운지 책을 읽다 말고 간혹 니체로 부채질을 하며 물을 마셨다. 그녀는 선풍기나 에어컨이 없어서 유감인 표정을 지었고 나는 선풍기나 에어컨을 장만하지 않은 게 천만다행이라며 속으로 안도했다. 그래도 더위가 가시지 않는지 그녀는 자리에서 일어나 니체를 책상에 엎어 놓고 화장실로 들어갔다. 세수라도 하고 나오려는 모양이었다.

그녀가 사라진 뒤에도 형광등은 계속 빛을 쏟아 냈고, 노트북에서는 같은 노래가 리플레이 되어 지루하게 흘러나왔다. 아무리 그래도 나는 이해가 되지 않았다. 저 정도 전기는 평소 나도 쓰는 양이기 때문이었다. 나른한 오후라는 생각이 자꾸 들었고, 그녀를 기다리다 지친 나는 무수한 상상을 하다 옷장 속에서 그대로 잠들어 버리고 말았다.

그녀를 이해한 적은 오로지 그때뿐이었다. 오로지 외모 때문에.

하지만 그 외모가 내게 아무런 이득을 가져다주지 않을 거란 걸 알게 되자, 존재를 감싸고 있는 터럭 한 올조차 내게 권리를 허락하지 않을 거란 걸 깨닫게 되자, 상황은 달라졌다. 그녀는, 이해는 시간이라고 했다. 시간이 지나면 이해되지 않던 것도 이해될 수 있다는 뜻으로 한 얘기일 것이다. 내게 이해의 방식은 두 가지였다. 하나는 아까 말했던 것처럼 개수를 세는 것이었고, 또 하나는 개수를 세는 것보다 명백하게 현실을 지배하고 있는 돈이란 것이 내 손에 쥐어질 때였다. 시간이 지나서 이해하게 되는 건 진짜 이해돼서 그런 게 아니라 시간에 지쳐서 이해하는 척하거나, 이해라는 개념이 흐려져 흐지부지해지는 것이었다. 그러나 돈이란 그 자체가 이해였다. 적어도 내가 생각하기에는 그랬다. 돈만 주어지면 이해되지 않던 것도 단숨에 이해되는 경우가 세상에는 수다했다. 아니, 돈이 주어지면 이해안 되는 것도 이해해야만 하는 게 세상이었다. 돈이면 세상만사 물 흐르듯, 기름칠 잘된 톱니바퀴처럼 잘 돌아가기 때문이었다. 돈 때문에 갈등과 오해가 생겨나지만 또 그 돈 때문에 갈등과 오해가 풀리는 게 내가 사는 이곳의 법칙이었다.

그러니 생고생해서 번 내 돈을 노동 없이 삼켜 버린 그녀를 이해할 수 있겠는가.

8

나는 스피커 구멍에 서둘러 사과 꼭지를 마저 달고 그녀를 쫓아낼 방도를 강구하기 시작했다. 일단은 부드럽게 회유하거나 살살 달래 보는 쪽이 좋을 것이다.

"넌, 아오이 유우를 닮았어."

"우유?"

"유우."

"그게 누군데?"

"있어. 일본 여배우."

내가 가장 좋아하는 배우라는 말을 하려다 관뒀다. 혹시라도 착각할까 봐.

"널 뭐라고 부르면 좋지?"

그 말에 그녀의 눈동자가 불이 들어온 백열등처럼 반짝반짝 빛났다.

"이름을 부르겠다는 건…… 날 받아 주겠다는 거야?"

"널 완벽하게 이해할 준비는 돼 있지 않아."

"누구도 완벽하게 이해할 수는 없어. 이해하려고 노력하는 거지. 완벽할 필요도 없고. 왜 이름을 묻는 건데?"

"불편하니까."

"이름 같은 거 없어."

"세상에 이름 없는 사람이 어딨어?"

"맞아. 있긴 있어. 아버지가 지어 준 이름. 하지만 이름이 있어도 불러 줄 사람이 없으면 없는 거나 마찬가지야."

"불러 줄 테니까 말해 봐."

"제이."

"이름이 제이야?"

"아니. 그냥 제이라고 불러 달라고."

"그건 이니셜이잖아."

"난 압축된 게 좋아."

오죽하겠는가. 먹는 것도 오로지 전기뿐이니, 자유롭게 먹어 봤자 고작 물밖에 추가되는 게 없으니 세상에 그만한 압축도 없을 것이다.

"소식을 해보는 건 어때?"

"적게 먹는 거?"

"적게 먹어야 건강에도 좋고 오래 산다잖아."

"당신한테 미안해서 줄곧 소식해 오고 있었어."

그게 소식이면 맘먹고 배 터지게 먹기라도 하는 날에는 도대체 전기 요금이 얼마나 나올 거란 얘긴가. 새로운 정보에 마음이 조급해졌다.

"그동안 너무 오래 머물러 있었으니까 다른 집을 알아보는 건 어때? 찾아보면 여러모로 우리 집보다 나은 데는 많을 거야. 일단 여긴 너무 좁아서 지내기도 불편하잖아."

그녀가 나를 뚫어지게 쳐다봤다. 이쯤에서 한발 물러서는 척하는 게 좋을 것이다.

"좋아, 그럼 먹는 건 다른 데서 먹고 와. 대신 잠자리가 필요하면 얼마든지 재워 줄게."

그녀는 계속 나를 뚫어져라 쳐다봤다. 정말 얼굴에 구멍이라도 뚫릴 것 같았다. 이쯤 되자 어떻게 해야 할지 실로, 난감했다.

"세상에 돈 쓸 데가 없어서 고민인 부자들이 얼마나 많은데. 찾아보면……."

"말했잖아, 부잣집은 입맛에 안 맞다고. 먹으면 몸이 안 좋아져. 어지럽고 헛구역질도 나고 머리도 아파. 배도 아파서 꼭 보통 음식을 먹은 것처럼 죽을 것 같아."

"핑계지? 어차피 차이도 모를 거고 확인할 수도 없는 거니까 둘러대는 거지?"

"그러니까 그냥 믿어."

"도대체 전기 맛이 거기서 거기지, 뭐가 다르다는 거야? 아 나, 미치겠네!"

살살 달래 보자는 계획이 조금씩 어그러지고 있었다.

"당신 생각처럼 전기란 건 처음에는 똑같은 맛과 질감으로 공급돼. 하지만 각 가정으로 들어가는 순간 제 색깔과 맛을 찾게 돼. 재료는 똑같은데 음식 맛이 가정마다 다른 것과 같다고 보면 된다고."

정말 쫓아낼 방법이 없는 걸까. 물리적으로 쫓아낼 수 없다면 정신적으로 괴롭혀서 스스로 못 견디고 나가게 해버릴까. 한전에 전화해 전기를 아예 끊어 달라고 부탁해 볼까. 어차피 난 저녁에 들어와 잠깐 잠만 자고 나갈 거니까 전기 같은 거 없어도 되고, 가게에서 지내도 상관없으니까. 정 답답하면 양초를 켜고 살아도 별문제는 없을 것이다. 아니, 그럴 게 아니라 아예 이사를 가버리는 건 어떨까. 아무리 그래도 물리적인 방법을 쓰는 게 효과가 빠르고 효율적이겠지. 비전도체 야구 방망이를 하나 구해 몰아내고 위협하면…….

"세상에 부자가 얼마나 많은데 하필 왜, 돈도 없고 백도 없는 내 집이냐고!"

불현듯 화가 나기 시작했다.

"세상에 부자는 많지만 쓸모 있는 부자는 많지 않아."

쓸모 있는 부자? 그때 번뜩 내가 유일하게 알고 있는 쓸모없는 부자가 생각났다. 재수 없게 그 새끼가 생각나는 건 왜일까. 쓸모없는 부자라서? 잘 살고 있는지 궁금해서? 수정이와 잘 지내고 있는지 알고 싶어서? 얼마 전에 맥주잔을 나르다 우연히 만난 동창의 그 말을 확인하고 싶어서? 아니면 그 새끼 집 전기는 어떤 맛일까 궁금해서? 그때 반짝, 하고 머릿속에 장착된 전구에 청명하게 불이 들어오는 소리가 들려왔다.

그녀를, 그 새끼, 집에, 버려, 놓고, 오는, 거다.

"너, 내가 시키는 건 뭐든 다 한다고 했지?"

그녀가 가만히 고개를 끄덕였다. 나는 주섬주섬 옷을 챙겨 입은 뒤 자동차 키를 집어 들며 그녀에게 따라나서라고 말했다.

"어디 가는 건데?"

"좋은 데."

"오늘 밤에는 돌아올 거지?"

"그래, 틀림없이. 그러니까 저 기타 통이랑 배낭도 들고."

"다시 올 거라면서 왜?"

그야 물론 기타와 배낭을 놔두고 갔다가는 그 핑계로 네가 다시 우리 집으로 돌아올지도 모르니까, 라고 속으로 말했다.

"기타가 필요해서 그래. 얼른."

그녀는 기타 통과 배낭을 어깨에 메고 허리를 수그려 니체를 집어 들었다.

"그건 놔두고."

"왜?"

그야 물론 내 책이니까, 라고 나는 또 속으로 말했다.

"다녀와서 읽으면 되잖아."

고집스럽게도 그녀는 책을 내려놓으려고 하지 않았다.

"거기에도 책은 많아. 아마 그 책도 있을 거야."

그제야 그녀는 안심하고 자기가 앉았던 구석 자리에 니체를 내려 놓았다. 창밖의 노란 가로등이 은은한 시선으로 우리를 지켜보고 있었다.

9

출장용 은백색 중고 마티즈가 힘겹게 비탈길을 올라갔다. 잠시, 부자들은 왜 다들 높은 곳에 거처를 마련해 둘까, 라는 의문이 생겼다. 차를 몰기 힘들 정도로 바닥은 심하게 경사져 있었고, 주변은 까마득한 어둠뿐이었다. 유령 도시처럼 지나가는 사람 하나 없는 비탈길을 따라 실연당한 여인의 눈물 같은 빗줄기만 반짝반짝 흘러내리고 있었다. 자동차 앞 유리로 흐르는 빗물을 보자 그제야 아, 하고 이유를 알 것 같았다. 부자들은 빗물을 아랫동네로 흘려보내기 위해 경사지게 길을 닦고, 도둑의 다리 힘을 풀어 놓기 위해 높은 데 집을 짓는 것이었다. 기동력 좋은 외제 차가 대문 앞에 항시 대기 중이라 경사면에 발 디딜 일 같은 건 없을 테니, 경사가 높든 낮든 자기들하고는 상관없다고 생각한 것이다. 그런데 또 가만히 생각해 보니 가난한 사람들도 높은 데 집 짓고 사는 건 마찬가지였다. 도둑이 들지 않는다는 것 또한. 물론 달동네를 좋아하는 그녀 같은 희한한 도둑도 있긴 하지만. 차이라면 가져갈 게 없다는 것이지만, 또 한 가지 차이가 있다면 부자들은 전망 좋은 곳에 살면서도 달을 볼 줄 모른다는 것이다. 그렇다고 누가 더 값진 삶을 산다고 말할 수 있을지는 모르겠다.

이 부근 어디쯤이었던 것 같은데 오랜만이라 그런지 도통 위치를 모르겠다. 불 켜진 집이 한 군데도 없어서 찾기는 더 어려웠다. 잠시, 부자들은 왜 저녁이 되어도 집에 불을 안 켤까, 라는 의문이 생겼다.

전기를 아껴서 부자가 된 것인지 창문마다 어둠이라는 커튼이 쳐져 있었다. 어두운 부자 동네를 두어 바퀴 돌고 났더니 그제야 아, 하고 이유를 알 것 같았다. 돈 쓰러 다니느라 바빠서 집에 붙어 있을 시간도 없는 것이다. 아마 녀석도 한창 돈 쓰는 중이라 집에 없을 테니, 난 계획대로 그녀를 버려 놓고 오면 될 것이다. 그때 시커먼 뒷좌석에서 그녀의 가느다란 목소리가 건너왔다. 백미러로 그녀의 얼굴이 유령처럼 희미하게 비쳤다.

"이젠 말해 줘. 어디 가는 거야?"

"친구 집."

"친구 누구?"

"오만 원어치 일하고도 십만 원 버는 놈. 아니, 손가락 하나 꼼지락 안 하고 백만 원 버는 놈 있어."

"이름은 뭐야?"

"케이."

"이름이 케이야?"

"그런 쓸데없고 쓸모없는 놈들은 압축해야만 해. 풀어 쓰기에는 말이 너무 아깝고 소리는 부질없어."

"나 들으라고 하는 소리야?"

"솔직히 너도 쓸데없고 쓸모없는 건 마찬가지잖아."

냉정한 내 말에 그녀의 침묵이 어둠 속으로 깊이 잠겨 들었다. 나는 조용해진 틈을 타 다시 케이의 집을 찾기 시작했다. 마침 골목 끝에 낯익은 가로등 하나가 서 있는 게 보였다. 케이를 마지막으로 보고 나오던 날 밤, 저 가로등에 김이 펄펄 나는 긴 오줌발을 갈겼던 게 생각났다. 케이의 집에서 충격적인 장면을 목격하느라 참고 있었던 요의가 봇물처럼 터져 나온 것이었다. 눈발이 차갑게 흩날리던 밤이었고, 오줌은 경사면을 따라 시냇물처럼 졸졸 흐르다 얼기 시작했다. 입덧 난 여자처럼 가로등을 손바닥으로 짚으며 헛구역질을 했던 것도 생각났다. 그때 오줌이라도 싸지 않았다면 난 아마 미쳐 버렸을 것이다. 저 가로등이 서 있는 모퉁이를 돌면 두 번째 집이 케이의 집이었다.

차에서 내린 나는 도둑처럼 케이의 집을 기웃거렸다. 역시 돈 쓰러 나갔는지 케이의 집에서는 불빛 한 점 흘러나오지 않았다. 이럴 때는 부자들의 성향도 쓸 만한 데가 있다는 생각이 들었다. 나는 차 트렁크에서 출장 가방을 꺼내 들고 대문 앞으로 다가섰다. 케이와 한창 잘 지내고 있을 무렵 녀석은 나의 출입을 자유롭게 허락한다는 의미로 보안 장치를 해제했었다. 아직도 해제된 상태인지 살짝 긴장되는 순간이었다. 내가 가방에서 마스터키를 꺼내자 기타와 배낭을 메고 내 옆에 조용히 서 있던 그녀가 소곤거리는 듯한 목소리로 물었다.

"지금 뭐 하는 거야?"

"보면 몰라. 문 따고 있잖아."

"친구 집이라며. 초인종을 누르면 되잖아."

"손가락 하나 꼼지락 안 하고 백만 원 버는 놈들은 웬만해선 문을 안 열어 줘."

"왜?"

"감출 게 많거든."

"그래도 그렇지 남이 보면 오해하겠어, 도둑으로. 혹시 당신 직업 도둑이야?"

"도둑? 도둑은 너잖아!"

보시다시피 내 직업은 열쇠공이다. 아버지도 열쇠공이었고 공교롭게도 아버지의 아버지도 열쇠공이었다. 직업도 DNA에 의해 유전되는 것인지 결국 나 또한 공교롭게도 열쇠공이 되고 말았다. 물론 벗어나려고 노력이란 걸 해봤지만 소용없었다. 유전인자란 그런 것이다. 그만큼 무섭고도 놀라운 것. 거역할 수 없는 운명적 각인 인자. 아버지란 사람들이 내게 물려준 건 열쇠 깎는 기술과 허름한 세 평짜리 가게뿐이었다. 어쩌면 나 또한 미래의 내 아들에게 열쇠공이란 직업을 물려줄 수밖에 없을지도 모르겠다. 생각하면 끔찍하고 진절머리가 나지만 DNA가 하는 일이라면 거역할 수 없을 것이다. 마찬가지로 운명에도 DNA가 있어서 유전된다. DNA는 신 같은 거니까.

가끔은 이런 생각도 해본다. 사람들에게 안심하며 집을 비울 수 있게 도와주는 이 직업으로 도둑이 되어 보는 건 어떨까, 하고. 사람들에게 문단속 잘하라고 열쇠를 만들어 줄 게 아니라 잠긴 문을 열고 들어가 도둑질을 하는 게 차라리 부자가 되는 지름길이 아닐까,

라고. 남의 집 문을 따는 건 DNA가 물려준 내 직업이니까 그 기술로 열쇠를 만들든 집을 털든 무슨 상관이란 말인가.

물론 열쇠공으로서 자부심을 느끼는 순간이란 게 있다. 아무리 부자라도 내가 만들어 주는 열쇠가 없으면 궁전 같은 자기 집으로 들어갈 수 없다는 것. 아무리 많은 금은보화를 가졌더라도 나의 역할이 없으면 그것들을 안전하게 보관할 수 없다는 것. 열쇠를 제작하다 보면 본의 아니게 사람들의 재산 유무 정도를 짐작할 수 있게 되기도 한다. 뻔질나게 내 가게를 드나드는 사람은 그만큼 가진 게 많다는 뜻이다. 자물쇠를 세 개 단 집은 두 개 단 집보다 부자고, 두 개 단 집은 하나 단 집보다 부자다. 물론 하나 단 집은 자물쇠가 아예 없는 집보다 부자다. 자물쇠를 자주 교체하는 사람은 감출 게 수시로 바뀐다는 뜻이고, 열쇠를 잃어버려 자주 열쇠를 맞추러 오는 사람은 자기가 가진 걸 잃어버려도 상관없다는 뜻이다. 혹은 잃어버려도 상관없을 만큼 형편없는 물건을 가지고 있다는 뜻이거나.

어쩌면 자물쇠가 없는 사람은 자물쇠 살 돈마저 없기 때문인지도 모른다. 아니면 지키고 싶은 게 없어서거나 지키고 싶지 않다거나. 나는 가끔 생각하곤 한다. 지키고 싶은 게 없는 인생을 산다는 건 기쁜 일일까 슬픈 일일까. 난 아직도 그에 대한 답을 갖지 못했다. 자물쇠를 채워 두고 싶을 만큼 지키고 싶은 게 있지도 않았으면서 말이다. 아마 그래서 답을 갖지 못했는지도 모르겠다. 자물쇠를 채워 두고 싶을 만큼 지키고 싶은 게 있어 본 적이 없어서 비교조차 할 수 없었던 것인지도. 그러니 자물쇠가 필요 없을 만큼 가진 게 없는 나한테 훔쳐 갈 게 있었다는 건 놀라운 일이다. 그게 다름 아닌 전기라는 형식의 물질이라는 건 기가 막히지만. 누군들 그걸 훔쳐 갈 거라 상상할 수 있겠는가.

10

그래도 열쇠공으로서 가장 큰 자부심을 느끼는 순간은 지금이 아닐까 싶다. 케이의 집 대문이 내 가벼운 손놀림 하나로 맥없이 주저앉아 버린 지금 말이다. 난공불락 요새를 무너뜨린 기분이랄까. 하지만 그보다 녀석이 아직도 보안경비장치를 해제해 둔 상태라는 게 나를 더 놀라게 했다.

나는 현관문까지 닿아 있는 디딤돌의 안내를 받으며 차분히 안으로 들어갔다. 운동화 바닥이 디딤돌에 닿을 때마다 나도 모르게 속으로 개수를 세고 있었다, 그때처럼. 세어 보나 마나 디딤돌은 스물네 개일 것이다. 오 년 전 케이를 마지막으로 보고 나올 때의 내 나이. 정원이 얼마나 넓은지 현관까지 가는 데 한참이 걸렸다. 그때도 스물네 살이란 나이까지 살아가는 데 한참이 걸렸다는 생각을 했었다. 한참을 살았는데도 그해 크리스마스이브에 나를 찾아온 건 절망뿐이라 세월을 원망하기도 했었다. 역시나 세어 보나 마나 디딤돌은 여전히 스물네 개였다. 변하는 건 인간뿐이라는 생각이 드는 순간이었다.

　한참 걸려 두 번째 관문인 현관문 앞에 당도한 나는 가방을 놓고 쭈그리고 앉았다. 마스터키를 열쇠 구멍에 꽂으려는데 현관문이 삐걱, 하고 앞쪽으로 조금 움직였다. 이상하게 현관문은 잠겨 있지 않았다. 일이 생각보다 쉽게 풀리려는 유쾌한 조짐이었다.

　나는 쉽게 현관문을 열고 안으로 들어갔다. 안은 어두웠고, 예상대로 아무도 없는 것 같았다. 나는 휴대폰 손전등을 여기저기 비추며 사붓이 발을 뗐다. 내 앞에는 미로 같은 길고 굵은 복도가 짐승의 창자처럼 놓여 있었고, 그 복도는 또 다른 작은 통로의 복도와 거미줄처럼 연결되어 있었다. 부잣집의 일반적인 집 구조였다.

　나는 손전등 불빛을 따라 살금살금 거실 쪽으로 걸음을 옮겼다. 어두운 거실 한구석에 그녀를 앉혀 놓고 잽싸게 빠져나오면 계획은 일단 성공이었다. 잠시 후면 홀가분한 기분을 만끽할 수 있으리라 생각한 그때, 무언가가 옆으로 쿵 넘어지는 소리가 들리더니 이상한 신음 소리가 들려왔다. 아니, 그것은 흐느낌 같기도 하고 억제된 비명 소리 같기도 했다.

　나는 소리의 진원지를 찾아 부산하게 휴대폰 손전등 불빛을 비췄다. 미러볼처럼 현란하게 움직이던 불빛이 멈춘 곳은 이 층을 향해 나사 모양으로 연결되어 있는 나무 계단이었다. 계단 난간에 누군가 있었다. 그것도 그냥 서 있는 게 아니라 압박붕대에 목이 대롱대롱 매달린 채로 붙어 있었다. 바닥에는 의자가 넘어져 있었다. 흠칫 놀란 나는 그 자리에 그만 얼어붙고 말았다. 누군가를 서프라이즈하게 해주려고 봉제 인형을 달아 놓은 거라고 잠시, 생각했다. 그 생각을 고쳐 주겠다는 듯, 긴 파마머리를 풀어 헤친 누군가가 양손을 바닥으로 축 늘어뜨린 채 공중에서 발버둥 치기 시작했다. 죽고 싶어서 그러는 건지 살고 싶어서 그러는 건지 알 수 없는 발버둥이었다. 나는 그 발버둥조차 서프라이즈를 리얼하게 부각하기 위한 하나의 연기일 거라고 잠시, 생각했다. 그 생각을 고쳐야겠다고 생각한 건 등 뒤에서 들려온 그녀의 리얼한 비명 소리 때문이었다.

이럴 때 어떻게 해야 한다고 생각할 겨를도 없이, 나는 무조건 발버둥 치는 파마머리의 다리를 안아 올렸다. 그러고는 그녀를 향해 불을 켜라고 소리쳤다. 그녀는 기타 통을 팽개치듯 내려놓고는 벽을 더듬어 스위치란 스위치를 죄 눌렀다. 순식간에 주변이 환해졌고 나는 고개를 들어 위를 올려다봤다. 파마머리는 눈을 감은 채 내 쪽을 향해 붉어진 고개를 떨어뜨리고 있었다. 얼굴이 보였다. 조금 마르긴 했지만 그건 분명, 케이였다.

한 사람은 공중에서 한 사람은 바닥에서, 우리는 이상한 방식으로 오 년 만에 얼굴을 마주 보고 있었다. 죽었나? 다리를 붙잡고 있는 두 팔이 부들, 떨려 오기 시작했다. 나는 그녀에게 끈을 자를 수 있을 만한 걸 가져오라고 했다. 그녀는 부엌에서 시퍼런 식칼을 들고 나와 끈을 잘랐다. 케이와 나는 동시에 넘어지며 바닥에 머리를 꽝, 쩧었다. 금세 온몸이 땀으로 젖었고, 우리는 다시 바닥에 한쪽 볼을 댄 채로 얼굴을 마주 보고 있었다. 죽었나?

케이가 긴 속눈썹을 들어 올려 초점 없는 눈으로 나를 쳐다봤다. 그러고는 다시 눈을 스르르 감았다. 진짜, 죽었나? 놀리듯 케이가 다시 눈꺼풀을 들어 올려 나를 쳐다봤다. 아까보다는 좀 더 촉촉하고 선명해진 눈동자였다. 그러고는 어이없다는 듯 피식, 웃으며 한 번의 기침과 함께 이렇게 말했다.

"또…… 너냐?"

케이는 고등학교 이 학년 때도 자살을 시도한 적이 있었다. 그때는 욕조에 물을 한가득 틀어 놓고 홀딱 벗고 들어앉아 칼로 손목을 절반쯤 긋고 있던 참이었다. 내가 칼을 낚아챈 뒤 다급하게 119에 신고한 덕에 케이는 목숨을 건질 수 있었다. 아무래도 나는 저 새끼의 자살을 막기 위해 태어난 인간인 것만 같다. 또 너냐? 그건 정말 내가 하고 싶은 말이었다. 나는 안경을 고쳐 쓰고 자리에서 벌떡 일어나 똑같이 피식, 웃으며 이렇게 말했다.

"또 너냐?"

내 인생의 가장 중요한 순간에 끼어들어 모든 계획을 비틀어 놓고 망치는 새끼! 그게 바로 케이였다. 내가 한 말의 의미가 뭔지 알겠다는 듯 케이가 붉어진 모가지를 부여잡고 일어나 켁켁거리며 말했다.

"이번에는 또…… 무슨 짓을 꾸밀…… 계획이었는데. 그것도 남의 집에…… 몰래 들어와서."

"으악! 재수 없는 새끼!"

정말이지 발로 등짝을 걷어차 주고 싶은 심정이었다. 내가 발을 들어 케이의 등짝을 후려치려는 찰나에 식칼을 들고 나선형 계단에 서 있던 그녀가 픽, 소리를 내며 계단에 맥없이 주저앉아 버렸다. 많이 놀란 얼굴이었다. 그녀는 흡사 건전지가 다 된 인형이나 로봇 같은 자세를 취하고 있었다. 배가 몹시 고픈 것 같기도 했다. 그녀의 손에서 빠져나온 식칼이 계단을 타고 요란하게 굴러 내려왔다. 케이가 자기 앞으로 떨어진 식칼을 집어 들며 물었다.

"네…… 여자냐?"

갑자기 불안해지는 이유는 뭘까.

11

그러나 딱히 불안해할 건 없을 것이다. 그녀가 내 여자도 아니지만 내 여자라도 천하의 카사노바 케이도 어떻게 하지는 못할 테니까. 케이가 자리에서 휘청휘청 일어나 기운 없어 보이는 그녀를 향해 계단을 올라갔다. 설마 만지려는 걸까. 나는 감전돼 죽으라고 잠자코 있기로 했다. 감전되면 인간이란 게 어떤 꼴로 죽게 되는지 궁금하기도 했다. 예상대로 케이가 그녀를 향해 팔을 뻗어 만지려 했다. 긴장되는 순간이었다. 그러나 아쉽게도 그녀가 다급하게 팔을 먼저 뻗어 다가오지 마, 라고 소리쳤다. 깜짝 놀란 케이가 두 계단 뒤로 물러서며 왜 그러냐는 듯 나를 돌아봤다.

"죽기 싫으면 거기서 내려와."

나는 이마의 땀을 손등으로 훔쳐 내며 심드렁하게 말했다.

"나야 늘 죽고 싶어 환장한 놈이란 걸 네가 더 잘 알잖아."

"곱게, 온전한 상태로 죽고 싶으면 물러서라고."

케이가 고개를 갸웃거리며 계단을 마저 내려왔다. 죽더라도 곱게
는 죽고 싶은 모양이었다. 나는 그녀에게 말했다.

"배고프면 어디든 들어가. 여긴 방도 많아서 콘센트 천지야."

내 말에 그녀가 몇 번 휘청거리더니 자리에서 간신히 일어났다.
누구라도 부축해 주고 싶을 정도로 기운이 없어 보였다. 그러나 누
구도 부축해 줄 수는 없을 것이다. 그녀는 뭐든 스스로 해결해야만
한다. 그녀가 기타 통을 들고 어딘가에 있을 콘센트를 찾아 유목민
처럼 이동했다.

"먹고 나서 이 집은 어떤 썩은 맛이 나는지나 알려 줘. 뭐, 보나 마
나 뻔하지만."

그녀가 고개를 돌려 나를 쳐다보며 힘없이 웃었다. 그녀가 복도
끝에서 오른쪽으로 꺾어 들어가자 큰 소리로 덧붙였다.

"맘 놓고 왕창 먹어. 네가 아무리 먹어도 여기선 티도 안 나니까."

날도 더운 데다 기운이 빠져서 나는 바닥에 도로 드러눕고 말았
다. 그때 케이가 물어 왔다.

"무슨 소리야?"

나는 한 번씩 이를 갈며, 높은 천장에 눈을 둔 채 그녀의 얘기를 하기 시작했다. 가로등이 우는 시간에 태어났다는 얘기부터 라면을 끓여 준 일까지, 그녀의 이야기가 천장의 공기를 가볍게 흔들어 놓았다. 케이는 호기심을 가지고 그 공기의 진동을 자연스럽게 느꼈고, 호흡했고, 흡수했다. 그러고는 그녀를 멋지다는 말로 단숨에 옹호했다.

"그러니까 저 아름다운 여자랑 동거했다는 거지?"

"동거? 동거는 동거지. 이상한 동거."

"그래서 오밤중에 우리 집에 쳐들어온 거야? 저 동거녀 버려 놓고 가려고?"

"그 덕에 넌 황천길 면했잖아, 새끼야!"

"죽는 건 쉬워. 맘만 먹으면 언제든 죽을 수 있어. 사는 것보다 쉬운 게 죽는 거야."

"그 쉬운 걸 왜 매번 실패하는데?"

오 년 동안 자살 시도가 몇 번 더 있었다는 걸 케이의 양쪽 손목에 그어진 여러 개의 칼자국을 보고 알 수 있었다.

"사는 것보다는 쉽다고, 죽는 게."

도대체 사는 게 얼마나 어려우면 죽는 것보다 쉽다고 말하는 걸까. 만성 우울증에 조울증까지 있는 케이는 예전에도 그 말을 입에 달고 살았었다. 그것은 내게 도저히 이해 불가능한 외계의 말 같은 것이었다. 사는 게 얼마나 행복한데. 아니, 돈만 많으면 사는 게 얼마나 행복할 수 있는 건데. 더구나 케이 정도의 부가 내게 주어진다면 나는 하루하루 행복에 겨워 몸서리치며 살 거라고 생각했다.

"왜 죽고 싶은데?"

"차라리 왜 배고픈데라고 물어."

그 말은 고로 배가 고픈 것처럼 죽음에 대한 충동이 수시로 찾아온다는 뜻이었다.

"그렇게 발버둥 안 쳐도 때 되면 다 죽어. 가만히만 있어도 죽는 날 다 찾아온다고."

"네가 뭘 알아. 우울증이 얼마나 무섭고 고통스러운 병인지."

"그래, 내가 뭘 알겠어. 우울증 걸릴 시간도 없이 사는 놈인데."

"넌 왜 살고 싶은데? 왜 그렇게 삶에 집착하는데?"

케이가 울적한 목소리로 물었다.

"억울하잖아. 사나이가 한번 태어나서 사람답게 살아 보지도 못하고 죽으면."

"사람답게 사는 게 뭔데?"

"부자."

"부자는 사람이 아니야. 다른 사람의 희생으로 자기 배를 채우니까. 모기 다리에서 피 빼 먹는 부자보다 차라리 환경미화원이 되겠다는 게 사람다워. 그리고 열쇠, 그걸로는 평생 부자가 될 수 없어."

"왜 없어?"

"네가 더 잘 알잖아."

"열쇠로 할 수 있는 일은 많아."

"오늘처럼 남의 집에 몰래 들어오는 거? 오호, 그거 참 좋은 직업이구나."

케이의 빈정거리는 말투에 주먹이 날아가려는 걸 간신히 참았다.

"발자크가 그랬어. 오래 살아남는 사람만 불행할 뿐이라고."

케이가 말했다.

"대문호라는 작자들은 원래 영양가 없고 쓸데없는 말만 지껄여. 겉멋 잔뜩 든 말만 한다고. 그런다고 멋있어 보이는 줄 아는지, 원."

"아니, 맞는 말이야. 절대적으로. 살면 살수록 불행할 일만 생겨. 이놈의 삶은."

"너희 둘만 그렇겠지."

"둘?"

"발자크하고 너!"

"저 여자 여기 놔두고 가."

케이가 긴 한숨을 쉬고 나서 말했다.

"진심……이야?"

"응."

이거 일이 다시 쉽게 풀리려는 유쾌한 조짐이 보였다. 나는 속으로 환호성을 질렀고 머리 주위로 뜨거운 폭죽이 터지는 느낌이 들었다. 나는 애써 담담한 척하며 걱정하듯 물었다.

"다른 가족들한테 들키면 쫓아내지 않을까?"

"이 집에 나 말고 아무도 없어."

하긴 예전에도 케이는 집에 늘 혼자 있었다. 이 구중궁궐같이 넓디넓은 집에 말이다. 삭막하게도 그 흔한 애완동물 하나 키우지 않았고, 밤이 돼도 도둑고양이조차 숨어들지 않았다.

"다른 가족들은?"

"알잖아. 다들 바쁜 거."

다들 바쁘지 않다 해도 그녀의 존재를 눈치채는 사람은 아마 없을 것이다. 집이 워낙 넓어 방바닥에 떨어진 쌀알처럼 그녀의 존재는 눈에 띄지도 않을 것이고, 얼마든지 숨바꼭질하며 지낼 수도 있을 것이다. 눈치챈다 해도 안전거리를 유지하며 지낼 수 있을 테니 피해가 된다고 생각하지도 않을 것이다. 그녀 같은 사람은 가난한 내 집보다는 케이의 집이 여러모로 편하고 어울린다. 그러나 한편으로는 너무 쉽게 그녀를 받아들이겠다고 하는 게 어딘지 좀 수상쩍었다.

"아무래도 케이 너 이상해."

"뭐가?"

"너무 쉽게 오케이 하는 게. 또 무슨 꿍꿍이야?"

"내가 너한테 진 빚이 많잖아."

"말은 똑바로 해라. 빚이 아니라 아예 내 인생을 총체적으로 망쳐 놨잖아."

"그러니까 두고 가라고. 얘기 들어 보니 네 인생 최대의 위기에 봉착한 것 같은데. 이럴 때 구제해 줘야 나한테 한 번은 고마워하고, 안 쓰러운 네 인생 더는 안 망가지지.”

“너 혹시?”

케이가 흔들리는 내 눈을 똑바로 쳐다보다 얼른 피했다. 그러고는 곧바로 들켰다는 듯이 키득, 웃었다.

“미친 새끼!”

케이는 지금 그녀를 이용할 속셈이었다. 죽고 싶은 충동이 생길 때 그녀를 가볍게 껴안기만 하면 모든 게 간단하게 끝날 거라 생각하고 있는 것이었다. 맘만 먹으면 죽는 게 훨씬 간편하고 쉬워진다고 생각하는 것이었다.

“내가 쟤를 사랑해 버리기라도 한다면, 그래서 안고 싶다거나 키스를 하고 싶어 미칠 지경에 빠진다면, 그러니까 사랑해서 죽는다면, 아니 사랑하면 죽는 관계라면……. 달콤한 죽음이 될 것 같지 않냐? 제법 낭만적이야.”

“농담이라도 그런 소리 마! 너야 죽고 싶어서 죽는 건 괜찮지만 쟤는? 쟤는 무슨 죄인데? 자기 때문에 누군가가 죽기라도 하면 죄책감에 시달릴 거라고!”

“그것도 말 되네.”

“하지만 그럴 일은 없을 테니까 걱정 마.”

“왜?”

“쟤가 여기 있으려고 안 할 거야.”

“왜?”

"부자들은 전부 구리니까. 구역질 난다고!"

12

그녀가 기타 통을 메고 방에서 나왔다. 한숨 잤는지 머리카락은 지저분하게 헝클어져 있었다. 줄기차게 퍼붓던 비는 어느새 나른하게 뚝, 그쳐 있었다. 그녀가 소파에 나른하게 몸을 맡기자 내가 물었다.

"어때, 엄청 구리지? 시궁창 맛 나지?"

그녀는 깊이 뭔가를 생각하는 것처럼 미간을 좁히더니 눈동자를 한쪽으로 굴렸다. 케이 또한 대답이 몹시 궁금한 듯 그녀의 말에 귀를 집중했다.

"모르겠어."

"모르다니?"

"아니, 비슷한 것 같아."

"뭐?"

"쓸쓸한 맛이 나."

"말도 안 돼."

"질감이 약간 다르긴 하지만 하여튼 쓸쓸해."

허탈감은 잠시, 나는 차라리 잘됐다는 생각이 들었다.

"마침 잘됐네. 오늘부터 여기서 지내."

나는 그녀한테 솔직하게 털어놨다. 그녀를 버릴 목적으로 여기까지 왔다는 것을.

"넓고 좋잖아. 나가랄 사람도 없고. 여기선 도우미를 자처하지 않아도 돼. 다행히 맛도 비슷하다니 뭐……."

나는 곁눈질로 그녀의 표정을 살폈다. 아무것도 읽어 낼 수 없는 얼굴이었다. 나한테 화가 난 것 같아 미안하기도 했지만 여기 있겠다는 무언의 표현인지도 모르겠다는 생각이 들자 살짝 서운한 감정이 인 것도 사실이었다. 케이는 득의만만한 표정으로 우리를 지켜봤다. 나는 집에 가려고 출장 가방을 들고 자리에서 엉거주춤 일어났다. 그때, 그녀가 자리에서 벌떡 일어나 나를 따라나서며 말했다.

"난 당신 집이 좋아. 이런 넓은 집은 무서워서 싫어. 사람 살 데는 못 되는 것 같아."

아, 갑자기 좋아지는 이 기분은 뭘까. 아마 처음이라 그럴 것이다. 많은 여자를 만나 왔지만 작은 내 집이 좋다고 말해 준 여자는 그녀가 처음이라. 한편으로는 그래서 지극히 비현실적이란 생각도 들었다. 아니, 그녀는 빈부의 차이에서 오는 고통이나 외로움, 고독, 불편함이 뭔지 아직 잘 모르는 것 같았다. 안다면 저런 말을 쉽게 내뱉지는 못할 것이다. 분명한 건 그 순간, 그녀에 대해 알고 싶은 욕망이 생겼다는 것이었다.

"그렇긴 하지. 차갑고 공허하고 메마르고."

나의 수긍에 그녀가 맞아, 하는 표정으로 고개를 세차게 끄덕였다. 그러나 의외로 나는 다시 곧 냉정을 되찾았다.

"아무리 그래도 우리 집은 더 이상 안 돼!"

나는 더없이 차갑고 공허하고 메마르게 돌아섰다. 그러자 그녀가 내 등에 대고 쐐기 박듯 말했다.

"우리 만남은 아담과 이브 같은 거란 걸 명심해."

나 또한 돌아서며 그녀에게 말했다.

"아담은 결국 이브 때문에 에덴동산에서 쫓겨나. 평화로웠던 삶이 파괴되고 고달파진다고."

"대신 사과를 얻잖아."

"나한테 그 사과를 주겠다는 거야?"

"응."

"독사과겠지. 깨물면 죽는."

그녀가 갑자기 눈물을 흘리기 시작했다. 무슨 의미의 눈물일까. 혹시 날 속이고 회유하기 위해 흘리는 악어의 눈물 같은 걸까. 나는 순간 어떻게 수습해야 할지 몰라 그 자리에 맥없이 주저앉고 말았다. 장마철 습기 같은 끈적끈적한 피로와 막막한 어둠이 머나먼 복도 끝에서 밀려오고 있었다.

"죽다 살아났더니 배고파 죽겠네. 라면이나 끓여 먹을까?"

케이가 짐짓 밝은 목소리로 우리 사이에 끼어들었다. 제 딴에는 분위기를 바꿔 보려는 노력이었지만 썰렁하기만 했다.

"케이, 넌 이런 집에 살면서도 라면이란 걸 먹냐?"

나는 고개를 가랑이 사이에 처박은 채 비아냥거리듯 물었다.

"이런 집에 살아도 결국은 혼자니까 라면을 먹지."

이상한 말이었다. 나는 고개를 들어 케이를 쳐다봤다. 이런 집에 혼자 남으면 진짜 혼자라는 느낌이 들겠다는 생각이 들게 하는 말이어서일까. 그녀가 기타 통을 얼른 내려놓더니, 시키지도 않은 라면을 끓여 오겠다며 부엌으로 달려갔다. 그녀의 그런 행동이 날 난감하게, 그리고 번민하게 만들었다.

"근데 넌 아까부터 왜 자꾸 날 케이라고 부르냐?"

케이가 그녀를 따라 부엌으로 가려다 말고 물었다.

"너 같은 놈은 그렇게 불러야 돼."

"나 같은 놈이 어떤 놈인데?"

"쓸모없는 부자."

"……."

"왜 아무 말 안 해?"

"맞는 말이니까. 하지만 너도 다를 건 없어."

"없다니?"

"가난뱅이도 쓸모없는 건 마찬가지라고."

"그래서?"

"그래서는 뭐가 그래서야. 넌 와이라는 거지."

그렇게 졸지에 나는 와이가 되었다.

13

고급 호텔 주방 같은 휘황찬란한 부엌에서 고작 라면 끓일 물이 끓고 있었다. 라면 끓이는 걸 그녀한테 맡기려 했지만 저번처럼 라면 죽을 만들어 놓을 것 같아 불안해서 내가 나섰다. 라면 봉지를 막 뜯고 있을 때 거실 쪽에서 기타 뜯는 소리가 들려왔다. 나는 봉지를 뜯다 말고 거실 쪽으로 몇 발짝 움직이며 귀를 기울였다. 외국 곡인지 처음 들어 보는 곡이었다. 천장이 높아 울림이 커서 그런 걸까. 여기서 들으니 그녀의 연주 솜씨가 심상치 않다고 느껴졌다. 어느 틈에 그녀의 기타 연주에 맞춰 케이가 노래를 부르기 시작했다.

케이의 노래가 다 끝나자 그녀는 아르페지오 주법으로 기타 줄을 뜯으며 뭐라고 중얼거렸다. 케이한테 어떤 이야기를 들려주는 것 같았다. 무슨 얘기일까 궁금해 가스레인지 불을 한 단계 줄여 놓고 몇 발짝 더 가까이 다가갔다. 옛날 옛날로 시작되는 이상한 나라에 사는 고리타분한 사람들의 이야기였다. 나는, 벽에 머리를 기대고 앉아 있는 케이를 주방 기둥에 숨어 지켜봤다. 그녀는 나선형 계단에 앉아 있어서 이쪽에서는 보이지 않았다. 케이의 얼굴은 잠에 취한 듯 꿈에 어린 듯 황홀한 표정이었다. 금방이라도 옆으로 거꾸러질 듯 졸린 표정이기도 했다. 그러다 가끔 케이가 크게 소리 내 웃었고, 그녀도 그 웃음에 대답하듯 수줍게 혹은 조그맣게 소리 내 웃었다. 둘이 아주 죽이 짝짝 잘 맞는 것 같았다. 뭔가 소외당한 기분이 든 나는 서둘러 냄비에 라면을 쪼개 넣었다. 마음을 안정시키기 위해 라면이 익을 동안 나무통에 연필처럼 꽂혀 있는 파스타를 세어야만 했다.

"난 라면에 파하고 계란이 꼭 들어가야 되는데. 세상에서 제일 맛있는 건 계란 넣은 라면이야."

재수 없게 케이가 세상에서 라면에 대해 제일 잘 안다는 표정으로 말했다. 계단에 앉아 우리 쪽을 쳐다보고 있던 그녀의 눈동자가 커지더니 반짝 빛나는 걸 보았다. 혹시 계란 넣은 라면을 좋아했다는 그 남자가 떠올라서일까. 아니면 자기의 라면 끓이는 방식을 옹호해 주는 케이를 만나 반가워서 그런 것일까. 그 호기심이 케이에 대한 관심으로 번질까 불안했고, 계속해서 나만 겉돌고 있다는 느낌이 들어 불편했다. 실은 화가 났다는 게 정확할 것이다. 라면에 대한 감식안이랄까 철학이랄까, 라면에 대해 빈자만이 알고 있어야 한다고 생각했던 어떤 비밀스러운 특권이랄까 권리까지 케이한테 빼앗겼다는 생각이 들어서였다. 뭔가 상당히 공평치 않은 기분이 들었다.

"라면을 진짜 맛있게 먹는 방법은 아무것도 안 넣는 거야. 그래야 진짜 쓸쓸한 맛이 나."

"혼자 먹는 것도 쓸쓸한데 굳이 쓸쓸한 맛까지 낼 필요는 없잖아."

"라면에 계란 넣으면 쓸쓸한 맛이 안 난대?"

"안 나. 정말로."

나는 왜냐고 물으려다 관뒀다. 그녀가 계란을 풀어 끓여 준 라면을 먹었을 때 정말로 쓸쓸하다는 느낌을 받지 못했기 때문이었다.

부드럽고 몽글몽글한 게 혀와 점막에 닿을 때마다 뭔가, 따뜻하고 포근하다고 느꼈기 때문이었다. 실은 어쩌면, 라면을 먹을 때 그녀가 옆에 있어서인지도 모르겠다.

"오늘은 너랑 나랑 둘이니까 계란 타령 그만하고 조용히 처먹어."

"그냥 솔직히 말하지 그래?"

나는 고급 냄비 뚜껑에 라면을 퍼 담다 말고 케이를 노려봤다.

"라면에 넣을 계란이 아까워서 그러는 거잖아."

어떻게, 알았을까. 순간 나를 의미심장하게 쳐다보는 그녀의 시선이 느껴져 얼굴이 화끈거렸다. 그래서 그때 계란 넣었다고 나한테 막 화를 냈구나, 라고 말하는 시선이었다. 한 개도 아니고 두 개나 넣어서 얼마나 화가 났을까, 라고 말하는 눈빛이었다. 라면에 계란 하나 맘 놓고 넣지 못하는 나를 처량하게 여기는 것도 같았고, 한심하게 생각하는 것도 같았다. 계란 하나에 그녀 앞에서 자존심이 무너졌다. 계란 하나에 사람이 한순간에 우습게도 될 수 있다는 사실이 비참했다. 고작 계란 하나가, 그 하나가 날 무안하게 했고 무능한 인간으로 만들어 버렸다. 그렇다. 라면 먹을 때마다 쓸쓸하다고 느꼈던 건 혼자 먹어서가 아니라 라면에 계란을 넣지 않아서였다. 라면에 계란 하나 맘 놓고 넣지 못하는 삶을 살고 있기 때문이었다. 더불어 나는 알게 되었다. 가난은 고작 계란 하나로 비루해질 수 있고, 부자는 고작 계란 하나로 누군가를 비참하게 만들 수 있다는 것을. 라면과 계란 하나 사이의 괴리감. 계란 하나가 휘두르는 엄청난 폭력. 그런 게 가난이었고 또 그런 게 부자였다. 나는 속으로 조용히 다짐했다. 앞으로는 반드시 라면에 계란을 풀어 먹겠다고.

날 위로해 주고 싶었던 걸까. 그녀가 계란을 넣지 않은 라면 같은 기타 연주를 하기 시작했고, 나는 계란을 넣지 않은 라면을 말없이 먹기 시작했다. 기분은 몹시 상했지만 배가 무척 고파서였다. 자존심도 배고픔 앞에서는 힘을 쓰지 못하는 모양이다. 케이와 머리를 맞대고 라면을 먹고 있는데도 계란을 넣지 않아서인지 쓸쓸한 맛이 났다. 그건 깨진 유리창처럼 구멍 뚫린 가슴으로 진짜 찬바람이 들어오는 맛이었다.

14

면을 다 건져 먹은 우리는 번갈아 가며 냄비 손잡이를 붙잡고 국물을 들이마셨다. 내가 냄비에 입을 막 가져가 댔을 때 케이가 그녀에게 물었다.

"네 똥은 어떤 형태와 색깔이야?"

나는 라면 국물을 냄비 속으로 뿜어내고 말았다. 미처 생각해 보지 못한 질문이어서가 아니라 차마 물어보지 못했던 질문이기 때문이었다. 지저분한 질문이었지만 그녀의 대답이 궁금해지는 시점이었다. 그녀는 기타 연주를 멈추고 말했다.

"먹는 게 전기라는 것만 다를 뿐 나오는 건 똑같아."

"방귀 냄새도?"

"그래. 모든 게 다 똑같아."

"똑같긴 뭐가 똑같아. 사랑도 못 하잖아."

내가 말했다.

"세상에는 사랑도 못 하고 섹스도 못 한 채 살아가는 사람들이 많아."

"없어."

"창피해서 안 했어도 했다고 하는 거야. 병신 취급 받을까 봐."

나는 금세 그렇구나, 그럴 수도 있겠구나, 라고 생각했다.

"나이는 어떻게 돼?"

케이가 물었다.

"그건 왜?"

"딱 봐도 우리보다 한참 어린 것 같은데 계속 반말을 하니까."

"존댓말을 못 배웠어. 처음 읽은 책이 반말로 쓰여 있어서 이게 편해."

"혼자 책으로 언어를 익혔다는 거야?"

"뭐 대충."

뭐 하나 확실한 게 없군.

"나이는 우리보다 어리다는 거네. 몇 살이야?"

"스물다섯쯤."

"쯤이라니?"

정말로 확실한 게 없군.

"스물넷일 수도 있고, 스물여섯일 수도 있어. 정확히는 몰라."

"왜?"

"내가 막 태어났을 때 아버지가 너무 깜짝 놀라서 날짜를 잊어버렸대."

"왜?"

"나 같은 인간이 태어났는데 정신이 온전하다면 그게 더 이상한 거지."

"그럼 가로등이 우는 시간이라고 했던 건 뭐야?"

"그건 아버지가 말해 준 시간이야. 아마도 아버지가 운 시간이었을 거야. 아무도 모르는 시간에 아무도 모르게 울었던 아버지의 시간……. 세상에서 가장 사랑했던 여자를 죽이고 내가 나왔으니 슬프기도 했겠지."

가로등이 우는 시간. 누군가에게는 끔찍한 하루가 시작되는 시간이고, 다른 누군가에게는 끔찍할 만큼 달콤한 하루가 시작되는 시간. 그녀가 기타를 들고 계단에서 내려와 베란다 쪽으로 갔다. 그러고는 창문을 활짝 열어젖히고 응접실에 앉아 또 기타를 쳤다. 한여름인데도 새벽이라 그런지 공기는 조금 찼고, 어디선가 비에 젖은 흙냄새가 몰려왔다. 창문으로 들어온 시원한 바람은 우리의 머리카락을 흩트려 놓았다. 그때 나는 케이에게서 이상한 것을 발견했다. 흩날리는 긴 파마머리 사이로 보이는 케이의 귀.

케이는 한쪽 귀가 없었다.

15

내가 봤다는 걸 눈치챘는지 케이가 머리카락을 손가락으로 쓸어 올려 사라진 귀의 단면을 이리저리 자세히, 그리고 오랫동안 보여 주었다.

"징그럽지?"

당연히, 징그러웠다.

"어떻게 된 거야?"

"보면 몰라? 잘라 냈지."

순간 할 말이 생각나지 않았다.

"아팠어?"

잠시 후 내가 꺼낸 말은 고작 그 정도였다.

"아니, 하나도."

"독한 놈."

"마취하고 잘라 냈으니까. 대신 피가 좀 많이 났지."

"자살하려고?"

"자살하려면 동맥을 끊거나 목을 매지. 아니면 투신을 하거나."

"그럼?"

"아버지한테 의지가 확고하다는 걸 보여 주려고."

고등학교 때부터 케이의 꿈은 그림 그리는 사람이 되는 거였다. 내 기억으로도 케이는 꽤 독창적인 그림 솜씨를 가지고 있었다. 고등학교 때 나는 문예부였고, 케이는 미술부였다. 케이와 나는 누가 먼저 자기 꿈을 이루는지 내기를 하자고 했다. 케이는 고흐 같은 화가가 되고 싶어 했고, 나는 도스토옙스키 같은 소설가가 되고 싶어 했다. 나는 겉으로 자신 있는 척했지만 실은 속으로 이미 케이한테 패했다고 생각했다. 아무래도 가난한 사람보다 부자가 자기 꿈을 이룰 확률이 높아 보여서였다. 부자인 케이마저 못 이룬 걸 보면, 정말 꿈을 이루며 산다는 건 환상인 걸까. 케이와 나는 벌써부터 미래가 훼손됐다는 기분으로 서로를 쳐다봤다.

　"왜 귀를 자른 거야?"

　"코를 자를 수는 없잖아."

　"귀를 자르면 고흐가 될 수 있을 것 같아서가 아니고?"

　"맞아. 될 수 있을 줄 알았어. 근데 아니었어. 오히려 그 귀 때문에 미친놈 취급만 받았어. 아무도 내게 그림 그릴 시간이나 도구를 주지 않았어. 나중에는 집안 망신시켰다고, 집 안에 정신병자를 놔둘 수 없다고 석 달 동안 정신병원에 처넣더라."

　케이가 미친 사람처럼 웃었다. 호프집에서 맥주잔을 나르다 만난 동창한테 들은 얘기가 완전히 거짓은 아닌 것 같았다. 그 동창은 케이에 대한 여러 가지 안 좋은 소문에 대해 말해 줬다. 그중 하나가 케이가 미쳐서 유학을 중단하고 귀국했다는 것이었다. 제 손으로 자기 귀를 자른 놈이 미친 거지, 미쳐야 할 수 있는 일이 아니면 뭐겠는가.

"멍청한 놈! 귀를 잘랐으니까, 그 사라진 귀 때문에라도 포기하지 말았어야지."

나도 모르게 튀어나온 울분에 케이가 씁쓸하게 웃었다. 아직도 생생하게 기억난다. 케이가 자기 손으로 직접 잘랐다는 그 귀의 생김새. 케이의 한쪽 귀는 이상한 모양을 하고 있었다. 마치 기형처럼, 아니 다른 사람 귀를 떼어다 붙여 놓은 것처럼 반대쪽 귀 모양과 확연히 달랐다. 유도나 레슬링 선수 귀처럼 유독 그 귀만 귓바퀴가 징그럽게 찌그러져 있었다. 그때 케이의 볼품없는 짝귀를 보며 속으로 이렇게 생각했었다. 저런 찌그러진 귀를 갖고 있느니 차라리 없는 게 낫겠어. 혹시 케이도 그런 자기 귀가 내내 마음에 들지 않아 자르길 내내 벼르고 있었던 건 아닐까. 다른 사람 귀 같아 혐오해 왔던 건 아닐까.

그러나 막상 사라진 귀를 보니 아예 없는 것과는 다르다는 생각이 들었다. 아예 없다는 건 균형이 깨지는 걸 의미했다. 아예 없으려면 두 짝 다 없는 게 차라리 나을 것도 같았다.

"아마 두 짝 다 잘랐다면 고흐가 될 수 있었을지도 몰라."

"맞아. 결국 고흐는 귀 때문에 고흐가 됐지만 난 귀 때문에 고흐가 될 수 없었어."

어떤 생물학자의 설명에 의하면 꼬리뼈처럼 귀 역시 퇴화해 가는 기관이라고 하니 어쩌면 먼 훗날 우리 후손들은 케이처럼 귀가 없는 채로 살아가게 될지도 모를 일이다. 나는 궁금했다. 그 귀는 지금 어디 있을까. 양지 바른 땅에서 잘 썩고 있을까.

"그 귀는 어딨어?"

"궁금해? 보고 싶어?"

"여기 어디 가까운 데 있다는 거야?"

케이는 입가에 미소를 살짝 지으며 음흉하게 고개를 끄덕였다. 나는 넓디넓은 정원 어디쯤 묻혀 있겠거니, 하고 생각했다. 그때 케이가 날렵한 턱짓으로 어딘가를 가리켰다. 그곳은 주방 쪽이었다.

"냉동실에 보관하고 있어."

나는 속으로 화들짝 놀랐지만 겉으로는 애써 침착한 척했다.

"그걸 왜……."

"아직은 내 몸의 일부니까. 내가 죽을 때까지는 그렇게라도 같이 옆에 있어야 할 것 같아서. 나중에 내가 죽으면 같이 묻어 달라고 할 거야. 여행 다닐 때 제일 먼저 챙기는 것도, 그 귀야."

"끔찍하게 그걸 왜 갖고 다녀?"

"내 귀니까. 어딜 가든 두 짝 다 있어야 한다고 생각해. 비록 붙이지는 못하지만 균형적인 측면에서. 그래야 맘이 편해."

케이는 마치 귀를 자른 걸 후회하는 것처럼 보였다. 그러나 나는 후회하느냐고 차마 묻지 못했다. 어떤 대답이 돌아오든 결과는 마찬가지이기 때문이다. 어쩌면 후회하기 위해 사는 게 삶일지도 모르기 때문이다.

케이는 내게 자기 귀를 보여 주고 싶어 했지만 난 질색하며 도리질 쳤다.

"생각날 때마다 한 번씩 꺼내서 쳐다보고 있으면 신기해."

"징그러운 게 아니고?"

"내 귄데 징그러울 것까지는 없지. 가여우면 가여웠지."

"신기한 건 뭔데?"

"내 몸의 일부를 거울이나 영상이 아닌 방법으로 바깥에서 볼 수 있다는 거. 귓바퀴에 박혀 있는 작은 점이며 굴곡이며 솜털이며."

"손톱이나 머리카락도 거울이나 영상 없이 볼 수 있잖아."

"그렇게 자라는 거 말고. 한 번 잘라 버리면 생명이 완전히 끝장나 버리는 거 말이야. 가끔은 돋보기로 귓구멍을 들여다보기도 해. 그러면 무슨 소리가 들려."

"무슨 소리?"

"내 이름을 부르는 소리."

갑자기 불어닥친 괴기스러운 분위기 탓인지 한동안 긴 침묵이 흘렀다. 밖에서 건너온 그녀의 기타 소리만이 공기를 갈라놓고 있었다.

"불편한 건 없어? 예를 들어 머리카락을 귀 뒤로 넘기고 싶은데 고정대가 없어 불편하다든가."

"이젠 머리카락을 귀 뒤로 넘기면 안 되는 상황이라 고정대도 필요 없어. 지내 보니까 귀 없다고 사는 데 큰 지장은 없더라. 머리카락으로 이렇게 가려 버리면 아무도 몰라. 여자를 사귀지 못한다는 건 있지만 그래서 더 좋을 때도 있어."

"좋다니?"

"사귀는 여자들한테 냉동실에 보관해 둔 내 귀를 한 번씩 보여 줬어. 다들 비명을 지르며 도망치는데 아주 가관이었어. 마치 온전한 귀 때문에 날 사랑하기나 했던 것처럼. 돈만 많으면 귀가 두 짝 다 없어도 날 사랑할 것 같던 여자애들이 시퍼렇게 질리기 시작하는데…… 돈 때문에 날 사랑했다는 걸 이미 알고 있는데 말이야. 나중에는 그게 참 쓸 만하더라고. 귀찮은 애들 떼어 낼 때 제법 편하거든. 진정으로 날 사랑하는지 가늠할 수 있는 리트머스종이 같다고나 할까. 백 퍼센트 성공을 보장하지. 그래서 더 못 버려. 썩게 못 해."

"수정이한테도 보여 줬어?"

수정이는 한때 나와 사귀던 여자였다. 수정이는 어느 날 갑자기 내게 절교를 선언하더니 케이한테로 훌쩍 건너가 버렸다. 당시 수정이가 둘러댄 이유는 케이가 나보다 섹스를 잘한다는 것과 겨드랑이 털이 많다는 것이었다. 나는 솔직하게, 비교할 수 없을 정도로 케이보다 가난해서 싫다고 말해 주길 바랐다. 섹스를 못해서라거나 겨드랑이 털이 적어서라는 건 가난해서라는 이유보다 남자를 비참하게 만드는 것이었다. 특히 섹스는 민감한 부분이라 어떤 남자도 그런 이유로 돌아선 여자를 다시 제자리로 돌려놓기는 어려웠다. 수정이는 그런 남자의 심리를 잘 알고 있는 영리한 여자였다. 수정이는 나보다 섹스를 잘한다는 케이와 미국으로 유학을 떠났다. 아마 뉴욕의 고급 호텔에서 케이의 겨드랑이에 얼굴을 처박고 수십 번 했겠지. 그때 나는 뼈저리게 알았다. 부는 사랑을 눈멀게 한다는 것을.

"아니. 수정이는 귀 자르기 전에 떠났어. 아마 개도 보여 줬으면 도망갔을걸."

"개는 그런 애 아니야!"

"그런 애가 아니면 왜 날 쫓아 미국까지 왔겠어?"

"네가 꼬셨으니까."

"난 안 꼬셨어. 개가 날 꼬셨지."

"꼬신다고 넘어갔으면 꼬신 거나 마찬가지야."

"웃긴 새끼!"

나는 한참 있다 물었다.

"수정이는 왜 떠났는데?"

"개가 찼어."

"왜 차였는데?"

"가난하다고."

"지금 내 앞에서 장난하자는 거야?"

"내 스펙이 새로 만난 놈보다 달린다나. 그놈 아버지가 우리 집보다 호텔을 두 개나 더 갖고 있대."

"현지인이야?"

"응. 미국 사람. 흑인."

"미친년."

수정……. 이름대로 정말 크리스털처럼 투명하고 반짝거리는 여자였는데, 나와 육 개월을 사귀었으니, 그 기적 같은 육 개월을 수정이가 나와 보내줬구나, 라는 생각이 들자 갑자기 눈물 나게 고마워졌다. 케이가 베란다에 앉아 있는 그녀의 굽은 등을 쳐다보며 머리카락 사이로 손가락을 집어넣더니 사라진 귀의 단면을 만지작거렸다. 결국 우리는 둘 다 패배자였다. 돈 때문에 꿈을 이루지 못한. 한쪽은 돈이 너무 없어서였고, 한쪽은 돈이 너무 많아서였다. 너무 적어도, 너무 많아도 고통을 안고 사는 건 마찬가지인가. 이래저래 돈은 삶의 훼방꾼인가.

16

라면까지 먹고 났더니 슬슬 다시 고민이 밀려오기 시작했다. 그녀를 어떻게 할 것인가. 날이 밝기 전에는 어떻게든 결정을 내려야만 했다. 지금이라도 몰래 도망치는 게 나을지, 힘들겠지만 그녀를 다시 설득해 보는 게 여러모로 좋을지. 머릿속이 복잡해져 급기야는 쑤시기 시작했다. 피곤해서 그런지 아무것도 생각하고 싶지도, 그렇다고 무언가를 결정하고 싶지도 않았다. 내일 아침 눈뜨면 그때 생각하자며, 불을 끄고 맨바닥에 태만하게 드러누웠다.

모처럼 내 집 두 배 크기나 되는 넓은 방에 혼자 있으려니 깨끗한 기분이 들었지만 피로가 쌓일 대로 쌓였는데도 잠은 쉬 올 것 같지 않았다. 나는 아아, 하고 소리를 내보았다. 이사 간 빈집처럼 목소리가 왕왕, 울렸다. 라디오라도 틀어 놓으면 잠이 올 것 같아 불을 켜고 창가 쪽으로 갔다. 확실히 부자라 그런지 방마다 가전제품이 부족함 없이 구비되어 있었다. 전원 버튼으로 막 손가락을 뻗으려는데, 노크 소리가 들려왔다.

케이였다. 케이가 와인과 크래커와 크림치즈가 담긴 바구니를 들고 서 있었다. 아침 일찍 가게 문을 열려면 지금 자지 않으면 안 된다고 말했는데도 케이는 막무가내로 밀고 들어왔다.

케이가 와인 병을 입에 대고 한 모금 마시고 내게 건넸다. 케이의 입가로 와인 방울이 핏물처럼 흘렀지만 케이는 그것을 그냥 내버려 두었다. 입가의 와인 한 방울이 발등으로 뚝 떨어지자 케이가 몸을 한 번 부르르 떨더니, 내게 여러 가지를 묻기 시작했다. 전부 그녀에 관한 것이었다.

그녀에 대해 물을 때마다 나는 침묵으로 일관했다. 일부러 침묵을 유지하려는 게 아니라 케이가 묻는 것들은 전부 내가 모르는 것이어서 그랬다. 그녀에 대해 아는 거라고는 가로등이 우는 시간에 태어났다는 것과 그녀가 전기를 흡입하는 방식에 대한 싱거운 이야기들뿐이었다. 그러나 케이는 내가 알고 있는 그 두 가지 것만 빼고 물어왔다. 나중에는 내게 화를 내기 시작했다.

"동거까지 했다면서 왜 아는 게 하나도 없어?"

그러게, 왜 아는 게 하나도 없을까? 그녀는 자기 얘기를 하고 싶어 입이 근질근질한 눈치였지만 내가 그걸 거부했기 때문일 것이다. 난 사람의 말소리를 싫어하니까. 그러나 가만히 생각해 보면 당연한 일이었다. 내 삶을 갉아먹고 있다고 생각하는 여자한테 나이는 몇이고, 좋아하는 색깔과 영화배우는 누구며, 무슨 음악을 즐겨 듣는지, 감명 깊게 읽은 책이 뭔지, 형제 관계는 어떻게 되는지, 물을 사람이 어딨겠는가. 안 묻길 천만다행이지 만에 하나 묻기라도 했다면 자기한테 관심 있는 줄 알고 내 집에 살림이라도 차리려 했을 것이다.

"내 입장이 돼봐. 질문이란 게 하고 싶어지나."

"난 막 하고 싶어지던데."

"그럼 직접 가서 물어보면 되잖아."

"이상하게 날 별로 안 좋아하는 것 같아서."

"이상하긴 뭐가. 제이도 한쪽 귀가 없다는 걸 알아챘나 보지."

"……."

"말은 바로 하랬다고, 솔직히 귀 두 짝 다 멀쩡하게 달렸을 때도 여자들이 전부 날 먼저 좋아했잖아. 나중에 돈 많은 거 알고 재수 없게 다 너한테 넘어간 거지."

"그러니까 이상하다고."

"……?"

"돈 많은 거 알았는데도 나한테 조금도 관심을 안 보이잖아."

"돈이 뭔지 모르거나 돈에 대한 개념이 없나 보지. 또 아냐? 개념이 생기면 개처럼 좋다고 네 꽁무니만 졸졸 따라다닐지."

"그렇겠지? 그래, 그럴 거야. 그러니까 우선 돈에 대한 개념을 심어 줘야겠구나. 관심 좀 얻으려면."

"저딴 애한테 관심 얻어서 뭘 어쩌려고?"

나는 크래커에 크림치즈를 듬뿍 펴 바르며 물었다.

"잠다운 잠 좀 자고 싶어서."

"미친 거 아니야?"

"잠 좀 자보겠다는데 미치다니?"

"제이랑 섹스하면 죽어. 삽입하기도 전에 바로 이거라고."

나는 들고 있던 잼 나이프로 목을 그어 보였다.

"그거 말고, 이거 말이야."

케이가 손바닥을 얌전히 모아 오른쪽 뺨에 대고는 고개를 약간 기울였다. 잠은 핑계고 케이가 그녀한테 관심을 갖기 시작했다는 걸 무수히 많은 과거의 기록으로 나는 짐작하고 있었다. 케이는 내가 사귀고 있거나 친하게 지내는 주변 여자들을 모두 빼앗아 갔다. 그 뺏김의 징조는 질문으로부터 시작되었다. 내게 달라붙어 해당 여자에 대해 좋아하는 게 뭐고 싫어하는 게 뭔지 꼬치꼬치 캐묻기 시작했다는 건 그 여자를 곧 빼앗아 갈 거라는 선전포고로 보면 되었다. 알면서도 나는 줄곧 당해 왔다. 누구도 케이를 당해 낼 재간은 없었다. 입 아파서 다시 말하기도 귀찮지만, 돈이면 다 되는 세상이었다.

지구는 돈을 중심으로 자전한다. 저 새끼는 돈이 많아 군대까지 안 간 놈이었다. 세상은 원래 부자에게 많은 게 주어지도록 설계됐다. 무엇보다 내가 알고 있는 부자의 첫 번째 정의는, 여자를 가질 수 있는 기회가 아주 많은 놈들이란 것이다.

그렇지만 이번만은 무섭거나 두렵지 않았다. 설사 케이가 그녀를 좋아하게 돼 죽음의 섹스를 치른다 해도 부럽지도 않을 것이다. 죽으면, 모든 게 끝나고, 죽으면, 결국, 사랑도 못하게 된다. 승자의 자리는 어디까지나 살아남는 자의 몫이고, 욕망은 살아남는 자에게만 허락되는 징표 같은 것이다. 나는 크래커를 한입에 넣어 와작와작 씹어 먹었다. 크림치즈 맛은 느끼했다.

17

케이가 와인 병을 들어 끝에 맺힌 마지막 한 방울까지 혀로 핥아 먹고는 말했다.

"나, 아까 이상한 걸 느꼈어."

벌써 취했는지 케이의 발음은 흐리멍덩했다.

"기타 치면서 나한테 노래 불러 줄 때랑 이야기 들려줄 때 말이야. 졸려서 죽는 줄 알았어."

"그게 뭐가 이상해?"

말은 그렇게 했지만 실은 나도 그 느낌이 어떤 건지 잘 알고 있었다.

"불면증이 심해서 잠을 통 못 자거든. 수면제를 털어 넣어도 안 듣고. 목을 매게 된 계기도 불면증이었어. 근데 아까는 신기하게도 잠이 막 쏟아지는 거야. 그것도 주체할 수 없을 정도로."

"그래서?"

"잠 좀 자게 해달라고."

"죽고 싶다고 노래 부를 땐 언제고 잠은 자고 싶은 모양이지? 죽으면 영원한 숙면을 취하게 되는 거잖아. 그냥 죽어."

"죽더라도 하루라도 편히 이승잠 한번 자보다 죽고 싶어."

"아, 그래서!"

나는 먼젓번보다 강하게 쏘아붙였다.

"내일 너희 집에 가자."

"뭐?"

"너희 집에서 며칠 좀 지내게 해줘. 제이가 여긴 싫고 너희 집만 좋다고 하니까……."

"좁아 터져서 제이 하나 있는 것도 못마땅해 너희 집에 버리러 왔는데, 너까지 우리 집에 있겠다고?"

나는 기가 막혀 공중으로 실소를 날렸다.

"전기세는 내가 내줄게. 아니, 생활비 전부 다 대줄게."

"차라리 집을 바꾸자고 하지 그러냐?"

"그래 주면 더 고맙고."

"뭐?"

"어차피 아무도 여긴 안 오니까 지내기에 별 무리는 없을 거야."

이런 집에서 몇 달만이라도 살아 보는 게 소원이긴 했지만, 그래도 싫었다. 진짜 내 집이 아니니까, 내 땀과 노동이 묻은 진짜 내 것이 아니니까, 있어 봤자 불편하고 공허하고 화만 날 게 뻔했다. 나는 케이에게 싫다고 강한 어조로 분명하게 말했다. 그런데도 케이는 쉽게 물러서려고 하지 않았다. 생각보다 불면증이 심한 모양이었다.

"차라리 제이를 여기 묶어 둘 방법을 궁리해. 그게 우리 둘을 위한 최선책이야."

"그럼 저녁에 잠만 재워 주면 안 될까?"

"잘 데도 없지만 하여튼 난 어떻게든 제이를 내 집에 한 발짝도 안 들일 작정이야."

자기 사정을 좀 봐달라는 케이와 그 사정을 들어줄 수 없다는 나의 말이 십 분 동안 계속 핑퐁처럼 오가기만 했다. 언성이 높아지다 낮아지기를 반복했고, 상대방 주먹이 상대방 팔뚝과 허벅지를 강타하기도 했다. 조각난 크래커는 반질반질한 장판 위를 어지럽게 굴러다녔다. 살다 살다 좁아터진 내 집구석이 맘에 든다는 인간들은 처음이었다.

"저런 보물을 홀대하다니, 넌 나중에 천벌 받을 거야!"

"너한테나 보물이지 난 아주 지긋지긋해!"

그 대목에 그녀가 문을 벌컥, 열고 들어왔다. 잔뜩 화나 있는 표정이었다. 우리가 한 얘기를 모두 엿들은 모양이었다. 그녀가 성큼성큼 우리를 향해 다가왔다. 아니, 정확하게 나를 향해 다가왔다. 혹시, 날 감전시켜 죽이려는 걸까. 나는 눈을 질끈 감았다가 한참 있다 다시 떴다. 그녀가 케이와 나 사이에 양반다리를 하고 꼿꼿이 앉아 있었다. 양손으로는 무릎을 감쌌다. 힘을 잔뜩 주고 있다는 걸 하얘진 손톱 끝으로 알 수 있었다.

"당신 집도, 당신 집도 싫어."

그녀가 케이와 나를 차별 없이 번갈아 쳐다보며 말했다. 케이와 나는 어리둥절한 표정으로 서로를 쳐다봤다.

"난, 우리 집이 좋아."

"집이, 있었어?"

내가 약간 억울한 듯 달뜬 목소리로 물었다. 그녀는 입술에 힘을 잔뜩 주고는 고개를 끄덕였다. 뭔가를 작심하거나 결심했을 때나 나올 수 있는 표정이었다.

"어디에?"

"어딘가에."

"네 집이 어딘가에 있다는 소리야?"

"응."

"어딘가에 분명 집이 있는데, 그 어딘가가 어딘지 모른다는 거야?"

케이가 물었다.

"응. 데려다 줘. 찾아 줘."

"너도 모르는 네 집을 우리가 어떻게 알고 찾아?"

"그러니까 찾아 달라고."

"그럼 그 집이란 게 산에 있어, 바다에 있어, 도시에 있어?"

케이가 계속 물었다.

"숲."

그녀가 대답했다.

18

그녀는 자기 집이 있다는 '숲'에 대해 얘기하기 시작했다. 어느새 자기 생각에 빠져서, 실제로 그 숲길을 거닐듯 세세하게 묘사했다. 그녀의 얘기를 듣고 있자니 숲의 청명한 공기가 여기서도 맡아지는 것 같았고, 걸음을 옮길 때마다 발밑에서 부러진 나뭇가지와 낙엽 비틀리는 소리가 들려오는 것도 같았다. 무성히 자란 식물들의 이파리를 헤치고 들어갈 때는 팔뚝에 숲의 이슬이 스쳐 차갑다고 느껴지기도 했다. 나무 우듬지 사이로 스며들어 오는, 너무 곧아 정직해 보이기까지 하는 햇빛과 어디선가 들려오는 새의 청명한 울음소리, 그리고 졸졸졸, 발음하며 어디론가 부지런히 흘러가는 시냇물 소리도 들려왔다.

그녀는 목수인 아버지가 손수 만들어 줬다는 나무로 만든 집이며,

저 멀리 물안개에 휩싸여 희미하게 보이는, 이쪽 산과 저쪽 산을 연결해 주는 구름다리며, 나무로 만든 집으로 가는 길 초입에 놓여 있다는 폭이 좁은 계곡이며, 그 계곡을 건널 수 있게 그 또한 아버지가 만들어 줬다는 작은 나무다리에 대해서도 얘기해 줬다. 그리고 지붕으로 올라가 까치발을 한껏 들어 올리면 구름다리 반대편 쪽으로 무언가 파랗게 일렁이는 게 보인다고 했다. 아마도 그것은 바다를 일컫는 것 같았다. 궂은 날에는 그 파란색이 심하게 요동쳐 부글부글 끓어오르는 것처럼 보이기도 하는데, 그럴 때는 마치 자기가 살고 있는 숲까지 그게 건너와 덮쳐 버릴 것만 같다고 했다. 그때만큼은 아무리 침착하려 해도 혼자 남겨진 상황이 무섭다고 했다. 그것은 집을 둘러싸고 있는 커다란 숲이 폭풍에 흔들릴 때보다 더 무서운 것이라고 했다. 그러나 도시보다는 무섭지 않다고, 조금 있다 무서움이 사라진 얼굴로 말했다.

"조용한 숲은 울창하고 웅장해. 가끔은 위협적이어서 두렵기도 하지만 영감을 주기도 해. 밖에서 봤을 때 숲은 한없이 어두울 것 같지만 아버지가 만들어 놓은 그 나무다리를 건너면 더 이상 어둡지 않아. 신기해."

어느새 케이는 어딘가에서 스케치북과 4B 연필을 가져다 그녀가 말하는 것들을 스케치하고 있었다. 마치 초상화 그리듯 그녀를 쳐다보며, 그녀의 말을 그리고 있었다. 하나도 놓치지 않겠다는 듯 바쁘게 움직이는 케이의 손놀림이 예사롭지 않았다. 나 또한 영상이 눈앞에 펼쳐지는 듯 그녀의 묘사를 따라 나름대로 머릿속에 숲을 그리고 있었다.

그녀가 말을 다 마쳤을 때 케이는 마무리 작업이 한창이었다. 그녀가 케이의 스케치북을 슬쩍 들여다보더니 놀란 표정을 지었다. 맞다는 것이었다. 숲, 자기가 알고 있는 그 숲이 그대로 스케치북 속에 들어 있다는 것이었다. 그러면서 그녀는 살짝 아쉬운 부분이나 묘사가 덜 된 부분을 손가락으로 지적하며 케이에게 수정을 요청했다.

스케치를 끝마친 케이는 이젤에 스케치북을 올려놓고 유화 물감으로 색을 입히기 시작했다. 케이의 실력은 아직 죽지 않았다. 붓을 들어 놀랍도록 집중하고 있는 케이, 중심에 서서 뭔가 세상의 중심이란 걸 잡고 있는 케이는 우울증 환자나 불면증 환자로도 보이지 않았다. 거기에는 죽음도, 욕망도, 염원도, 걱정도 없었다. 단지 케이만 있을 뿐이었다. 비로소, 제대로 된 호흡을 하고 있는 케이의 모습이 어떤 것인지 볼 수 있던 유일한 시간이기도 했다.

바닥에 나란히 드러누운 케이와 나는 이젤 위 그림을 보며 담배를 피웠다. 담배 연기가 안개처럼 방 안에 자오록하게 끼었다. 그러자 그녀의 표현대로 숲이 안개 속에 갇힌 것처럼 보였다. 그 안개가 걷힐 즈음 케이가 물었다.

"어쩔래?"

그녀를 자기 집으로 데려다 주는 건 나한테는 여러모로 좋은 일이라고 할 수 있었다. 내가 늘 바라던 일이기도 했으니까. 문제라면 그녀의 집을 찾는 데 며칠이 걸릴지 안개 속을 거닐 듯 알 수 없을 거라는 것이었다. 무엇보다 가게 문을 하루라도 열지 않으면 그만큼 손해인 인생을 살고 있는 게 나라는 인간이었다. 내가 벌지 않으면 돈을 줄 사람은 아무도 없었다. 쉽게 결정을 못 내리자 케이가 말했다.

"그냥 여름휴가차 멀리 다녀온다고 생각해."

여름휴가라. 생각해 보니 남들처럼 휴가다운 휴가를 보내 본 적도 없었다. 그저 한 이틀 집에서 쉬면서 수박이나 썰어 먹었던 게 초라한 내 휴가 기록의 전부였다. 목적지가 어딘지 알 수 없는 여행을 떠나 보는 건 이십 대에 꼭 해보고 싶었던 것이기도 했다. 그러고 보니 찬란한 이십 대도 몇 개월 남지 않았다. 그녀가 어떻게든 우리 집에 있겠다고 우기면 어차피 전기세로 돈은 나가게 되어 있었다. 그녀가 준 돈으로 지긋지긋한 이 도시를 벗어나 이십 대의 마지막 여름을 보낸다고 생각하는 것도 나쁘지 않을 것 같았다. 좁아터진 집구석에서 그녀를 피곤하게 감당하는 것보다 거친 대지 위에서 당당하게 모험을 감행하는 게 훨씬 나을 것이다. 하나를 얻기 위해서는 하나 이상의 모험을 감행해야 하는 게 인생이다. 그리고 떠나야만 돌아올 수도 있는 것이다. 아르바이트가 걸리긴 하지만 사사건건 트집만 잡는 호프집 사장이 맘에 안 들어 관둘까 생각하고 있던 참이기도 했다. 이래저래 케이의 권유를 받아들여야 하는가.

"돈 걱정은 마."

괜히 그 말에 안심이 됐다. 가게 문을 열지 않아도 손해 볼 일은 없을 거라는 안심.

"너한테는 수면제라면서 보내도 되겠어?"

"저 그림을 그리면서 뭐랄까, 막연히 저 숲에 가보고 싶다는 생각이 들었어. 그림인데도 자석처럼 날 막 끌어당기고 있었달까. 하여튼 그래."

"찾을 수는 있을까?"

"저게 있잖아. 생각보다 의외로 쉬울지도 몰라. 해안을 따라 구름다리가 있는 곳만 중심으로 찾으면 돼."

나는 담배 연기를 한숨처럼 뿜어내며 그림을 오랫동안 쳐다봤다. 말하자면 케이가 그린 건 단순한 한 장의 그림이 아니라 지도였고, 인화된 사진이었다. 그녀는 그녀가 사는 곳이 어딘지 모르고 우리는 더더군다나 모른다. 모르니, 지도에 없는 곳이라 생각해도 무방할 것이다. 지도에 없으니, 그녀만이 알고 있는 지도를 우리는 그려야 했고, 케이가 그걸 해냈다. 우리를 인도해 줄 우리만의 지도. 케이가 그린 지도에 믿음이 갔던 것일까.

"한번 가보자."

내가 케이에게 말했다. 그때 그림 너머 유리창에 희미하게 내비치던 가로등이 탁, 하고 꺼졌다. 마치 누군가로부터 허락을 받은 기분이었다.

19

케이는 아침에 일어나자마자 배낭을 싸기 시작했다. 혼자서 부산하게 무언가를 옮기고, 챙기고, 방을 옮겨 다니고, 열고, 닫고, 부스럭거리기를 반복했다. 나는 잠이 덜 깬 얼굴로 토끼처럼 이리저리 뛰어다니는 케이를 가만히 지켜봤다. 여행을 한 번도 안 가본 사람처럼 뭘 그렇게 촌스럽게 챙기냐는 내 물음에 대꾸도 없이 열심히 챙기고만 있었다. 잠을 못 잤더니 피곤해서 그러는데 내일 가면 안 될까, 라고 했더니 더 열심히 챙겼다. 마지막 물건까지 다 챙기고 난 뒤 케이는 기진맥진해진 얼굴로 내 앞에서 쓰러졌다. 그러고는 가쁜 호흡을 내쉬며 내내 궁금했다는 듯 넌지시 물었다.

"저번에 제이랑 얘기하면서 우리의 만남은 아담과 이브 어쩌고 했던 건 뭐야?"

케이는 떠나기 전에 꼭 확인하고 싶다고 말했고, 나는 거리낌 없이 확인해 주었다.

옷장 속에 숨어 그녀를 훔쳐보던 날, 무수한 상상을 하다 그대로 잠이 들어 버린 나는 조금 있다, 어떤 소리에 놀라 깨어났다. 화장실 문 열리는 소리 때문이었다. 나는 다시 정신을 차리고 열쇠 구멍으로 밖을 내다봤다. 그런데 놀랍게도 한참 만에 다시 모습을 드러낸 그녀는 알몸 상태였다. 흥분한 심장이 요동치기 시작했고, 소리가 밖으로 새 나가지 않을까 걱정되는 수준으로 그것이 뛰고 있었다. 나는 젊고 도자기 표면처럼 윤기 나는 그녀의 알몸에 한없이 집중했다. 몸의 모든 선들이 살아서 생선처럼 파닥거리는 것만 같았다. 순간 뛰쳐나가고 싶은 충동이 일었지만 주먹을 꽉 쥐는 것으로 금방 평정심을 되찾았다.

그녀는 벽에 걸린 거울로 다가가 농염하게 다리를 벌리고 서서 헤어드라이어로 머리를 말렸다. 양팔을 움직일 때마다 거울 속 가슴이 연두부처럼 탱탱 흔들렸고, 내 시선은 당연히 미끄러지듯 명치를 지나 배꼽으로 내려갔다. 입안에 고여 있던 침이 목구멍을 타고 내려갈 즈음 내 시선은 좀 더 아래로 내려갔다. 그러나 보일 듯 말 듯, 안타깝게도 그녀의 그곳은 거울 끝에 걸려 보이지 않았다. 그녀가 뒤꿈치를 살짝만 들어 줘도, 아니 거울이 1인치만 길었어도 그 대지의 숲을 볼 수 있을 텐데라는 아쉬움에 에이, 라는 말이 절로 나왔다. 아쉽지만 나는 그녀의 탱탱한 두 개의 엉덩이를 탐하는 것으로 만족해야만 했다. 그녀의 엉덩이는 핥아 주거나 깨물어 주고 싶을 만큼 앙증맞은 모양을 하고 있었기에 충분히 만족스러웠다.

그때 그녀가 머리를 말리다 말고 헤어드라이어를 아래쪽으로 갖다 대더니 거기를 말리기 시작했다. 처음 봤다. 헤어드라이어로 거기를 말리는 사람은. 있다 해도 그런 행위는 은밀하게 이루어질 테니 아무도 볼 수 없는 것이었다. 그녀의 행동은 신선하고 새로웠다. 아니, 창의적이라는 생각까지 들었다. 헤어드라이어로 거기 털을 말린다는 거, 아무나 할 수 있는 발상은 아니지 싶었다. 내 관점에서는 가치의 전도였고, 혁신이었다. 헤어드라이어를 저렇게 이용하는 사람이라면 스트라빈스키의 음악이나 거트루드 스타인의 언어 구조를 이해할 수 있을 것도 같았다. 아니, 그런 예술을 할 수 있을 것 같았다. 문득 그때, 이사 가면서 헤어드라이어를 놓고 간 전 세입자가 떠올랐다. 혹 그 남자, 머리털이 아니라 거기 털이 없었던 게 아닐까. 그래서 헤어드라이어를 버리고 간 게 아닐까. 나는 입을 틀어막고 키득, 웃었다.

그녀는 책상에 올려 두었던 니체를 나체 상태로 마저 읽었다.

잠시 후, 그녀는 니체가 지루해졌는지 책을 책꽂이에 도로 꽂아 놓고 기타를 꺼내 들었다. 그녀는 책상 의자에 다리를 꼬고 앉아 기타를 치며 노래를 불렀다. 실력이 제법이었다. 꼬아진 다리 때문에 숲은 보이지 않았고, 기타마저 그녀의 가슴을 가리고 있었지만 이상하게도 그녀의 노래를 듣고 있자니 기분이 몽롱해지면서 도취되는 듯한 느낌에 빠져들었다. 마취되는 것도 마비되는 것도 같아 수면제를 복용한 듯 잠이 막 쏟아졌다. 이겨 보려고 갖은 애를 써봤지만 눈꺼풀은 자꾸 무거워져, 순식간에 그녀가 눈앞에서 투명하게 사라지고 말았다.

나는 잠시 후 쿵, 소리에 놀라 잠에서 깼다. 그 쿵, 소리는 졸다가 내 머리가 옷장 문에 부딪혀 생긴 소리였다. 나는 황급히 열쇠 구멍으로 밖을 내다봤다. 이미 밖으로 소리가 전달됐는지 그녀가 옷장을 의심의 눈초리로 응시하고 있었다. 그녀가 자신의 몸매를 닮은 기타를 일자로 세워 가슴과 음부를 가리며 옷장으로 천천히 다가왔다. 옷장 속에 쭈그리고 앉아 있는 걸 들키는 것보다 문을 열고 당당하게 나가는 게 내 입장에 좀 더 유리할 것 같다는 생각이 들었다. 그렇다고 내 입장이 당당하지 못할 것 또한 없었기에 나는 과감히 문을 열고 나갔다.

그런데 그녀가 나를 보더니 새된 비명을 지르기 시작했다. 그녀의 시선은 내 아래쪽을 향해 있었고, 그 시선을 따라 나도 내 아랫도리를 쳐다보다 비명을 질렀다. 나 또한 그녀와 마찬가지로 나체 상태였던 것이다. 너무 더워 안에서 옷을 하나씩 벗다 보니 다 벗고 말았다는 걸 깜빡 잊고 있었던 것이었다. 나는 두 손으로 아랫도리를 움켜쥐고 다시 옷장 속으로 기어 들어갔다. 나체 남녀의 만남. 꼭 태초, 에덴동산의 아담과 이브 같았다.

20

"그러니까 우리는 사랑하는 관계도 아니면서 서로의 알몸을 본 거야. 제이의 표현대로 아담과 이브가 맞는 거지."

내가 자기 여자 알몸을 본 것도 아닌데 케이는 심히 불쾌한 표정을 하고 있었다.

"맞긴 뭐가 맞아? 아담과 이브는 부부잖아."

"알몸으로 만났다는 차원에서."

"그래서, 그다음은 어떻게 됐는데?"

케이가 바닥에서 벌떡 일어나 목마른 목소리로 물었다. 다음이라면, 그녀와 나는 각자 옷을 입고 나와 마주 보고 섰다. 내가 그녀를 현행범으로 체포하려고 다가가자 그녀가 대뜸 이렇게 말했다. 손끝 하나 만지지 마! 만지면 당신 죽을지도 몰라. 그러면서 그녀는 뒷걸음질 쳤고 나는 아랑곳하지 않고 한 발짝씩 나아갔다. 내가 손을 뻗으려 하자 그녀가 다시 한 번 강조하며 말했다. 날 건드리면 감전사할지도 모른다고! 나는 그녀가, 내가 자기를 강간이라도 할까 봐 그렇게 말하는 거라고 생각했다. 차라리 에이즈에 걸렸다고 말하는 게 현실적일 것 같았다. 그런데도 내가 말을 듣지 않자 기타를 들어 나와의 거리를 유지하려 애쓰면서 특이한 자기 체질에 대해 속사포처럼 쏟아 내기 시작했다.

자기가 일렉트릭 우먼이라도 된다는 말인가. 빨간 볼에서 전기를 내뿜는 피카츄라도 된다는 말인가. 어떤 방송 프로에서 전기 인간에 관해 얘기한 걸 들은 적이 있던 터라 신빙성이 아주 없지는 않다고 생각했다. 어렸을 때 책에서 읽은 내용에 의하면, 지구 상의 모든 생물체의 몸에는 전기가 흐르고 있는데 단지 느끼지 못하고 살아갈 뿐이라는 것이었다. 일반 사람들의 몸에도 미미한 전기가 흘러서 꼬마 전구를 켤 수 있고, 서너 명을 전지의 직렬 방식으로 연결하면 발광 다이오드의 불을 밝힐 수 있다고 했다. 귤 같은 경우에는 열여섯에서 스무 개를 같은 방식으로 연결하면 디지털시계를 작동시킬 수가 있고, 전기뱀장어와 전기가오리, 전기메기, 코끼리코물고기처럼 전기를 내는 생물들의 DNA에는 전기를 발생시킬 수 있는 정보가 내장되어 있다고 했다. 그러니 인간의 몸에도 그런 DNA가 있다면, 그래서 그녀의 경우에는 약간 더 많은 개수를 보유하고 있는 거라면 가능할지도 모르겠다는 생각이 들었다. 무엇보다 우리는 '별난 사람 별난 세상' 같은 프로그램을 통해 이상한 걸 먹고 사는 이상한 사람들의 이야기와 종종 만나곤 해왔지 않은가. 형광등을 비스킷처럼 씹어 먹는 사람, 흙을 셔벗처럼 파먹는 사람, 철사를 이빨로 끊어 먹거나 알약처럼 삼키는 사람, 나무젓가락이나 이쑤시개를 쥐포처럼 뜯어 먹는 사람. 그러니 전기를 먹는 사람도 있을 수는 있을 것이다. 문제는 그런 사람이 내 앞에 나타났을 때 과연 믿어야 하느냐 말아야 하느냐의 기로에 선다는 것이다.

"넌 어느 쪽인데?"

"믿게 됐으니까 여기까지 왔겠지. 그보다 세금 고지서는 거짓말을 하지 않아."

"거짓말 안 하는 고지서 계속 받고 싶지 않으면 얼른 일어나."

나는 케이의 말대로 자리에서 얼른 일어나 떠날 채비를 했다. 채비라고 해봐야 내 열쇠 가방을 챙기는 것밖에 없었다. 그녀는 이미 기타 통을 메고 현관 앞에 얌전히 서서 우리를 기다리고 있었다. 그녀가 방을 나오는 나를 보며 말했다.

"책 줘."

"무슨 책?"

"니체."

나는 케이에게 『자라투스트라는 이렇게 말했다』라는 책이 있냐고 물었다. 물론, 이란 말에 나는 케이의 방 서가에서 니체를 찾아다 그 녀에게 건네주었다. 그녀는 고작 책 한 권에 세상을 얻은 표정을 지었다.

우리는 신발을 신었다. 드디어 떠나는 것이었다. 그때, 신발 한 짝을 신다 말고 뒤에서 케이가 아차, 하고 말했다. 그녀와 내가 돌아보자 케이가 '내 귀!'라고 크게 외쳤다. 여행 갈 때도 지참한다더니 정말 가져갈 참인가. 난 벌써부터 골치가 아파 고개를 절레절레 흔들었다. 케이는 신발을 한 짝만 신은 채로 절뚝거리며, 내 귀 내 귀, 하며 냉동실에서 스티로폼 상자를 꺼내 왔다. 케이는 바닥에 떨어뜨리기라도 할까 봐 가슴에 꼭 붙들어 안은 채 한쪽 신발을 마저 신었다.

그렇게 우리는 현관문을 나섰다. 그녀는 책을, 케이는 자기 귀를, 나는 열쇠 가방을 품에 안고서. 들어올 때와 마찬가지로 나갈 때도 대문까지 디딤돌이 놓여 있었다. 밖으로 나가기 위해서는 밟아야만 하는 돌들이었다. 스물네 개라는 걸 알면서도 나는 돌 하나하나를 밟으며 개수를 또 셌다. 앞으로 이십사 년이 지난 뒤에 난 어디서 무얼 하고 있을까, 상상하면서.

셔터가 올라가자 내 집보다 넓은 차고 안에서 BMW 컨버터블 한 대가 매끄럽게 빠져나왔다. 바다보다 푸른색이었다. 나는 입이 딱 벌어졌지만 애써 담담한 척했다. 케이가 자기 승용차를 내 중고 마티즈 옆에 바짝 붙여 세웠다. 가만히만 있어도, 어디에 있어도 작고 초라해 보이는 마티즈가 더없이 볼품없어 보였다. 마티즈 문짝에 큼지막하게 적혀 있는 열쇠가게 이름이 더없이 날 부끄럽게 만들었다. 아무래도 그녀한테 돈에 대한 개념을 심어 줄 요량으로 자기 차를 내 차 옆에 세운 것 같았다. 나는 자존심이랄까, 고집을 부려 봤다. 내 차를 타고 가자고. 차가 크면 진입하지 못하는 곳도 많을 테고, 그러면 불편한 일만 많이 생길 거라고 꽤나 우려하듯. 그러자 케이가 그녀를 턱짓으로 가리켰다. 그녀와 함께 타려면 아무래도 넓어야 안전할 거 아니겠냐는 뜻이었다. 나는 바로 차에 올라탔다. 만에 하나 사고라도 나는 날에는 이 차가 안전하기는 할 것이다. 에어백도 빵빵 터져 줄 테니 죽을 일은 없을 것이고, 언제 케이의 우울증이 도져서 가로수를 들이받을지 모르는 일이었다. 케이는 귀가 든 스티로폼 상자를 대시보드 위에 올려놓은 뒤 약통에서 알약을 꺼내 입에 넣었다. 비타민이냐고 묻자 케이는 고개를 가로저었다.

"프로작이라고, 항우울제야."

나는 얼른 안전벨트를 맸다.

21

케이는 내비게이션을 만지작거리며 우리의 여행을, 해안선을 따라 U 자 모양을 그리게 될 것이므로 U 자 여행이라 명명하자고 했다. 그러나 그녀의 집이 어디에 위치해 있느냐에 따라 그 여행은 I 자 여행이 될 수도, 뒤집어진 J 자 여행이 될 수도 있기에 장담은 아직 일렀다. 케이가 넌 어떤 여행이 됐으면 좋겠어? 라고 물었을 때 나는 '물음표(?) 여행'이라고 대답했다. 정말 그랬다. 우리의 여행은 아무것도 알 수 없고, 그 무엇도 짐작할 수 없는 실로 불안하기 짝이 없는 여행이었다. 몸에 전기가 흐르는 뒷자리의 그녀도 그렇고, 항우울제를 복용해야 하는 귀 없는 케이도 그렇고……. 케이는 아버지 회사 비서실장에게 우리나라의 구름다리가 있는 장소에 대한 정보 검색을 부탁해 놓은 상태라고 했다. 그 말에 나는 겨우 안정을 되찾았다.

컨버터블은 국도를 그야말로 쌩쌩 달렸다. 케이는 우울증 치료를 위해 햇볕이 강하게 내리쬘 때마다 자동차 지붕을 열어 놓고 달렸다. 바람이 시원해서 코끝은 물론이고 똥구멍까지 시큰해지는 기분이었다. 나는 자리에서 일어나 영화에서처럼 두 팔을 벌리고 바람을, 맛보았다. 자유의 맛이었다. 이게 여행인가 싶기도 하고, 이게 삶인가 싶기도 해, 이번에는 눈까지 시큰해졌다. 그 바람 때문에, 나는 기왕 이렇게 된 거 불안해하지 말고 즐기기로 마음을 다잡았다. 나는 바람을 향해 고맙다고, 하늘이 깨질 듯 소리를 질러 보았다. 정말 깨지기라도 했는지 갑자기 하늘에서 빗방울이 떨어지기 시작했다.

케이는 빗길 안전을 위해 느린 속도로 운전을 했다. 무심한 얼굴로 창밖을 내다보고 있는 그녀가 지루해 보였는지 케이가 백미러를 힐끔거리며 말을 걸었다. CD 플레이어에서는 재즈가 품위 있게 흘러나오고 있었다. 문득, 빈방 어딘가에 쓸쓸하게 놓여 있을 내 트랜지스터라디오가 생각났다. 라디오 스피커 구멍에 그려 넣었던 사과 꼭지의 개수도. 모두 백스물네 개였다.

"어쩌다 집을 잃은 거야?"

그녀의 눈이 백미러 속 케이의 눈과 사뿐히 마주쳤다.

"혹시 가출한 거야?"

"길을 잃었어."

"어쩌다?"

"배가 고파서. 죽을 것만 같았어."

빗줄기는 점점 굵어지고 있었고 날도 갑자기 어두컴컴해지기 시작했다. 케이가 실내등을 켰다. 그녀의 얼굴 표정을 자세히 들여다보기 위해서였다. 그녀가 창밖으로 시선을 둔 채 계속 말했다.

"어느 날 전기가 끊겨 버렸어. 이틀이 지나도 어둠뿐이었고, 아버지는 일주일이 지나도록 오지 않았어. 예전에도 아버지가 요금을 내지 않아 전기가 끊긴 적이 있었는데, 그런 경우는 대개 아버지한테 무슨 일이 생겼다는 뜻이야. 그때는 아버지가 폐렴 때문에 병원에 오랫동안 입원해 있었어. 그런데 이번에는 좀 사정이 달랐어. 또 폐렴이 도진 건가 싶어 마을로 내려가 봤더니 방에는 온기조차 없었어. 전기도 끊긴 상태였고. 아버지가 행방불명됐어."

"그렇다면, 아버지를 찾다 길을 잃은 거야?"

내가 물었다.

"배가 고파서라고 말했잖아. 물론 전에도 길을 잃은 적이 한 번 있었어. 그때는 다행히 숲에서 멀리 가지 않아 금방 되돌아올 수 있었지만. 근데 이번에는 이상하게도, 너무 멀리, 와버렸어."

"무엇이 널 멀리 와버리게 했어?"

케이가 물었다. 그녀는 아까와 달리 바로 대답하지 않고, 자꾸 꾸물거리는 기색이었다. 단순히 배가 고파서라는 이유만은 아닌 것 같았다. 그때 번쩍, 하고 하늘에 금이 가더니 동쪽 하늘에서 번개가 쳤다. 등 떠밀 듯, 번개 소리가 그녀의 말문을 다시 트게 했다.

"도시와 도시에서 살아가는 사람들한테 반해 버렸어. 내가 누릴 수 없는 삶을 살아가는 그들을 지켜보는 것만으로도 막연히 좋아서, 자꾸 흘러가다 머물고 머물다 흘러가게 됐어. 정신을 차렸을 때는 어디에도 내가 알고 있는 숲은 보이지 않았어. 빌딩 숲만 무성하게 내 앞에 삐죽삐죽 솟아 있었어."

"도시에 반했다면서 왜 돌아가려고 해?"

"지긋지긋해, 이젠. 지겹기도 하고. 나랑 안 맞아, 여긴."

나 들으라고 하는 소리 같아, 나는 크게 헛기침을 했다.

"도시로 내려와 산 지는 얼마나 됐어?"

케이가 물었다. 단순한 질문이었는데, 내게는 생경한 질문으로 다가왔다. 당연했다. 내가 미처 하지 못한 질문이었으니. 사람이 이상한 방식으로 살고 있으면, 그렇게 산 지 얼마나 됐느냐고 묻는 게 정상인데, 난 묻지 않았다. 내 가난이 더 시급했기 때문이고, 그 가난이 날 비정상으로 만들어 놓았기 때문이다. 가난이란 그런 것이다. 사람으로서의 도리나 의무, 책임마저 방기하게 만드는 것. 상대방에 대해 묻지 않으면 상대방에 대해 알 수가 없다. 상대방에 대해 묻지 않으면 상대방에 대해 풍설로밖에 알 길이 없다. 하지만 풍설을 믿어서는 안 된다. 바람을 타고 온 이야기에는 이름과 주소를 알 수 없는 모래가 섞여 있기 때문이다.

"이 년이 조금 못 돼."

"어쩌면 지금쯤 아버지가 집에 돌아와 계실지도……. 그렇다면 이번에는 아버지 쪽에서 제이가 행방불명된 상태겠네. 이 년이면 애가 많이 타셨겠는걸……."

안전 운전을 고집하던 케이가 속도를 조금 냈다. 바람결에 흩어지는 빗방울의 움직임도 격렬해졌다. 그래도 걱정이 안 되는 건, 우리에게 어디든 달려갈 수 있는 튼튼한 컨버터블이 있고, 지도가 있고, 비서실장이 있고, 가로등이 있다는 것이었다. 음악도 있어서라는 듯, 그녀가 기타를 꺼내 연주를 하기 시작했다. 연주에 취해 케이가 졸음운전을 하지나 않을까 내심 걱정된 나는 한 번씩 케이의 눈동자를 불안하게 살폈다. 그때, 케이가 외쳤다.

"구름다리다!"

22

하지만 그 구름다리는 누가 봐도 우리가 찾고 있는 다리 모양이 아니었다. 나는 우리의 지도를 펼쳤다. 굳이 지도와 비교하지 않더라도 그것은 색깔과 형태 모든 면에서 달랐다. 산세며 주변의 경관도 일치하는 구석이 하나도 없었다. 백미러 속 그녀도 확신하듯 고개를 좌우로 흔들다 바닥으로 숙였다. 그러나 실망했다거나 풀 죽은 표정은 아니었다.

정작 실망한 건 케이였다. 너무 늦게 출발한 데다 여행 첫날이라 많이 피곤한지 케이가 풀 죽은 표정으로 가까운 곳에 여장을 풀자고 했다. 하지만 어디에도 여장을 풀 만한 곳은 없었다. 휴가철 성수기라 해변에 자리한 펜션은 물론이고 허름한 민박집도 모두 예약이 완료된 상태였다. 할 수 없이 우리는 다시 차를 타고 한적한 해변가를 찾아 들어갔다. 그녀가 바다를 구경하고 싶다고 해서였다. 마침 비도 그치고 바람도 잦아든 터라 바다는 고즈넉하게 출렁이고 있었다. 그녀가 차창을 열어 푸른 바다를 보며 혼잣말하듯 중얼거렸다.

"아름답구나."

그녀는 바다란 늘 부글부글 성나 있는 자연이라고만 생각했다고 했다. 그래서 한 번도 가까이 가볼 생각을 못 했다고 했다. 그녀는 신기한 듯, 차가 모래사장 위에 멈춰 서자마자 문을 열고 바다를 향해 뛰어갔다. 마치 바닷속으로 뛰어들 기세였다. 모래사장은 그녀의 조그마한 발이 폭폭 들어갈 때마다 노란 스펀지처럼 보였다.

케이와 나는 담배에 불을 붙이며 유리창으로 바다를, 아니 그녀를 쳐다봤다. 그녀는 파도가 밀려오면 멀리 피해 달아났다, 파도가 다시 밀려 나가면 앞으로 몇 발짝 다가가기를 지루할 정도로 반복했다. 타이밍을 놓쳐 치맛자락이 파도에 닿기라도 하면, 종아리를 투명하게 휘감은 그것을 살짝 걷어 올렸다. 치맛자락 사이로 하얗고 동그란, 아직은 덜 여문 듯한 야들한 무릎이 보였다. 그녀의 알몸까지 본 나지만 어떻게 된 게 치마에 휘감긴 그녀의 종아리가 더 섹시하게 느껴졌다. 섹시함이란 무작정 벗는 데서 오는 게 아니라, 은근슬쩍 가리는 데서 온다고 내게 말해 주는 것 같았다.

"아름답구나."

케이가 담배를 깊숙이 빨아들이며 바다 끝, 수평선을 바라보며 똑같이 말했다.

"바다가?"

"제이가."

"……."

"만질 수 없다는 게, 너무 아깝지 않냐?"

"만질 수 있었다면 여기까지 오지도 않았겠지. 네가 벌써 어떻게 했을 테니까. 다시 말하는데 엉뚱한 짓 할 생각 마라. 제발이다."

케이는 어떻게 할 생각인지, 담배를 입에 물고는 차 문을 열고 나갔다. 그러고는 다 피우지도 않은 담배를 모래사장에 툭, 던지고 바다를 향해, 아니 그녀를 향해 뛰기 시작했다. 케이는 그녀와 같이 파도 놀이를 하며, 그녀에게 물장난도 치고, 웃고, 떠들고, 소리치고, 한참을 그렇게 보냈다. 나는 물가에 내놓은 아이처럼 조마조마한 심정으로 그들을 지켜봐야 했다.

그때, 그녀가 모래밭에 발이 걸려 엉덩방아를 찧으며 뒤로 넘어졌다. 미처 피할 새가 없던 그녀는 떠밀려 온 거친 파도에 순식간에 온몸이 젖었고, 케이가 그런 그녀를 일으켜 세우려고 허리를 수그리려다 말았다. 그건 순전히 반사적인 행동에 의해 나온 것이었다. 그녀는 파도가 말끔하게 밀려 나가자 스스로 젖은 모래를 짚고 일어났다. 바로 가까이 있으면서도 아무런 도움이 되지 못한다는 사실을 깨달은 케이는 스스로에게 화난 얼굴을 하고 있었다. 케이는 차갑게 그녀를 내버려 두고 차를 향해 뚜벅뚜벅 걸어왔다.

차로 돌아올 줄 알았던 케이는 차를 지나 어디론가 휘적휘적 걸어갔다. 한참 만에 다시 모습을 드러낸 케이의 팔에는 비쩍 마른 나뭇가지가 한 아름 들려 있었다. 케이는 모래사장 한쪽에 꺾어 온 마른 가지들을 차곡차곡 쌓아 올려 불을 지폈다. 나무가 바작바작 타들어 가는 사이, 케이는 트렁크를 열어 아주 큼지막한 수건을 꺼내 그녀의 어깨를 덮어 주었다. 저걸 언제 준비했는지 모르겠지만, 케이의 화난 얼굴은 그 후 좀 누그러진 것 같았다. 뭉근하게 타오르는 모닥불에 몸을 말리던 그녀가 젖은 머리카락을 입에 대보더니 얼굴을 찌푸렸다.

"짜다."

케이가 벌겋게 달아오른 얼굴을 하고 그제야 다시, 웃었다.

23

모닥불이 사위어 갈 즈음, 몸이 보송보송 말라 기분이 좋아졌는지 그녀가 바닷가 주변을 산책하고 오겠다고 했다. 케이가 동행의 뜻으로 자리에서 일어나려고 하자 그녀는 혼자 걷고 싶다며 만류했다. 케이는 걱정되는 듯 그녀가 사라진 쪽을 자꾸 힐끔거렸다.

"걱정 마. 아무도 못 건드리니까. 건드려도 손해 보는 쪽은 건드린 놈들일 테니까."

케이가 피식, 웃다 배고프냐고 묻더니 차 트렁크를 열어 버너와 코펠, 라면 세 봉지를 꺼내 왔다. 나도 따라가 트렁크 안을 들여다봤다. 그 안은 들어가서 자도 될 정도로 깊고 넓었다. 케이는 그 안에서 생수와 계란까지 꺼내 왔다. 보물 상자 같은 느낌이 나는 공간이었다.

"아주 그냥 한 살림 차려 왔구나."

"두고 봐, 의외로 필요한 게 많을 테니까."

"아오이 유우를…… 닮았어."

케이가 코펠에 생수를 부어 버너 위에 올리며 무심코 말했다. 무심코, 였기에 케이도 자신이 뱉은 그 말에 조금 놀란 눈치였다. 근데 그 말에 내가 왜 긴장이 되고 흥분이 되는 걸까. 아주 작은 목소리였지만 내 귀에는 큰 파동을 일으키며 들려왔기 때문일까.

아오이 유우는 내 이상형이다. 마르고 길쭉한 체형도 그렇고, 긴 생머리를 앞으로 늘어뜨린 헤어스타일도 그렇고, 얇은 쌍꺼풀 라인을 가진 눈에 앙증맞은 코에 입술까지……. 운 좋게도 지금까지 아오이 유우와 비슷한 스타일의 여자를 몇 사귈 수 있었다. 그러나 운 없게도 나의 아오이 유우들을 케이가 모두 빼앗아 갔다. 케이의 이상형도 아오이 유우이기 때문이었다. 모든 아오이 유우는 케이 같은 부자를 좋아했다. 아니, 세상 모든 아오이 유우는 가난을 좋아하지 않았다. 그러니까 내게 아오이 유우는 한 번도 존재한 적이 없는 거나 마찬가지였다. 그저 스크린이란 거대한 우주 속에 떠 있는 한 개의 별로만 존재할 뿐이었다. 별이란 볼 수 있을 뿐, 만지거나 다가갈 수 없는 존재였다. 하지만 돈이라면 얘기가 좀 달라졌다. 스타도 돈을 좋아하기 때문이다. 아마 스크린 속 아오이 유우도 크게 다르지는 않을 것이다.

'아오이 유우를 닮았어'는 케이가 내 주변 여자를 빼앗아 갈 때 두 번째 단계로 진입했음을 암시해 주는 말이었다. 내게는 지금까지 세 명의 아오이 유우가 있었고, 그 세 명 모두 물 흐르듯 케이에게로 흘러갔다. 세 명의 아오이 유우에게는 공통점이 있었다. 모두 케이의 우울증이 극에 달했을 때 케이의 여자가 됐다는 사실이었다. 쉽게 풀어 얘기하자면, 케이의 우울증 치료책 중 하나가 친구의 애인을 빼앗는 것이었다. 좀 더 풀어 노골적으로 얘기하자면, 친구의 애인과 섹스를 하는 것이 케이의 취미이자 특기이자, 버릇이자 습관이란 것이었다. 케이는 친구의 애인을 갖고 나면 한동안 깊은 우울증에서 해방될 수 있다고 은연중에 고백한 적도 있었다. 이상한 버릇이었지만, 따지고 보면 그 버릇은 나로부터 시작됐다고 할 수 있었다. 고등학교 때 우울증으로 괴로워하는 케이에게 처방전의 하나로 여자와의 잠자리를 권유한 게 나였기 때문이다. 그때는 그 권유가 나 자신을 망가뜨리게 될 거라고는 상상도 못 했다. 케이가 나의 아오이 유우를 만나 우울증에서 벗어났을 때면, 난 끝을 알 수 없는 절망감에 빠져서 허우적대야 했다. 내 인생에 찾아온 세 번의 큰 불행이었고, 케이에게는 아마 세 번의 큰 행복이었을 것이다.

케이의 말대로 그녀는 아오이 유우를 닮았다. 내가 지금까지 알아온 세 명의 아오이 유우보다 더 많이, 가깝게 닮았다. 그러나 이번만큼은 케이도 아오이 유우를 갖지는 못할 것이다. 어쩌면 진짜에 가깝기에, 가질 수 없을 거라 확신하는 것인지도 모르겠다. 그래서 갖더라도 그때처럼 날 절망케 하지는 않을 거라 안심하고 있는 건지도 모르겠다.

"그 많은 아오이들은 어디로 갔을까?"

"글쎄."

"왜 하나도 붙잡지 못했어?"

사나운 목소리. 왜 내가 케이한테 화를 내고 있을까. 이상하게도. 그렇게 뺏어 갔으면 적어도 하나 정도는 붙들고 있어야 하지 않느냐는 뜻일까.

"그러는 넌?"

"그걸 말이라고 물어? 너 때문이잖아!"

"너라니?"

"네가 내 아오이를 다 빼앗아 갔잖아!"

"내가 왜?"

"우울증 극복에 내 아오이들이 필요해서였겠지."

"우울증 극복에 여자는 별 도움이 안 돼. 섹스나 뭐 그런 건 전혀 도움이 안 된다고. 오히려 독이 되면 독이 됐지. 그 병은 약이나 자기 자신밖에는 도움 되는 게 없어. 줄곧 그렇게 오해한 거야?"

"오해? 아주 간단한 말로 모면하려고 하는구나."

"그때도 말했지만 난 네 아오이들을 유혹한 적 없어. 물론 사귄 적도 없고."

"한 번도?"

"그래 단 한 번도."

나는 내가 알고 있는 사실을 폭로하고 싶었지만 꾹 참았다. 어떻게 나올 것인지 두고 볼 심산이었다.

"물론, 네 아오이들이 날 유혹하려는 시도는 몇 번 있었어. 하지만 모든 여자가 그렇듯 내 기분장애를 겪거나 목격하고 나서는 감당 못하겠다며 달아났어. 그것도 공포 영화라도 한 편 본 것처럼 잔뜩 겁에 질려서."

그새 물이 펄펄 끓고 있었다. 나는 라면을 쪼개 넣었다.

"물론, 내가 많은 친구 여자들을 건드린 건 사실이지만 네 아오이들은 맹세컨대 건드리지 않았어. 다시 말하지만 네가 혹시 뭔가를 알고 있다면 그건, 오해야."

난 그 말을 믿지 않았다. 적어도 수정이, 수정이하고는 같이 유학까지 갔으니까.

"그게 사실이라고 한다면, 내 아오이들은 왜 안 건드렸는데?"

"와이 넌 내 형제나 다름없는 친구였으니까. 네 아오이를 탐하면 그건 근친상간이야."

나는 하고 싶은 말이 많았지만 다시 한 번 꾹 참았다.

"네 아오이들, 아마 너와 헤어지려고 날 이용한 걸 거야. 돈이 있고 없고로 애정이 식는 건 아니야."

"그럼?"

"나 봐. 돈이 많아도 매번 실패하잖아. 처음에는 돈 때문에 무지 좋아들 해. 돈이 많으니까 뭐 괜찮아, 라고 생각도 하고. 그러다 나중에는 돈이 없어도 좋으니까 정신이 온전한 인간이었으면 좋겠어, 하고는 다들 떠나."

"그래도 실패할 확률은 나보다 적겠지."

"임마, 넌 진짜 사랑이 뭔지 알려면 한참 멀었어."

라면이 넘치자 케이가 코펠 뚜껑을 열고 계란 두 개를 깨 넣었다. 난 말리지 않았다. 어느새 계란 넣은 라면에 익숙해진 걸까. 아니면 계란 하나로 가난을 더 이상 들키고 싶지 않아서일까. 나는 말없이 라면을 건져 먹었다. 이상하게 계란을 넣었는데도 라면에서 쓸쓸한 맛이 났다. 그녀가 없어서일까. 어디선가 구멍 뚫린 유리창으로 바람 새는 소리가 들려왔다.

24

케이가 입가심으로 종이컵에 탄 인스턴트커피 한 잔을 건넸다. 우리는 컨버터블 보닛 위로 올라가 다리를 쭉 뻗고 앉았다. 밤바다는 무섭도록 시꺼멨고, 비 온 뒤라 그런지 한여름인데도 바닷바람은 제법 쌀쌀하게 불어왔다. 넘실대는 바다를 오랫동안 쳐다보고 있자니 물멀미도 조금 났다.

"유학은 왜 관둔 거냐?"

"유, 학? 내가 관둔 게 아니라 아버지가 관두게 했어. 미친 머리로 그 어려운 공부를 어떻게 하느냐면서."

"공부하기 싫어서 미친 척한 게 아니고?"

"어떻게 알았어?"

"귀까지 자른 놈이 그깟 미친 척을 못하겠냐."

경영 공부하러 미국으로 떠나게 됐다는 케이의 연락을 받은 것은 지난했던 스물네 살 끝 무렵, 십이 월 삼십일 일을 오 분가량 남겨 둔 시점이었다. 나는 그해 연기대상을 누가 받을 것인지 TV를 시청하며, 서울 보신각 타종을 기다리고 있었다. 오 분이 지나고, 새해의 시작을 알리는 첫 번째 타종이 막 시작됐을 때 케이로부터 문자메시지가 도착했다. 내가 전화를 계속 안 받자 문자를 보내온 것이었다. 문자 내용은 간단했다. 미국으로 유학 간다는, 새해 복 많이 받고 잘 지내라는, 평범한 안부 문자였다. 나는 그때 그 문자가 퍽 못마땅했다. 미국으로 유학 가는 걸 마치 동네 슈퍼마켓 다녀오는 것쯤으로 표현하고 있어서였다. 대학을 중퇴하고 군대를 다녀오자마자, 갑자기 죽어 버린 아버지를 대신해 열쇠가게를 떠맡아야 했던 내게 유학은, 우주선 타고 달나라로 여행 가는 것과 비견되는 일이었다. 나는 질투인지 심통인지, 답장을 보내지 않았고, 그사이 보신각종은 서른세 번의 타종을 마친 상태였다. 나는 케이와 나 사이에 놓인 마지막 문자를 망설임 없이 삭제했다. 케이에 대한 모든 걸 지우고 새해를 맞고 싶어서였다. 아니, 문자를 보내지 않는 것으로 부와 가난이 온전하게 소통할 수 없음을 알려 주고 싶어서였다.

케이는 정말 동네 슈퍼마켓 다녀온 것쯤으로 유학을 다녀왔다. 오 년이란 시간이 흘렀을 뿐, 그리고 귀 한쪽이 없어지고, 없어진 귀를 가리기 위해 머리를 길렀을 뿐, 변한 건 없었다. 슈퍼마켓을 다녀왔으면 손에 사탕 한 봉지라도 들려 있어야 하는데 케이의 손은, 빈손인 것처럼 보였다.

"한국으로는 왜 돌아온 거야?"

"막막해서. 아는 사람도 없고, 한국말을 알아먹는 인간도 없고, 한

국말로 된 문자를 받아 주는 인간마저 없어서."

"수정이는?"

"말했잖아. 돈 많은 흑인한테 갔다고. 그것도 뉴욕에 도착한 지 이
주일 만에."

케이가 다 마신 종이컵을 한 손으로 와지직, 구겼다.

"부자가 왜 무서운 줄 알아?"

케이가 물었다.

"다 가졌으니까."

"아니, 한 가지를 모르기 때문이야."

"뭘?"

"자기들도 인간이라는 걸 모르기 때문에 상대방에게 비인간적인
걸 강요하지."

"어떤 비인간적인 거?"

"부자는 돈 버는 기계고 돈 쓰는 기계야. 기계라 감정이 없어. 그래
서 그림을 그리고 싶어 하는 마음 같은 건 이해 못 해."

"부자들도 그림을 소장하고 더러 미술관까지 짓기도 하잖아."

"돈이 되니까. 그럴 때만 이해하지. 그림을 심장으로 읽지 않고 뇌
로 읽으니까 가능해."

"그래서 아버지는 이제 포기한 거야?"

"결과적으로는 귀를 자른 게 효과가 있었어. 지금은 거들떠도 안
봐. 자기 말이면 끔뻑 죽는 아들이 셋이나 더 있으니 나 하나 이런다

고 뭐. 그 양반, 재미없게도 순풍에 돛 단 인생을 살아왔어. 나같이
정신 나간 자식도 있어 봐야 그 양반 삶도 굴곡이 지지."

"아버지 때문에 미친 척했단 거야?"

"아니, 나 때문에. 오로지, 날 위해서. 귀를 자르지 않았다면 진짜
미쳤을지도 몰라. 어쩌면 진짜 미치게 되면 나머지 귀마저 자르게
될지도 모르고."

빈손이라고 생각했던 케이의 손에는 귀 하나가 쥐어져 있었다. 그
렇게 생각하자 케이는 마치 그 누구도 아닌 '귀의 삶'을 살고 있다는
느낌이 들었다. 귀의 삶, 나쁘지 않을 것 같았다. 그때 갑자기 차가
덜컹, 하고 움직여 우리는 뒤를 돌아봤다. 산책을 마친 그녀가 차 안
으로 들어가고 있었다. 피곤했는지 그녀는 들어가자마자 자리에 누
워 이마에 팔을 올려놓고 잠을 잤다. 그녀를 보자 문득 궁금한 게 생
각났다.

"뉴욕 물맛은 어때?"

"갑자기 뉴욕 수돗물은 왜?"

"그냥 궁금해서. 무슨 맛이야? 서울하고 달라?"

"물맛은 어느 나라든 지역이든 조금씩 달라. 뉴욕 물맛은 세계 최
고라고 알고 있어. 수돗물 경연대회에서 일등도 하고 소독 없이 마
시는 걸 보면 서울보다는 확실히 신선하고 맛있지."

나는 그렇구나, 그렇다면 전기 맛도 다르겠구나, 라고 생각했다.
케이는 하품을 하며 보닛에서 내려와 트렁크 쪽으로 갔다. 그러고는

안에서 무거운 텐트를 꺼내 모래사장 위에 펼쳤다. 깊은, 밤이었다.

"이 텐트 기억 나? 우리 처음 가출했을 때 지리산에서 치고 잤던 텐트."

물론 나는 기억하고 있었다. 내 생애 첫 가출이자 케이와 해본 첫 여행이자 마지막 여행이었으니까. 그때 지리산 계곡물이 갑자기 불어나 둘 다 죽을 뻔했던 일도, 119 구조대에 의해 가까스로 구조됐던 일도 기억났다.

우리는 텐트 안으로 나란히 들어가 누웠다. 케이의 어깨와 내 어깨가 바듯하게 닿았다. 그때는 세 사람이 누워 자도 될 정도였는데 지금은 많이 비좁아졌다. 그만큼 시간이 흘렀고, 흐른 만큼 변했고, 변한 만큼 어딘가 자라거나 닳았다는 뜻이리라. 그러나 기분만큼은 그때 그대로 돌아간 것 같았다. 나는 먹빛 어둠 속에서 케이의 이름을 가만히 불러 봤다. 벌써 잠들었는지 잠든 척하는 건지 대답은 없었다. 불면증이 있다더니 그것도 아닌가, 라고 생각하며 나도 눈을 감았다. 의외로 잠은 금방 찾아왔다.

25

여행 열흘째로 접어들었지만 우리가 찾고 있는 구름다리는 아직 나타나지 않았다. 케이와 나는 생각보다 지쳐 가고 있었다. 하지만 내색하지 않으려 애쓰고 있다는 것 또한 서로 느끼고 있었다. 지친 기색 하나 없이 여행을 하고 있는 건 그녀뿐이었다. 그녀를 보고 있으면 정말 여행을 한다는 느낌이 들었다. 근심 걱정을 하지 않는 듯한, 혹은 부러 하지 않으려는 듯한 얼굴. 케이와 나는 집에 두고 온 삶을, 혹은 언젠가 다시 부딪히게 될 삶을 확실히 앞서 걱정하고 근심하는 얼굴이었다. 여행이란 즐거운 것이지만 여행 후에 아무것도 변하지 않은 자신을 발견하게 될까, 일상의 고통을 변함없는 자세로 대하게 될까 두려운 것이다. 여행은 삶의 변화를 위한 거라고, 그러니 꼭 변화를 유도해 내야 한다고 고정된 관념을 나무처럼 각자의 머릿속에 누군가 심어 놓았기 때문이다. 여행이란 변하기 위한 게 아니라 그저 떠나기 위해 존재하는 것인데 말이다.

우리의 여행이 지쳐 가고 있는 건 며칠째 퍼붓고 있는 장맛비 때문이기도 했다. 라디오의 첫 뉴스는 폭우 관련 소식이 장악하고 있었다. 햇빛이 나지 않는 날들이 연일 계속되자 케이는 운전 중 자주 초콜릿을 까먹었다. 운전석 밑바닥에는 숫사자의 갈기처럼 갈기갈기 찢긴 은박지가 수북이 쌓여 갔다. 그녀를 위해 온전하고 똑바른 정신을 유지하려는 케이의 노력이었다. 그 노력이 과했던지 케이는 은박지를 벗기는 데 열중하다 그만 폭우를 뚫고 지나던 야생 고양이 한 마리를 뒤늦게 발견했다. 다행히 케이는 순발력 있게 급브레이크를 밟았고, 다행히 고양이는 다치지 않은 것 같았다. 놀란 고양이는 우리 쪽을 한참 노려보다 잽싸게 다시 거친 폭우를 뚫고 자기 길을 갔다.

정작 문제는 고양이가 아니라 나한테 발생했다. 무슨 수호신이나 되는 것처럼 줄곧 대시보드 위에 놓여 있던, 케이의 귀가 보관된 스티로폼 상자가 급브레이크 반동에 의해 바닥으로 떨어진 것이었다. 상자가 완전히 열리면서 냉동 유지를 위해 넣어 두었던 얼음 조각들이 바닥으로 흩어졌다. 중요한 건 케이의 잘린 귀가 하필이면 내 가랑이 사이로 들어가 가시처럼 박혔다는 사실이었다.

나는 천장 손잡이를 붙잡은 채 케이의 귀를 내려다보며 있는 힘껏 비명을 질렀다. 거울을 통하지 않고는 결코 볼 수 없는 귀를 맨눈으로 생생하게 보고 있자니 공포감이 밀려왔다. 케이는 나의 공포 같은 건 아랑곳하지 않고 움직이지 말고 가만히 앉아 있으라며 내 허벅지를 꼬집었다. 자기 귀에 흠집이라도 생길까 봐 노심초사하는 표정이었다. 케이는 서둘러 상자에 미끌거리는 얼음을 쓸어 담고는 귀와 함께 담겨 있던 핀셋을 어딘가에서 찾아내 그 핀셋으로 내 가랑이에 박힌 자기 귀를 가시처럼 뽑아냈다. 나는 그제야 안심하고 가랑이를 딱, 오므렸다. 그때 케이가 상자를 들이밀며 내게 말했다.

"기왕 이렇게 된 거 한번 자세히 봐봐."

"저리 안 치워!"

나는 가랑이 사이에 박혀 있을 때 충분히 봤다며, 끔찍하다는 듯 소리치며 고개를 창가 쪽으로 돌려 버렸다. 대신 그녀가 고개를 운전석 쪽으로 내밀어 그 귀를 들여다봐 줬다. 나는 자랑하듯 귀를 보여 주는 케이와, 보여 준다고 또 그걸 천진하게 들여다보고 있는 한

심한 그녀를 유리창에 비친 흐릿한 윤곽으로 지켜봤다. 둘 다 이상한 인간이란 생각만 들었다. 나는 여전히 고개를 그들 쪽으로 돌리지 못한 채 말했다.

"트렁크에 두든지 아니면 다시는 안 쏟아지게 끈으로 묶어! 얼른!"

내 말에 케이는 묶을 만한 끈을 찾는 눈치였다. 그러자 그녀가 기타 통에 들어 있던, 끊어져서 못 쓰게 된 6번 기타 줄을 꺼내 케이에게 건네주었다. 케이는 그걸로 상자를 십자 모양으로 묶은 뒤 나비 매듭까지 만들었다. 매듭 모양이 예쁘게 나오지 않자 다시 풀어 묶고는 대시보드 위에 고이 올려놓았다. 귀와의 여행이라니……. 나는 고개를 절레절레 흔들었다.

26

차는 국도를 타고, 케이의 비서실장이 알려 준 정보와 내비게이션 아가씨의 상냥한 안내를 받으며 다음 장소로 이동했다. 그런데 출발한 지 삼십 분도 지나지 않아 또 문제가 발생했다. 산사태로 산에서 쓸려 나온 바위와 흙덩어리가 도로를 가로막아 더 이상의 진입이 불가능한 상황에 놓인 것이었다. 돌아가거나 아니면 오늘 일정을 여기서 마무리 지어야 할 형편이었다. 케이는 시간도 늦은 데다 산중턱이라 여기서 차를 돌리는 것도 어려울 것 같다며 도로 한쪽에 차를 세우기로 결정하고 시동을 껐다.

케이는 CD도, 실내등도 켜지 않고 의자를 뒤로 젖히고는 눈을 감았다. 빗소리가 음악보다 더 리드미컬하게 천장을 때렸고, 흥을 느꼈는지 그녀가 마치 비와 협연이라도 하듯 즉흥적으로 기타 연주를 했다. 케이는 유리창을 손가락으로 두드려 리듬을 탔고, 나는 그냥 팔짱을 낀 채 케이의 귀 상자만 못마땅한 듯 노려보고 있었다. 그녀가 주술이라도 부리는 것인지 연주의 열기가 올라갈수록 빗줄기도, 바람도 거세지는 것 같았다. 나는 순간 어떤 두려움을 느꼈다. 그녀의 연주가 몰고 온 비구름이 가로수를 넘어뜨려 자동차를 덮칠까 봐. 그러니까, 그러다 내가 죽을까 봐, 나는 케이와 그녀를 향해 시끄러워! 그만들 좀 해! 라고 소리 질렀다. 순간 음악은 멈췄고, 신기하게 비도 뚝, 멈췄다. 사위는 민망할 정도로 고요했다.

"아, 새끼! 기분도 꿀꿀한데 분위기 좀 맞춰 주면 어디 덧나냐? 하여튼 넌 나랑 안 맞아!"

"너랑 맞아서 뭐하게?"

나는 의자를 뒤로 젖히고 눈을 감았다. 한동안 조용한가 싶더니 케이가 심심했는지 그녀에게 말을 붙였다. 내 잠을 방해하려는 의도 같았다.

"어머니가 너 태어났을 때 돌아가셨으면 아버지 손에 컸겠네?"

당연한 걸 묻고 있다는 생각에 확, 짜증이 났다.

"응."

"젖먹이 키우느라 힘드셨겠다."

"심 봉사처럼 젖동냥으로 키웠어. 유치원에 들어갈 나이가 될 때까지."

"남들은 유치원 다닐 나이에 숲으로 들어간 거네. 숲 속의 유치원이라……."

"글을 뗄 때까지만 아버지와 지냈어. 아버지는 글을 알면 뭐든 할 수 있다고 했어. 적어도 사는 게 심심하지는 않을 거라고 장담했어. 뭐, 그 말은 맞다고 생각해."

"어린 널 왜 숲으로 보낸 거야?"

내내 귀넘어듣고 있던 나는 이번에는 그녀의 대답에 잔뜩 귀를 기울였다.

"다른 사람 인생에 피해가 갈까 봐. 내가 걷고 말을 하면서부터 아버지는 내 몸이 보통 사람과 다르다는 걸 알았어. 어느 날 무심코 한 동네 사는 남자아이의 손을 잡은 적이 있었는데, 그 애가 그만 기절하고 말았어. 손등에 내 희미한 손자국을 화인처럼 지닌 채 잠자듯 누워 있다 삼 일 만에 겨우 깨어났어. 삽시간에 동네에 소문이 나돌기 시작했어. 사람들은 내가 집 밖으로 나오면 벼락이라도 맞을 것처럼 피해 다니기만 했어. 하루아침에 벼락보다 더 무서운 사람이 돼버린 거였어. 매일같이 사람들이 집으로 찾아와서 더 이상 피해자가 생기지 않게 날 가둬야 한다고 아버지한테 협박 조로 말했어. 그들은 아버지가 어떤 결단을 내릴 때까지 일거리도 주지 않았고, 말도 붙이지 않았어."

그녀는 말을 하다 말고 잠시 쉬었다. 한숨을 잠깐 쉬었던 것도 같았다.

"돈이 떨어져 가는 아버지는 쇠꼬챙이처럼 자꾸 말라 갔어. 나중에는 할 수 없이 날 리어카에 싣더니 나무숲에, 버렸어."

"그건 버린 게 아니라……."

"알아. 하지만 그때는 버렸다고 생각했어. 마치 고려장 같았으니까. 아버지는 꼬챙이처럼 마른 몸으로 리어카를 끌며 최면 걸듯 이렇게 말했어. 이건 다 널 위한 거다, 널 위한 거다, 위한 거다. 숲에 도착할 때까지 그 말만 수십 번 반복했어. 아버지는 자신이 손수 지어 만든 나무 집에 날 두고 다시 리어카를 끌고 숲을 떠났어. 그때 아버지의 작은 등을 보며 속으로 이렇게 말했어. 아버지를 위한 거라고 해도 괜찮아요, 괜찮아요, 괜찮아요……."

잠시 차 안에 숙연한 침묵이 감돌았다.

"어쩌다 그런 특이체질을 갖게 된 거야?"

"사람의 몸에는 누구나 조금씩의 전기가 흘러. 아버지 말로는 어머니를 만지면 찌릿찌릿한 전기가 느껴졌다고 했었어. 유전일 거야, 아마."

"뉴욕에 있을 때 노르웨이에서 온 유학생한테 그런 비슷한 얘기를 들은 적이 있어. 실제로 자기 나라에 손도 못 잡을 정도로 전기가 많이 흐르는 여자가 있었는데, 어느 날 길을 가다 우연히 한 남자와 부딪치게 됐대. 그런데 신기하게도 그 남자는 아무렇지도 않은 반응을 보이더라는 거야. 첫눈에 반해 버린 여자는 남자를 찾아가 몇 날 며칠을 결혼해 달라고 졸라 댔대.”

“그래서 어떻게 됐어?”

그녀는 몹시 흥분한 목소리로 물었다. 귀 뜨인 나 또한 괜히 그 커플이 어떻게 됐는지 궁금해 케이의 대답에 집중했다.

“결혼했대. 그런 게 천생연분인 거지. 세상에는 그런 관계들이 참 많아. 거 왜, 겨드랑이 냄새 심하게 나는 여자들 있잖아. 진짜 천생연분을 만나면 신기하게도 그 남자한테서만은 그 냄새가 전혀 안 맡아진다잖아. 사랑이란 참 묘해. 그리고 또.”

또 무슨 얘기를 하려는 걸까. 문득 저 대화에 끼어들어 말추렴을 하고 싶었지만 계속 자는 척해야만 했다.

“숨기고 살아서 그렇지 몸에 전기가 흘러 고민인 사람들이 의외로 많대. 상대방을 감전시킬 정도로 센 사람도 더러 있고. 원자력 병원에 가면 무슨 등급을 확인하는 검사가 있다나 봐. 삼 등급 이하는 일상생활에 별 지장 없지만 이 등급 이상은 국가에서 특별 관리를 한대. 어떤 전기 인간은 그런 능력을 일부러 키워서 자기 집 가전제품을 작동시키기도 하고, 그래도 남아도는 전기는 전력 회사에 돈 받고 팔기도 한대. 특히 임사 현상을 체험하고 난 사람들 중에는 어느 날 갑자기 전기적 자극성이 높아져서 전기나 전자 제품에 영향을 주게 됐다는 보고도 많대.”

"나 말고도 그런 사람들이 정말 있구나."

그녀는 케이의 말에 뭔가 희망하고 안도하는 목소리가 되었다. 근데 저 자식은 저런 걸 어디서 주워들은 걸까. 혹시 그녀를 위로한답시고 막 지어낸 얘기는 아닐까.

"그러니까 너무 상심하지 마. 또 알아? 너도 천생연분을 만나게 될지. 체질이라는 건 변하기도 하니까 언젠가 평범한 사람으로 돌아오게 될지도 몰라. 나도 가끔 정전기 때문에 고생할 때가 있는데 피죤을 쓰니까 감쪽같이 없어졌어."

"피죤이 뭔데?"

"섬유 유연젠데 정전기 방지에 좋아. 정전기엔 피죤, 그 광고 몰라?"

나는 케이의 말을 듣고 있다 하도 답답해 침묵을 깨고 말했다.

"빨래엔 피죤이지."

케이가 일부러 의도했다는 듯 내 뒤통수를 사정없이 후려쳤다.

27

오늘은 여행 내내 누구도 말을 하지 않았다. 말을 거는 사람이 없어서였다. 말은 건다 해도 입을 열기가 귀찮을 만큼, 비가 그친 뒤로는 무더운 날씨가 계속되고 있었다. 그녀는 모처럼 기타도 치지 않고 니체만 들여다봤고, 케이는 내내 초콜릿만 씹어 먹었다. 간밤에 잠자리가 불편해 잠을 설친 나는 꾸벅꾸벅 졸다 그녀의 책장 넘기는 소리에 한 번씩 깼다. 그러다 저 멀리 희미하게 보이는 구름다리와 어쩌다 눈이 마주쳤지만 시큰둥할 뿐이었다. 케이도 발견한 눈치였지만 예전처럼 구름다리다! 라고 소리치지 않았다. 이젠 구름다리가 나와도 아무런 기대도 흥분도 일지 않았다. 그것은 그저 우리가 가는 곳마다 있기 마련인 구름다리일, 뿐이었다. 우리는 현재 구름다리가 있는 곳만 찾아다니고 있으니 구름다리가 나타나는 건 어쩌면 당연한 일이었다. 살다 보면 어떤 흥미 있고 신기한 일도 신물 나게 계속되다 보면, 결국은 당연히 일어날 일이었던 듯 시들하게 생각하기 마련이었다. 하지만 우리의 그런 당연시에 제동을 걸고 싶었던 것일까. 줄곧 가만히 있던 그녀가 엉덩이를 들고 일어나 기대와 흥분된 목소리로 외쳤다.

"저긴 거 같아! 저기야!"

확신에 찬 그녀의 목소리에 케이와 나는 모처럼 다시 기대되고 흥분되었다. 케이가 바짝 속력을 냈다. 나는 선바이저에 끼워 둔 지도를 황급히 꺼내 펼쳤다. 정말 비슷한 것 같았다. 그녀 말대로 저긴 것, 같았다. 아, 드디어 그녀의 집을 찾은 것인가. 여행을 떠나온 지 이십 일 만에 벌어진 일이었다. 숙원 하던 일이 눈앞에 닥쳐서인지, 지친 여행 탓인지, 괜스레 눈물이 날 것도 같았다. 나는 그녀에게 어떤 말로 작별 인사를 건네면 좋을지 미리 생각해 봤다. 그동안 미안했어. 서운하게 생각은 마. 사람 사는 게 다 그렇잖아, 라고 할까. 아니면 군더더기 없고 깔끔하게 잘 살아, 라고 할까. 그녀는 나한테 어떤 인사말을 건네줄까. 사람과 사람 사이의 일인지라, 막상 이게 마지막이라고 생각하니 살짝 서운한 감정이 생기려고 하는 것도 사실이었다. 그러나 그녀를 아낌없이 그녀의 집으로 보내 주고 싶은 마음이 훨씬 더 간절했다.

우리는 차에서 내려 산을 오르기로 했다. 그녀는 기타를 챙겼고, 케이는 트렁크에서 망원경을 꺼내 목에 걸었다. 그러더니 또 아차, 내 귀 내 귀, 하면서 자기 귀를 차에서 꺼내 왔다. 어차피 다시 돌아올 텐데 번거롭게 왜 그걸 가지고 가느냐니까 누가 훔쳐 갈까 두렵다는 게 케이의 주장이었다. 나는 또 고개를 절레절레 흔들며 기신기신 산비탈을 올라갔다.

구름다리가 있는 곳까지 가는 길은 꽤 멀고 험했다. 경사가 심한데다 바닥의 돌멩이들이 뾰족하게 날을 세우고 박혀 있던 터라 걸음을 자꾸 방해했다. 사람들의 발길이 잦은 산은 아닌 것 같았다. 그나마 겨우 견딜 수 있었던 건 더운 날씨임에도 고도가 높아질수록 찬바람이 살랑살랑 불어온다는 것이었다.

숲에서 자라서인지 그녀는 기타 통을 메고 있는데도 전혀 지친 기색이 없었다. 어쩌면 집을 찾았다는 생각에 안도해 힘든 줄도 모르는 것이리라.

두 시간의 산행 끝에 우리는 드디어 철로 된 구름다리 앞에 도착했다. 구름다리를 건너는 사람은 하나도 없었다. 이 거대한 막막궁 산에 우리만 갇혀 있는 것 같았다. 우리는 검게 녹슨 난간을 부여잡고 다리 중앙으로 천천히 걸어 들어갔다. 다리는 길었고, 바닥은 아득할 정도로 깊었다. 그야말로 구름다리가 없었다면 건너편으로 도달할 수 없을 만큼의 폭이 두 산 사이에 치마처럼 펼쳐져 있었다. 까마득해 보이는 아래로는 계곡물이 하얗게 부서지며 흐르고 있었고, 저 멀리로는 바다가 희미하게 보였다. 간혹, 난간의 페인트칠 조각이 벗어져 계곡으로 떨어지기도 했다. 녹 묻은 손에서는 시큼한 녹내가 났다.

그녀가 주변을 예리하게 둘러보기 시작했다. 이곳이 맞다면 주변 어딘가에 그녀의 집도 있을 것이었다. 그녀가 먼 곳을 보기 위해 뒤꿈치를 들어 올리자 케이가 목에 대롱대롱 걸고 있던 망원경을 그녀에게 건네주었다. 우리가 백날 봐봐야 그녀의 집이 어딘지 알 수 없는 일이었다. 그녀는 망원경으로 아주 오랫동안, 꼼꼼하게 주변을 살폈다. 무슨 말인가를 내뱉으려는 듯 그녀의 입술이 떨리듯 약간 벌어졌다. 우리는 긴장했다.

"비슷한데, 아니야."

그녀가 망원경을 눈에서 떼며 말했다. 나는 혼이 빠지듯 다리에서 힘이 빠져나가는 걸 느껴야만 했다. 체중이 한순간에 이 킬로그램은 줄어든 것 같았다.

아니야, 라는 말이 떨어지기 무섭게 나는 재빨리 다리를 건너왔다. 부식이 심한 탓에 구름다리가 금방이라도 끊어져 바닥으로 곤두박질칠 것만 같은 공포가 엄습해 와서였다. 뭘 바라는 것인지 케이와 그녀는 아직도 다리 중간에 꼿꼿이 서 있었다. 다시 말하지만 아무튼 이상한 인간들이었다. 둘은 서로 무슨 말인가를 한참 동안 주고받았다. 그녀는 먼 곳을 바라보고 있었고, 케이가 그런 그녀를 연민 어린 시선으로 지그시 쳐다보고 있었다. 그건 누가 봐도 사랑에 빠진 사내의 눈동자였다. 그런데 나는 케이의 시선에 담긴 의미를 부정하려 애썼다. 케이는 지금 '흔들다리 효과'에 말려든 것뿐이었다. 높은 다리 위에서 느끼는 공포를 사랑으로 착각하는 현상 말이다. 공포가 아드레날린의 분비를 촉진시키고, 그것이 다시 사랑과 관련된 화학물질인 도파민의 수치를 높여 공포를 사랑으로 착각하게 만든다는 이론. 이론은 무수한 실험을 거쳐 완성된 것이니 거짓은 아닐 것이다. 나는 케이의 착각이 깊어질 것을 우려해 발을 동동 굴려 다리가 텅텅 울리게 만들었다. 진동을 느낀 그녀와 케이가 그제야 꿈에서 깨듯 정신을 추스르고 구름다리를 건너왔다.

우리는 산을 올라왔던 시간만큼 다시 산을 내려갔다. 평소보다 해가 금방 떨어진다는 느낌이 들더니 주변이 삽시간에 어둠과 밤안개로 물들기 시작했다. 케이는 어둠과 안개로 물든 그 산길을 그녀가 잘 내려오고 있는지 살피기 위해 한 번씩 뒤돌아봤다. 더워서 그러는 건지, 아직도 다리 위에 서 있다고 느껴서인지 케이의 얼굴은 잘

익은 수박처럼 붉게 달아올라 있었다. 얼마나 붉던지 어둠 속에서도 그 얼굴이 선명하게 보일 정도였다.

28

우리는 가까운 민박집에 여장을 풀기로 했다. 다행히 단체 여행객을 받을 목적으로 만든 듯한 꽤 넓은 빈방을 구할 수 있었다. 남은 방이 하나뿐이라 그녀와 함께 지내야 한다는 게 다소 불편했지만 넓으니까 뭐, 하고 안으로 들어갔다. 케이는 방으로 들어가자마자 민박 주인한테서 얻어 온 새 얼음으로 귀 상자를 채웠다. 상자를 새 얼음으로 채우는 건 하루 일정을 마무리하는 케이만의 의식이었다. 그러고는 그 상자를 졸래졸래 들고 민박집 옆에 달린 식당으로 모둠 조개구이를 먹으러 갔다. 제발 밥 먹을 때만이라도 방에 두고 다닐 수 없느냐니까 싫으면 따로 테이블을 잡으라고 했다. 대신 그 밥값은 자신이 지불할 수 없다고 협박했다. 밥값이며 방값이며, 여행에 들어가는 모든 경비를 케이가 대고 있는 터라 나는 군말 없이 조갯살을 발라 먹었다.

"네가 빨리 내 귀랑 친해졌으면 좋겠어."

"왜?"

나는 조개껍데기에 단단히 붙어 있는 도톰한 관자를 젓가락으로 긁어내며 물었다.

"얘도 같이 여행 중이니까."

아무리 그래도 나는 케이의 귀와 친해질 수 없을 것만 같았다. 그때 식당 아주머니가 반찬 몇 가지를 새로 내주며 상자에 뭐가 들었느냐고 물었다. 상자란 누구에게나 궁금증을 유발하는 사물이기에 가끔 식당에 들어가 밥을 먹을 때면 주인이 지나가는 말로 재미 삼아 묻곤 했다. 뭐가 들어 있는지 한번 맞춰 보라는 내 말에 아주머니가 상자를 몇 번 들었다 놨다 하더니, 싱싱한 새우라고 말했다. 싱싱한 건 맞는데 새우는 아니고 사람 귀라고 했더니 아주머니는 젊은 총각이 농담도 잘한다며 내 어깨를 치며 웃었다. 여태껏 아무도 내 말을 믿어 주는 사람이 없었다. 그런 건 두 눈으로 확인할 수 있게 해 줘야만 믿을 수 있는 것이었다. 믿기 힘든 사실을 모두 농담으로 치부해 버린다면 얼마나 세상 살기가 간편할까, 라고 생각하며 케이의 머리카락을 들추는 대신 조개 일 인분과 소주 한 병을 추가 주문했다. 주문한 음식이 나올 동안 나는 담배를 뻐끔거리며 우리가 먹은 조개껍데기의 개수를 셌다. 쉰일곱 개였다.

취한 몸을 휘청이며 방으로 들어서자 그녀가 구석에 여행 가방처럼 앉아 생수를 들이켜고 있었다. 나는 한 번도 그녀가 방 한가운데 버젓이 앉아 있는 걸 본 적이 없었다. 그녀는 구석을 좋아한다고 말했지만, 사람들에게 피해를 주지 않기 위해서란 걸 알고 있었다. 구석진 곳에 있어야만 하는 사람. 마치 처음부터 위치가 정해진 듯, 그녀는 구석진 곳을 자신의 자리라 여기며 살아가고 있었다.

따지고 보면 나 또한 '구석'을 살아가는 사람이었다. 버스나 지하철을 타도, 식당이나 커피숍에 들어가 자리를 잡아도 꼭 구석에만 앉았다. 구석에 있으면 뭔가 안전하고 안정된 기분이 들어서였다. 구석 선호자들은 대부분 자신감이 없거나 가진 게 없거나 자신을 드러내기를 꺼리는 사람이었다. 자기 삶을 자신 없이 대하고 있다는 걸 자리한 위치만 보고도 알 수 있는 것이다. 당당하지 못하고 주변을 맴도는 자들. 그러나 그 구석도 세계의 일부이며 삶의 온기로 차 있다는 건 알고 있었다.

그녀도 이제 막 식사를 마쳤는지 두 마리의 엉큼한 달팽이가 달린 전선을 돌돌 말아 배낭에 넣었다. 우리는 방 한가운데 비틀거리는 몸을 뉘었다. 케이가 구석의 그녀를 구름다리 위에서와 똑같은 시선으로 쳐다보고 있었다. 왜 불현듯 그녀가 케이의 예민한 눈빛을 눈치채지 못하도록 방해해야 한다는 생각이 든 걸까. 나는 오늘이야말로 케이가 얼마나 나쁜 놈인지, 내 걸 다 뺏어 가는 놈이란 걸 그녀가 듣는 자리에서 폭로해야겠다고 생각했다. 취중진담이라고 했으니 이럴 때 말을 걸어야 녀석도 진실을 토해 낼 것이다.

"수정이랑은 왜 헤어졌어?"

"수정이? 지내보니까 팔다리가 짧더라."

지내보니? 함께 지냈다는 말이군.

"걔 팔다리가 어디가 짧아? 직접 재보기라도 했어?"

"그걸 꼭 재봐야 아냐. 만져 보면 알지."

만져 보면? 이제야 실토하는군. 함께 지내면서 만져 보기까지 했으면 물어볼 것도 없다는 얘기다. 첫 번째 아오이는 손목을 잡았을 때 채가서 용서했고, 두 번째 아오이는 키스밖에 못했던 시점이라 용서했지만, 세 번째 아오이와는 잠까지 잤던 관계라 용서할 수 없었다. 그때 케이가 키득거리며 미친놈처럼 웃으며 말했다.

"농담이야."

"뭐?"

"내가 저번에 말했잖아. 네 아오이들 건드린 적 없다고. 물론 네 아오이들의 끈질진 유혹은 있었지만 다행히 넘어가지는 않았어. 나 대단하지?"

이게 끝까지, 오리발이다. 가슴에서 소줏불이 뜨겁게 일기 시작했다.

"유학은? 수정이랑 같이 유학 간 건?"

"같이 간 게 아니라 수정이가 날 쫓아온 거라니까."

그녀가 이쪽으로 귀를 기울이고 있다는 걸 느낄 수 있었다. 케이가 이어 말했다.

"솔직히 말하면 몇 번 만난 건 사실이야. 한때 네 여자였다는 걸 알면서도 좀 흔들리긴 했어. 뉴욕이란 도시에서 외롭기도 하고 막막하기도 해서 한국말로 얘기할 상대가 있다는 것만으로도 위안이 됐으니까. 하지만 그다음은 말 안 해도 알지? 네 아오이에게 최초로 마음을 열어 볼까 한 순간, 우울하지 않은 흑인 부자한테 가버린 거.”

케이는 수정이에 대해 더 이상 할 말이 없는 눈치였다. 똑같은 얘기를 반복한다는 건 새로운 이야기가 없다는 뜻이다. 그러니 이젠 내가 실토할 차례였다. 반복도 번복도 없는 새로운 이야기를.

그날은 크리스마스이브였다. 아프리카에서 들여온 멋진 물건을 보여 주겠다는 케이의 문자메시지를 받고 없는 돈에 택시까지 잡아타고 케이의 집으로 가던 길이었다. 늦은 밤, 달리는 택시 차창 밖으로는 눈이 한 송이씩 떨어지고 있었다. 오랜만에 눈 오는, 화이트 크리스마스가 되려나 보다고 생각하며 케이가 보여 주려는 물건이 무엇일지 상상해 봤다. 그때 우리는 한창 아프리카 춤이며 노래며 그림에 빠져 있던 터라 아마도 아프리카 부족장이 의식을 행할 때 몸에 두르던 장신구가 아닐까, 짐작하고 있었다. 얼마나 빨리 보여 주고 싶었는지 케이는 대문과 현관문까지 미리 열어 놓고 날 기다리고 있었다. 나는 아프리카 치타처럼 훌쩍 뛰어 안으로 들어갔다.

내 상상대로 케이의 방에서 본 건 아프리카 부족장의 장신구가 맞았다. 단지 내가 상상하지 못한 건 그 장신구가 수정이의 알몸을 장식하고 있었다는 것과 장식된 수정이의 알몸이 케이의 그것과 뒤엉켜 있었다는 것이었다. 내가 그 자리에서 할 수 있는 건 조용히 돌아서는 것밖에 없었다. 나는 묵묵히 케이의 집을 나와 가로등에 샛노란 오줌을 누고, 그 지린내에 비위가 상해 구토까지 했다. 고개를 쳐드니 크리스마스의 축복처럼, 하늘에서는 어느새 많은 눈발이 흩날리고 있었다. 눈송이가 돌멩이 같아서 맞을 때마다 아팠다. 눈이 사람을 아프게 할 수도 있다는 사실을 처음으로 느끼며 주머니를 뒤졌다. 주머니에서 나온 거라고는 달랑 동전 세 개뿐이었다. 나는 집을 향해 타박타박 걸으며 휴대폰에 저장된 케이의 전화번호를 삭제했다.

"그걸…… 그걸."

케이는 술이 확 깬 얼굴을 하고 있었다.

"그걸 어떻게 알았느냐고? 네가 문자 보냈잖아, 새끼야! 일부러 보여 주려고 그 시간에 날 불러낸 거였잖아!"

"너한테 그런 문자 보낸 적 없어."

끝까지 시치미를 떼는 케이에게 화가 나 멱살을 그러잡았다.

"말했잖아. 네가 혹시 뭔가를 알고 있다면 그건, 오해라고."

"그럼, 수정이랑 잔 것도 오해냐? 말해 봐, 새끼야!"

나는 케이의 얼굴에 사정없이 주먹을 날렸다. 처음 만난 날부터 얼마나 패주고 싶었던가. 한 대 치고 나니 속이 후련했다. 그래도 아직 분은 다 풀리지 않았다. 케이의 입가에서 피가 흘렀고, 그 피를 보자 흥분돼 더 때리고 싶어졌다. 한 대 더 때리려고 주먹을 들자 케이가 팔로 자기 얼굴을 감싸며 말했다.

"네가 본 건 사실이야. 하지만 그건, 내 의지가 아니었어. 약에 취해 있어서 내가 무슨 짓을 했는지 약 기운이 떨어지고 나서야 알았어. 문자를 보낸 건 아마 수정이었을 거야. 내 휴대폰으로 너한테 문자를 보냈을 거라고. 나도 개한테 이용당했어."

"이게 끝까지!"

개전의 빛이 보이지 않자 나는 마저 때렸다. 케이가 피를 닦아 내며 체념한 듯한 목소리로 말했다.

"수정이…… 양성애자야."

"구라를 치려면 좀 제대로 쳐, 새끼야!"

이번에는 주먹을 연타로 날렸다.

"수정이가 너한테만은 비밀로 해달랬어."

구라가 아닌가?

"정말이야. 믿어 줘."

"우울하지 않은 흑인 부자는 뭔데?"

"……."

"뭐냐고!"

"흑인 여자."

"미친년."

나는 헛웃음을 지으며 바닥에 드러누웠다. 우리 얘기를 다 듣고 있던 그녀가 구석에서 기타를 연주했다. 그건 마치 스크린을 타고 엔딩 크레디트가 올라갈 때 흘러나오는 영화음악 같은 연주였다.

29

케이는 운전을 하며 일부러 입가에 붙여 놓은 일회용 밴드를 자꾸 만지작거렸다. 그럴 때마다 나는 미안한 듯한 표정이라도 지어 줘야 했다. 일방적인 오해로 케이에게 주먹을 날리긴 했지만, 솔직히 통쾌한 맛을 만끽한 것도 사실이었다. 케이는 부자란 이유 때문에 꼭 한 번은 패주고 싶은 놈이었으니까. 비겁하고 옹졸하지만 반칙을 해서라도 때려눕히고 싶은 놈이었으니까. 부자는 한 번 정도는 맞아 주기도 해야 한다고 생각한다. 맞을 짓을 해놓고도 오히려 때린 놈을 돈과 권력으로 유치장에 처넣는 인간들이 부자 아니던가. 반칙을 해 놓고도 매번 용서받는 자들이 그들 아니던가. 과연 세상에 정직하고 정정당당한 부자가 몇이나 될까.

우리를 태운 컨버터블이 긴 터널을 빠져나왔다. 나오자마자 멀리 구름다리 하나가 보이긴 했지만 그냥 지나쳐도 되는 다리였다. 우리에게 구름다리는 이제, 지나치기 위해 존재하는 통과 문이 되어 버린 느낌이었다. 그러자 갑자기 그녀의 집이 지구 상에 존재하기는 할까, 라는 의구심이 들기 시작했다. 혹시 집도 없이 떠돌아다니는 여자가, 자기 집을 찾아 달라고 순진한 남자 둘을 꼬여 내, 돈 안 들이고 편안한 '여행'을 즐기기 위해 지어낸 얘기가 아닐까, 라는 생각이 들었다. 솔직히 찾다가 못 찾으면 그녀도 그만이고 우리도 그만이지 않은가. 나는 뒷좌석에 고고한 자세로 앉아 한가롭게 책이나 읽고 있는 그녀에게 말을 붙였다.

"우리가 네 집을 못 찾아 주면 어떻게 할 거야?"

그녀가 읽고 있던 책을 조용히 덮었다.

"찾아 줄 거라 확신해."

"뭘 믿고 확신하는데?"

"지도가 있잖아."

"그건 그냥 그림이야."

"내가 있잖아. 이래 봬도 눈총기가 좋아서 보면 금방 알 수 있어."

"혹시 집이 없는 거 아니야?"

"의심하는 거야?"

"솔직히 그렇잖아. 지명만 알면 찾는 건 식은 죽 먹기라고."

"지명 같은 거 아버지가 말해 주지 않았다고 얘기했잖아. 아마 내가 알고 있었다면 당신들 도움 없이 진작 집을 찾아 떠났을 거야. 나도 이곳 생활에 질릴 대로 질렸으니까."

"그러니까 그게 말이 안 된다는 거지. 왜 그 중요한 걸 안 알려 주냔 말이야. 또 그런 건, 알려고 노력하면 얼마든지 알 수 있는 거야."

"나한테 지명 같은 건 필요 없었어. 평생 빠져나오지도 못한 채 내 뼈를 거기에 묻을 거라 생각하며 살아왔으니까. 그래서 궁금하지 않았고 궁금해할 필요도 없었어."

"그래도 그건……."

"내 이름 하나 불러 줄 사람이 없는 곳인데 그깟 지명은 알아 뭐하겠어. 안 그래?"

"너 지도라는 거 본 적 있어? 진짜 지도."

"있어."

"사람이라면 그런 지도를 보면 내가 사는 곳이 어디쯤인지 궁금해서 짚어 보고 물어보는 게 정상이야. 근데 넌 정체성이란 게 없잖아. 자기를 찾으려는 건 본능이야."

"나 비정상인 거 몰랐어? 내가 말해 준 숲, 바다, 구름다리면 지명 못지않게 충분한 정보라고 생각해. 그리고 걱정 마. 설사 못 찾더라도 당신 집으로 돌아갈 일 같은 건 하늘이 무너져도 없을 테니까."

"아, 알았어. 알았으니까 다음에는 잃어버리지 않게 이름표라도 달고 다녀."

내 말이 심히 불쾌했는지 그녀가 눈을 빗뜨더니 강하게 한 방 먹였다.

"계속 그딴 식으로 비위 건드리면 당신 가만 안 둔다!"

쥐도 새도 모르게 죽여 버리겠다는 것인가. 어금니를 살짝 깨물고 한 말이었다. 나도 한 방 먹일 기세로 그녀를 뒤돌아보는 순간, 갑자기 차가 한 바퀴 제자리에서 회전하더니, 꽝 소리와 함께 가로수를 들이받았다.

운전 미숙에 의한 단순한 사고인가, 아니면 그녀와 나의 말싸움을 저지하려는 케이의 묘기인가. 그 충격으로 대시보드 위에 올려져 있던 케이의 귀 상자가 내 무릎으로 떨어졌다. 다행히 기타 줄로 꽁꽁 묶어 놓은 상태라 그때처럼 쏟아지지는 않았다. 문제는 케이였다. 케이의 상태를 보니 사고인지 묘기인지 금방 알 수 있었다.

케이가 어깻숨을 헐떡이며 운전대에서 풍선처럼 튀어나온 에어백 위에 얼굴을 옆으로 파묻고 있었다. 온몸은 땀으로 흠뻑 젖어 있었고, 붉게 달아오른 얼굴은 불안하고도 초조해 보였다. 우울증 발작 증세 같았다. 나는 급하게 안전벨트를 풀어 케이를 밖으로 끄집어냈다. 그러고는 급한 대로 항우울제를 먹이고 눅신해진 초콜릿을 까서 케이의 입에 넣어 주었다. 케이가 초콜릿 범벅이 된 입을 하고 들릴 듯 말 듯 가느다란 목소리로 말했다.

"붕괴되고 있어…… 내가."

케이는 반미치광이가 된 것 같았다. 걱정이 됐는지 그녀도 문을 열고 밖으로 나왔다. 그녀는 케이에게 무엇이든 도움을 주고 싶어 하는 눈치였다. 그러나 불가능한 일이었다. 우리가 그녀에게 도움을 줄 수 없듯 그녀 또한 우리에게 도움을 줄 수 없기는 마찬가지였다. 그녀는 초조하게 자기 손을 주물럭거리며 우리 주위만 서성였다. 그때 케이가 그녀를 초점 잃은 눈동자로 쳐다봤다. 나는 직감적으로 케이가 무슨 짓을 벌이려는지 알고 있었다. 언젠가 케이는 내게, 발작이 극에 달하면 환청이 들린다고 말해 준 적이 있었다. 누군가 자기 귀에 대고 속삭이듯 죽으라고 명령을 내린다는 것이었다. 그래서 자기도 모르게 칼을 집어 들게 된다고.

집어 들 칼이 없는 지금, 케이는 그녀에게 달려들려는 것이었다. 나는 움직이지 못하게 케이의 어깨를 재빠르게 잡아 눌렀다. 예상대로 케이는 무서운 기세로 내 손아귀를 빠져나가려고 버둥댔다. 나는 할 수 없이 케이의 멱살을 잡아 자동차에 세워 놓고 녀석의 뺨을 사정없이 후려쳤다. 정신 차리라고, 귓속에 들어앉아 사악한 명령을 내리고 있는 망령을 빨리 떨쳐 내라고. 수차례 갈기고 나자 걸어갈 기운조차 없어진 케이는 끈 풀린 마리오네트처럼 기진맥진 자동차 옆으로 쓰러졌다.

한참 있다 눈을 뜬 케이의 눈동자는 훨씬 또렷해져 있었다. 케이가 눈을 깜빡이며 내게 말했다.

"앞으로도 계속…… 이런 식이면…… 차라리 죽는 게 나아."

케이의 발작 증세를 처음으로 목격한 나는 케이가 지금까지 겪어 왔을 고통에 대해 조금이나마 알 것 같다는 생각이 들었다. 자기 삶을 스스로 통제하거나 제어할 수 없는 고통. 아마도 옆에서 돌봐 줄 사람이 없었기에 그 고통은 보다 더 크게 느껴졌을 것이다. 혼자서 돌보고 보살펴야 하는 삶. 가족이 있는데도 나와 별반 다르지 않는 삶. 캄캄한 삶. 외로움에 생긴 병이 그 외로움에 더 짙어지고 있었다. 살아간다는 건 행복한 것일까. 돈이 많다고 마냥 행복할 수는 없는 것인가. 삶을 뜨겁게 욕망하고 옹호해 왔던 나지만, 케이에게 그렇더라도 살아 내야 한다는 말을 차마 할 수가 없었다. 그렇다고 죽음을 옹호하는 듯한 말을 할 수 없는 것 또한 마찬가지였다. 삶과 죽음. 케이는 지금 어느 것도 해결책이 되지 못하는 경계에 놓여 있었다.

케이가 스스로 몸을 일으켜, 차바퀴에 등을 기대고 걱정스러운 목소리로 말했다.

"내가 이 여행을 끝까지 할 수 있을까. 제이를 집까지 데려다 줄 수 있을까."

"지금 네가 남 걱정할 때야?"

자기가 생각해도 어이없는지 케이가 풋, 하고 웃었다.

"정 힘들면 여기서 관둬. 찾아 주는 건 나 혼자서도 할 수 있으니까."

"보고 싶어. 숲."

"곧 죽어도 고집은."

나는 자리에서 일어나 케이를 조수석에 태웠다. 앞으로 운전은 내가 할 것이다. 다행히, 비싼 차라 그런지 가로수를 들이받았는데도 오른쪽 라이트만 깨진 상태였다. 내가 운전을 맡아 다행인 건 앞으로 오늘처럼 차가 가로수를 들이받을 일 따위는 없을 거라는 것과 차가 흔들리더라도 케이의 귀 상자가 내 무릎으로 쏟아질 일은 없을 거라는 것이었다.

그녀가 뒤에서 케이에게 괜찮느냐고 물었다. 케이는 고개를 가만히 끄덕이는 것으로 뜻을 전했고, 나는 가까운 모텔을 찾아 차를 출발시켰다. 케이를 좀 쉬게 해줘야 할 것 같았다.

30

자동차 정비소에서 깨진 라이트를 수리하고, 케이가 시원한 맥주를 마시고 싶다고 전화를 해와 캔 맥주와 안주 몇 가지, 그리고 귀의 신선도를 유지해 줄 얼음 한 봉지를 사 들고 모텔로 돌아가는 길이 었다. 주차를 마치고 삼 층으로 올라가 객실 문을 여는데, 옆방에 묵고 있어야 할 그녀가 구석에 몸을 구기고 앉아 케이와 도란도란 얘기를 나누고 있었다. 방금 전에 무슨 얘기가 오갔는지 궁금할 정도로 화기애애한 분위기였다. 그녀의 방문이 못마땅했지만 케이가 밝게 웃고 있어서 차마 방으로 돌아가라는 말도 할 수 없었다. 그녀 딴에는 케이가 걱정돼서 건너왔을 것이다. 그녀의 이야기에 집중하고 있는 케이의 상태는 훨씬 안정돼 보였다. 그녀의 목소리나 이야기에 어떤 힘이 있기라도 한 걸까. 그녀와 얘기하고 있으면 케이는 확실히 표정이 좋아 보였다.

나는 침대 위에 맥주와 안주를 풀어 놓았다. 케이는 캔 맥주를 손에 쥐자마자 단번에 쭉 들이켜고는 한 개를 더 집어 들었다. 밑 질긴 그녀는 그때까지도 자기 방으로 갈 생각을 하지 않았다. 자정이 훌쩍 넘은 시간이었다. 나는 피곤한 듯, 입이 찢어져라 일부러 하품까지 해 보였지만 둘 다 눈치가 없기는 마찬가지였다. 더 눈치 없는 건 케이였다. 마치 방 안에 그녀의 목소리가 떠돌지 않으면 불안하기라도 한 것처럼 잠잠하다 싶으면 그녀에게 말을 시켰다. 그녀 또한 케이가 질문을 해주는 게 마냥 기쁘다는 표정을 하고 앉아 새처럼 재잘댔다.

"숲 얘기 좀 더 해봐."

케이의 말에 그녀는 그때처럼 정말 숲 속을 걸어 들어가는 듯한 신비로운 표정을 지어 보였다.

"숲은, 이상한 곳이야. 뭐라 표현할 수 없을 정도로. 어떤 말로 표현하면 조금 뒤에 그 표현이 적절치 않다고 생각돼서 고치고 싶을 때가 많아. 숲을 규정하기에 내 언어가 너무 공허하다는 느낌이랄까. 하여튼 그래."

"거기서는 주로 뭘 하며 지냈어?"

"나무에도 올라가고, 아버지 먹으라고 산열매도 따고, 풀에 누워 보기도 하고, 산짐승을 쫓아다니기도 하고, 숲이 얼마나 넓은지 숲의 끝이 어딘지 알고 싶어서 나무들을 따라 정처 없이 걸어 보기도 하고, 식물도감이나 곤충도감 같은 걸 들고 채집하러 돌아다니기도 했어. 집에 가면 갖가지 채집물들로 가득해. 박물관처럼."

"자연학습장이 따로 없네. 더 궁금해지는데 너의 집."

"난 그 생활이 익숙하고 좋았어."

"숲에 사는 거?"

"혼자 부딪쳐서 뭔가를 알아내고 배우고 터득해 가는 거. 누군가 친절하게 옆에서 가르쳐 주는 것보다 스스로 터득하는 게 오래가잖아. 절대 잊어버리지 않지. 숲은 무궁무진해서 아마 평생을 관찰해도 모르는 것투성이일 거야. 도시 못지않게 끊임없이 뭔가를 간직하고 있는 비밀스러운 곳이지. 차이가 있다면 숲의 비밀은 알수록 신비롭다는 거고 도시의 비밀은 알수록 검측측하다는 거야."

"어린 나이에 혼자 생활하기에 불편한 점은 없었어?"

"음식을 해 먹거나 하는 게 아니니까, 어른 손이 절실하게 필요하다고 느낀 적은 별로 없었어. 빨래야 뭐 어쩌다 한 번 하는 거고 어려운 것도 아니니까. 아, 하나 있었다."

"뭐?"

"머리 묶는 거. 한 손으로 머리카락을 잡고 나머지 손으로 빗질을 하고 있으면 머리카락은 늘 손가락 사이로 빠져나와 버렸어. 뭐, 시간이 지나니까 나중에는 그것도 자연스럽게 잘할 수 있게 됐지만. 거기서는 혼자 해결해야 하는 일들이 많으니까 지내다 보면 저절로 뭐든 할 수 있게 돼."

"뭐든?"

"응. 뭐든."

"병이 나면 그때는?"

"거기서 난 감기 한 번 걸린 적 없었어. 오염되지 않은 곳이니까. 물도 깨끗하고 공기도 깨끗해서 눈병이 뭔지도 몰랐어. 도시로 내려와서 감기가 뭐고 눈병이 뭔지 알게 됐어. 그런 게 걸리더라도 숲에서는 자연스럽게 치유돼. 하지만 여기선 약을 먹어야 겨우 낫더군. 약은 면역력을 떨어뜨릴 뿐 치료가 되진 않아. 약이란 건 치료가 된 것처럼 위장해 줄 뿐이야."

케이의 눈동자가 반짝, 하고 빛나는 걸 나는 목격했다. 아마 물보다 더 많이 먹어 왔고, 현재도 먹고 있으며, 암울한 미래에도 먹게 될 항우울제를 떠올리고 있으리라. 증상을 잠시 잠재워 치료가 됐다고 착각하게 만드는 알약들. 위장해 주기 위해서는 자신 또한 위장하고 있어야 한다는 듯 먹음직스러울 정도로 화려한 빛깔로 색이 입혀진 알약들을 생각하고 있으리라.

"숲은 거짓말을 하지 않아. 인간은 그래서 자연이 아닐지도 몰라. 자연에서 벗어나서 거짓말을 하게 된 건지, 거짓말을 하게 돼서 자연에서 벗어나게 된 건지는 모르지만 결국 우리가 마지막에 가서 신세 져야 할 곳이 거기란 걸 명심해야 해."

숲에 사는 그녀라서 할 수 있는 말 같았다. 나는 그 말을 가만히 생각해 봤다. 그녀의 말대로 자연의 일부인 인간이 자연의 일부인 채로 살아간다면, 병균이 침투해 들어오더라도 그 자연의 힘으로 자연스럽게 치유가 될 것이다. 자연에서 온 것치고 헛되고 거짓된 건 없으니까. 아마도 인간의 몸은 처음에는 자연의 흐름과 체계에 맞게 시스템화되어 있었을 것이다. 하지만 영악해진 인간이 자연의 이치를 무시하고, 개발하고, 파괴함으로써 인간 스스로 그 시스템에서 벗어나고 말았다. 인간은 더 이상 자연의 체계에 속하지 않는 유일한 그 무엇이 되어 버린 것이다. 그리고 그 무엇이 된 걸 자랑스럽다 못해 위대하게 생각하기에 이르렀다. 마치 신이라도 된 것처럼.

인간이 앓고 있는 병이란 어쩌면 자연을 거스르고 위배한 대가로 생겨난 재앙이거나 재난일지도 모른다. 앞으로도 그 재앙과 재난은 알약처럼 끊임없이 생겨날 것이고, 결국 오만으로 똘똘 뭉친 인간이란 종을 파멸로 이끌지도 모른다. 신에게 도전하거나 신이 되려고 하는 자에게 기다리고 있는 건 오로지 파멸뿐이니까. 그녀의 말을 듣고 있자니 문득 무섭다는 생각이 들었다. 자연도, 그 자연에서 시작됐다는 걸 망각하고 사는 인간도.

"건강이 안 좋아서 아버지도 참 많은 약을 삼켰어. 종류는 어찌나 많고 빛깔은 또 어찌나 다양하던지 예쁘다는 생각까지 들었어. 아버지도 약이 예쁘다고 느꼈는지 나중에는 먹고 남은 알약들을 수집하기 시작했어."

나 또한 그런 적이 있었다. 물론 일부러 수집에 목적을 둔 건 아니지만, 먹고 남은 알약들을 버리기가 뭐해 상자에 넣어 두다 보니 어느새 꽤 많은 양이 모아져 있었다. 한데 풀어 놓으니 색깔이 참 예쁘다는 생각을 했었다. 약에 예쁜 색깔을 입혀 뭐하자는 것인지. 어차피 건강이 안 좋아 기분 나쁜 상태로 먹을 약, 기왕이면 기분이라도 좋으라고 그러는 것인지, 우리가 모르는 무언가를 표시하고 구분하기 위한 것인지.

"수집해서 뭐하려고?"

"평생 살면서 몇 가지 병에 걸리나 알아보려고. 내가 없는 동안 아버지가 모은 알약들이 또 얼마나 늘었을지 궁금해."

그녀는 아버지의 안부가 많이 걱정되고 궁금한 눈치였다. 케이가 다운된 분위기를 바꾸려고 다른 질문을 했다.

"혼자 지내는 게 지겹지는 않았어? 혼자 있으면 시간도 잘 안 가고 그러잖아. 숲이 무궁무진하다는 건 알지만 매일 재미난 일만 있을 수도 없는 거고. 뭔가 무료하게 반복되는 것 같고, 계절마다 변하는 숲이란 것도 어느 순간 별다를 게 없어 보이고, 초록색도 지긋지긋해지고."

"그곳에서는 혼자 지내는 데 익숙해져야만 해. 하지만 난 혼자가 아니었어."

"산짐승 같은 걸 말하는 거야?"

"아니."

"그럼?"

"분명 혼자였지만 혼자란 생각은 들지 않았어."

"혼령을…… 말하는 거야?"

그녀가 고개를 저으며 웃었다.

"그럼 뭔데?"

"난 늘 시간에 쫓겼어. 할 일은 너무 많고 하고 싶은 건 그보다 더 많았으니까."

"숲에서 할 일이라고 해봤자 땔감으로 쓸 나무 구하는 거랑 물 긷는 것밖에 더 있어?"

"땔감도 가을에 바짝 준비해 두면 구하러 다닐 필요도 없어."

그녀는 누구랑 지냈는지 무척이나 궁금하게 만들었다. 하마터면 내가 나서서 누구냐고 물을 뻔했다. 그녀가 손에 들고 있는 걸 들어 보이며 말했다.

"책."

그녀가 『자라투스트라는 이렇게 말했다』의 책장을 처음부터 끝까지 단번에 날렸다. 책갈피 사이에서 빠져나온 바람에 그녀의 머리칼이 흩날렸다. 기대와 달리 재미없는 대답이었다.

"내 사교계는 책이었고 나한테 책은 종교 같은 거였어. 믿고 의지할 건 그것밖에 없었으니까. 나한테는 거짓말하지 않는 종교이자 구원이었어."

"사교와 종교……. 그 믿음은 언제부터 시작됐는데?"

"한글을 떼면서부터 미친 듯이 책만 봤어. 독서라는 건 혼자 하는 건데 이상하게 책을 읽고 있으면 혼자가 아닌 듯한 착각에 빠져들었어. 애초에 독서란 게 혼자 하는 거라 그런 건지도 모르지만. 어린 나한테 책이란 건 엄청난 세계였어. 그 속에 내가 알지 못하고 겪지 못하는 세계가 전부 들어 있었으니까. 사랑이란 감정이 뭔지, 친구가 뭔지, 고독이 뭔지, 죽음이 뭔지 글로 명확하게 표현되어 있었으니까. 모르는 단어가 나올 때마다 사전을 뒤지는 것도 재밌는 놀이였어. 단어를 설명하는 말에 모르는 단어가 있으면 옆에 있는 다른 사전을 뒤졌어. 그러면서 조금씩 배워 나갔어. 오로지 책과 둘이서만."

"책은 어디서 났어?"

"아버지가 일주일에 한 번씩 가져다줬어. 날 숲에 버렸던 그 리어카에 책을 잔뜩 싣고 매주 방문했어. 날짜 지난 신문이나 철 지난 잡지도 가져다줬어. 매주 집에 책이 쌓여 가는데 숲에 심어진 나무보다 아니, 하늘에 박혀 있는 별보다 더 많은 것 같았어. 모두 헌책이었지만 그 많은 걸 어디서 구해 오는지 궁금해서 어느 날 아버지한테 물었는데 대답해 주지는 않았어. 근데 곧 알게 됐어. 어떤 책에 작가의 사인과 함께 아버지 이름이 적혀 있는 걸 보게 됐거든. 그 책들은 아마 아버지의 창고 어디쯤에서 나온 것들일 거야. 난 아버지가 책을 읽는 사람이라고는 상상해 본 적도 없었어. 책이란 건 정규교육을 받은 사람들이나 보는 거라고 생각했거든.”

그녀는 잠시 책으로 시선을 떨어뜨리다 다시 고개를 들어 말했다.

“나중에는 이런 생각도 들었어. 아버지가 날 숲에 버릴 수 있었던 건 책이 있어서가 아닐까, 라고. 책을 읽으면 혼자서도 많은 시간을 견딜 수 있을 거라 생각한 건 아닐까, 라고. 엄마가 죽고 아버지가 그랬던 것처럼……. 그게 사실이면 아버지 생각은 틀리지 않았어. 아버지에 대한 증오마저 사라졌으니까. 마른 몸으로 매주 험한 숲을 지나 책을 가져오는 아버지한테 미안한 마음마저 들어 버렸으니까. 아버지는 그저 열심히 책을 읽다 보면 언젠가 꼭 필요할 때가 있을 거라고만 했어. 지금 생각해 보면 그 말은 맞았어. 어느 날부터 도시가 궁금해지기 시작했고, 그 도시란 게 정말 신문이나 잡지에 나오는 모습 그대로일까 보고 싶어졌으니까.”

“그래서 숲에서 내려온 거야?”

“확인하고 싶었어. 계획이나 미래 같은 것도 없이 그저 막연하게.

언젠가는 내가 도시로 갈 거라는 걸 아버지는 알고 있었어. 도시를 만났을 때 놀라지 말고 당황하지 말라고 미리 학습을 시켰던 것 같아. 그 덕에 지금까지 버틸 수 있었던 게 아닌가 싶기도 해."

그녀는 이 세상에서 평생을 해도 끝마칠 수 없는 일은 책을 읽는 일일 거라고 했다. 평생 읽어도 결국 책이 남는다는 것이었다. 내가 남느냐, 책이 남느냐. 어떤 인간도 책 앞에서 남을 수는 없었다. 남는 인간이 없다는 걸 알면서도 아이러니하게 하루에도 수십 권씩 쏟아져 나오는 게 또 그 책이었다. 그때 케이가 물었다.

"밥 먹는 것도 평생 할 수 있는 일이잖아?"

"그건 생산적인 일이 아니잖아. 그리고 그건 남들도 다 하는 거잖아. 살기 위해서는 누구나."

"책도 마찬가지 아닐까. 살기 위해서는."

"누구나 다 하지는 않아. 안 읽어도 사는 데 지장 없으니까 다 하지 않아."

"넌 책이 영원할 거라 생각해?"

"응. 영원불멸할 거라 생각해. 또 그래야만 하고."

"책이란 것 때문에 인간이 자연을 벗어나게 되고, 결국에는 그것을 망가뜨리게 된 거 아닐까?"

"그건 인간이 책을 잘못 사용한 결과야. 도시가 매력적인 게 뭔 줄 알아?"

"뭔데?"

"숲보다 어마어마하게 많은 책을 보유하고 있다는 거야. 도시의 매력은 그거 하나야. 그런데도 도시인들은 그 매력을 모른 채 바쁘게만 사는 것 같아. 가끔은 무심하다는 생각이 들어. 인간을 키우고 도시를 세운 것도 결국 그 책인데."

"예전이라면 책이 재미난 최고의 오락거리였겠지만 지금은 그보다 더 재미난 게 많으니까."

케이가 맥주 한 캔을 비우고 안주로 초콜릿을 씹으며 그녀에게 물었다.

"주소가 어떻게 돼?"

멍청하긴. 자기가 살았던 지명도 모르는데 주소를 어떻게 안다고 묻는 거야.

"그건 왜?"

"생각날 때마다 사서 보내 주려고. 도시에 남아도는 쓸모없는 책들."

"그때 모른다고 말했잖아. 그보다 숲에는 주소가 없어. 숫자가 통용되지 않는 곳이니까. 그냥 하나의 덩어리일 뿐이야."

덩어리라. 숲이란 숫자를 매길 수 없고 규정할 수 없어서, 셀 수도 없는 거란 말인가. 그러니까 내 식으로 말하면 애초에 이해할 수 없고, 이해가 불가능한 곳? 내가 그녀를 이해할 수 없었던 것처럼?

"읽지만 말고 읽은 글을 바탕으로 글을 써보는 건 어때?"

나는 불쾌한 눈으로 케이를 바라봤다.

"글이란 건 경험 없이도 상상으로 얼마든지 쓸 수 있는 기니까."

나는 참다못해 결국 그들의 대화에 끼어들고 말았다.

"글쓰기가 말처럼 그렇게 쉬운 건 줄 알아? 글이란 건 상상보다 경험이 중요하게 작용하는 작업이야. 사람이랑 어울리고 소통하고 살아가야 이야기가 만들어진다고. 이야기라는 것도 결국은 관계에서 비롯되는 거니까."

나는 맥주 한 캔을 마저 비우고 다시 말했다.

"글은 무슨 글이야. 차라리 그림을 그려. 그림이야말로 경험 없이도 막 그릴 수 있는 거잖아. 추상화가들 봐봐. 물감 대충 뿌려 놓고 그림이라며 말도 안 되는 가격에 파는 거. 물감 뿌리는 건 초딩들 미술 시간에도 다 하는 거야."

"너 같은 무식한 놈 눈에나 막 그린 것처럼 보이지, 막 그리는 화가는 하나도 없어. 다 자기 세계가 있고 자기 사상을 담아 그려."

케이도 화가 났는지 내게 따져 들었다.

"오, 넌 경험이 없어서 포기한 거였구나?"

"오, 넌 자기 세계도 사상도 없어서 포기한 거였구나?"

케이와 나는 오징어 다리를 짓씹으며 서로를 노려봤다. 그녀는 우리의 싸움에 관심 없다는 듯 자리에서 일어나 창가 쪽으로 다가가 가로등을 쳐다봤다. 벌써 날이 조금 밝아 오고 있었다. 그 순간, 창밖에 기우뚱한 자세로 서 있던 가로등이 소리 없이 턱, 꺼졌다. 그녀의 생일이 시작됐다 끝난 것이었다. 막 지나간 것이었다. 그때 그녀가 말했다.

"난 아무것도 남기고 싶지 않아. 글이든 그림이든 어떤 기록도 남기지 않을 거야. 글쓰기를 거부한 소크라테스처럼. 멋지다고 생각해. 자기를 남기지 않는 거, 그냥 이야기로만 전해지는 거, 깨끗한 방식인 거 같아. 그냥 다 모든 게 그때그때 휘발됐으면 좋겠어."

남긴다는 건 너저분한 것일까. 그녀는 소크라테스처럼, 구전처럼 사람들의 입을 통해 이야기로만 전해지길 바라는 걸까. 말은 산 자와 더불어 존재하지만 글과 그림은 주체가 죽은 뒤에도 주체인 양 세상을 떠돌아다니며 호령하고, 가끔은 지배하기도 한다. 어쩌면 어디선가 이미 그녀의 이야기는 시작되고 있을지도 모르겠다. 그녀를 만난 사람들에 의해서 풍설처럼.

31

기름을 넣기 위해 주유기 옆에 차를 세웠다. 창문이 부드럽게 쓱 내려가자마자 주유소 아르바이트생이 한달음에 달려와 구십 도로 허리를 꺾어 인사했고, 여자 아르바이트생 두 명은 차 앞뒤로 달라붙어 세정액을 여기저기 뿌려 대며 먼지를 닦기 시작했다. 처음에는 저 자식들이 왜 저러나, 사장이 직원들한테 서비스 교육을 제대로 시킨 모양이라고 생각했다가, 주유를 위해 우리 뒤에 멈춰 선 장난감처럼 생긴 마티즈를 보고서야 상황을 대번에 짐작할 수 있었다.

아무도 마티즈에게는 허리를 구십 도로 꺾지 않았고, 세정액을 뿌려 주지도 않았다. 우리 차를 대하는 아르바이트생들의 자세는 눈동자 때깔부터가 달랐다. 조심성 있는 예의까지 묻어 있었다.

마티즈를 끌고 다닐 때는 한 번도 받아 보지 못한 서비스라, 주유소에서 받는 서비스라는 게 이런 거구나 싶었다. 분명한 건 사람을 꽤나 기분 좋게 하는 서비스라는 것이었다. 마치 룸살롱 아가씨가 무릎에 앉아 가슴을 흔들어 대며 팁 달라고 애교 부리는 것 같았다. 나는 이 순간만은 이 차의 기사가 아닌 주인이고 싶어, 케이가 변속기 옆에 놔둔 주유용 카드를 손가락 사이에 끼워 창문 너머로 절도 있게 건네며 자신감 있게 말했다.

"만땅으로."

나는 순간, 아차 싶었다. 마티즈를 몰고 기름 넣을 때 하던 버릇이 나도 모르게 튀어나와 버린 것이었다. 차 수준에 안 맞게 '만땅'이라니. 나는 혹 눈치챘을까 봐 아르바이트생의 얼굴을 슬쩍 올려다봤다. 다행히 아르바이트생은 내가 던진 비속어보다는 차의 겉모습에 이미 주눅 들어 있는 표정이었다.

주유와 계산이 끝나자 아르바이트생이 카드와 명세서를 건네주며 반짝거리는 눈동자로 나를 멀뚱히 쳐다봤다. 서로 볼일이 다 끝난 마당에 왜 날 그런 존경의 눈빛으로 바라보는지 의아해하던 참에, 케이가 팁으로 만 원 한 장을 지갑에서 꺼내 차창 너머로 건넸다. 그 순간 모든 게 들통 났다는 걸 깨달았고, 아니나 다를까 아르바이트생이 어쩐지 하는 표정으로 나를 위아래로 훑어봤다. 졸지에 운전 기사로 전락한 나는 서둘러 차창을 올리고 주유소를 빠져나갔다. 어떤 대접을 받을지 대충 짐작이 가는 마티즈를 내 뒤에 남겨 두고서.

"넌 주유소에서도 팁을 주냐?"

"차를 빡빡 문질러 대는 게 팁 달라는 거지, 뭐야."

그렇다. 마티즈에게 더러운 걸레를 들이대지 않는 건 빡빡 문질러 대 봤자 팁이 나오지 않을 거란 걸 알고 있어서였다. 알면서 헛된 수고와 노동을 할 필요가 없는 것이다. 마티즈에게 만 원은 며칠을 달릴 수 있는 기름값이다. 거래가 오가는 곳에서는 동시에 차별도 오간다.

냉장고 선반에 들앉아 있는 것처럼 차 안은 에어컨 바람으로 차가웠지만, 바깥은 따갑다 못해 뜨거운 햇살이 빗줄기처럼 퍼붓고 있었다. 하늘이란 늘 무언가를 쏟아 내는 곳이었다. 비든, 눈이든, 바람이든, 햇볕이든, 천벌이든. 장마가 끝나자마자 기다렸다는 듯, 여름은 더운 날씨의 위력을 여실히 우리에게 쏟아붓고 있었다. 유리창으로 쏟아지는 노란 햇빛만 봐도 졸음이 몰려올 지경이었다. 그녀와 케이는 이미, 팔자 좋게 졸음 중이었다. 운전이란 졸음이 오는데도 졸면 안 되는 아이러니한 행동 양식이란 생각이 들었다.

며칠째 메마른 도로만 따라 달리고 있자니 심심해 죽을 맛이었다. 어떤 신나는 음악도 이젠 시큰둥하게만 들렸다. 구름다리를 쫓아 수

동적으로 차를 모는 것도 매력이 없었고, 어느새 우리의 여행은 바깥 풍경을 구경하는 데 열중하는 여정이 되고 말았다. 뭔가가 불합리하고 비합리적인 것 같아, 이왕 떠나온 길이니 중간 중간 능동적으로, 그날의 기분과 느낌에 따라 다른 방향으로 슬쩍 빠져 보는 것도 우리에게 유용할 거라는 생각이 들었다. 나는 언제 우리의 최종 목적지가 나올지 모르는 상황이니, 그 모르는 시간들을, 평소 시간이 없거나 돈이 없다는 핑계로 포기하고 말았던 장소들을 찾아가 보기로, 그래서 아는 시간으로 만들어 보자고 제안했다. 내 말에 케이가 손등으로 침을 쓱 닦아 내며 비몽인 듯 사몽인 듯 그러자고 고개를 끄덕였다.

"가보고 싶은 데 있어?"

내 물음에 뒤쪽에서 생기발랄한 목소리가 건너왔다.

"동물원."

나는 머뭇거림 없이 내비게이션에 '동물원'을 찍었다.

32

내가 그녀의 제안을 흔쾌히 수용한 건 나 또한 동물원이란 데를 한 번도 가본 적이 없기 때문이었다. 물론 어렸을 때 아버지한테 동물원에 데려가 달라고 졸랐던 적은 많이 있었다. 코끼리의 종말이 머지 않았으니 빨리 가서 구경해 두라는 생물학자의 글귀가 떠오를 때면 특히 조바심이 나기도 했었다. 그러나 무엇이 바빴던 것인지 아버지는 한 번도 그런 내 부탁을 들어준 적이 없었다. '다음에'라는 말로 아버지는 쉽게 미루고 가볍게 빠져나가기만 했다. 굳이 아버지의 허락을 받을 필요도 없고, 부모를 동반하지 않아도 되는 나이가 되었을 때, 그러니까 맘만 먹으면 얼마든지 혼자 갈 수 있는 나이가 되었을 때도 나는 동물원에 가지 않았다. 내가 사는 곳 어디쯤에 동물원이 있을 거란 걸 염두에만 두고 있을 뿐 정작 발걸음은 옮겨지지 않았다. 아마 동물원은 누군가와 함께 가야 한다고 생각했기 때문일 것이다. 성인이 된 후 동성 친구에게 '우리 동물원에 가볼까?'라고 하면 '우리가 애냐?'라는 건조한 대답이 돌아왔고, 아오이들을 비롯해 수많은 그녀들에게 '이번 주말에 동물원 데이트 어때?'라고 하면 '옷에 똥 냄새 배서 싫어.'라는 축축한 대답이 돌아왔다. 그때 생각했다. 왜 내 주변에는 동물원에 가지 못하는 인간들뿐인가.

케이가 입장권을 끊으러 간 사이 나는 그녀에게 물었다.

"왜 동물원에 오자고 한 거야?"

"동물원은 혼자 가면 안 되는 곳 같아서."

그녀는 빨리 동물원 안으로 들어가고 싶다는 안달 난 표정으로 주변을 쭈뼛거리더니 건성으로 대답했다. 그러나 그 건성의 대답이 내게는 아주 진지한 정답처럼 느껴졌다. 단순히 나와 비슷한 생각을 가지고 있어서가 아니었다. 그녀는 집으로 돌아가면 다시 혼자가 될 테니, 동물원을 누군가와 함께 가야 하는 곳이란 생각을 버리지 않는 한, 그녀에게는 결코 갈 수 없는 곳이 되고 말 것이기 때문이다. 그러나 그녀의 특성을 생각하면 아무리 많은 사람과 동반하더라도 그녀는 결국 혼자 간 거나 마찬가지겠다는 생각도 들었다. 손을 잡을 수도 어깨동무를 할 수도 없으니 말이다. 내 말에 그녀가 또 건성으로 말했다.

"손을 잡거나 어깨동무를 할 수는 없어도, 동물원을 생각하면 같이 간 사람을 떠올릴 수는 있잖아."

그거면 충분하잖아, 하고 그 뒤에 들릴 듯 말 듯 중얼거리는 목소리로 덧붙였다. 그녀 말대로 혼자서도 갈 수 있는 나이가 됐는데도 가지 않고 지금까지 버틴 건 동물원을 생각하면 같이 간 사람을 떠올릴 수 없어서였을까. 줄곧 희미하게 내 주변을 겉돌고 있던 이유를 그녀가 분명한 문장과 목소리로 표현해 준 것 같았다. 자기가 나한테 어떤 대단한 문장을 선사했는지도 모른 채 그녀는 매표소에서 입장권을 들고 돌아서는 케이를 향해 달려갔다. 한참을 멍하게 서 있던 나도 곧 뒤따라갔다.

관람객들이 많으면 어쩌나 걱정했는데 다행히 평일인 데다 날씨가 더워 동물원은 한산한 편이었다. 어디를 가나 동물들이 쏟아 낸 배설물 냄새 때문에 두통이 날 지경이었지만 생애 처음으로 와본 동물원이라 생각하니 그딴 것은 크게 문제 되지 않았다. 우리들은 테마별로 장소를 옮겨 가며 우리에 갇혀 있는 동물 구경에 나섰다. 그러나 장소를 옮길수록 그녀의 표정은 썩 밝아 보이지 않았다. 이유야 뭐, 물어보나 마나였다. 숲에서 많은 야생 동물들을 보고 자랐을 그녀에게 우리에 갇혀 있는 동물들은 행복하거나 자유로워 보이지 않을 것이다.

인간이 동물을 수집한 건 고대부터 쭉 있었던 일이라고 한다. 고대 왕들은 희귀하거나 포악한 동물을 포획하고 전시함으로써 자기 힘을 과시하고 타인을 지배하는 하나의 방법으로 이용하기도 했다. 혹자는 동물원의 탄생 배경을 파괴적인 인간으로부터 동물을 보호하고 멸종 위기에 처한 동물을 보존하기 위한 하나의 방법이었다고 설명한다. 동물원은 동물들이 안전하게 살 수 있는 낙원이라는 것이다. 더 나아가, 살아남기 위해 끊임없이 벌여야 하는 생존 투쟁으로부터 그들을 해방시켰다는 말로 스스로를 정당화하기까지 했다. 과연 무엇이 보호이고 해방이고 낙원인 걸까. 그건 인간으로부터 동물이 아니라, 동물로부터 인간을 보호하고 해방하기 위한 게 아닐까. 그리고 그 낙원을 교육과 오락의 장으로 이용하려는 계획이 아닐까. 하긴 16세기에는 '사람 전시'라는 명목으로 탐험가들이 전리품으로 포획해 온 인디언이나 에스키모, 아메리카 원주민을 전시하기도 했다고 하니 말해 뭐하겠는가. 노예제도라는 것도 결국은 창살 없는 동물원이 아니던가. 아무리 시대가 변해도 약자의 시대는 오지 않을 것이다.

우리의 발길이 닿은 다음 장소는 동물 서커스 공연이 펼쳐지고 있는 곳이었지만 그녀는 가고 싶지 않다고 했다. 우리도 같은 생각이었다. 동물들의 진기한 묘기를 보고 있으면 대견하고 신기하다는 생각보다 무대 뒤에 감춰져 있을 배고픔과 고통의 시간 때문에 괴로워지는 것이다. 그곳은 인간의 이기심이 동물을 어떤 식으로 변화시킬 수 있는지를 보여 주는 실험실 같은 곳이다.

마지막 코스로 우리는 아프리카 사파리 탐험을 위해 관람 버스에 탑승했다. 사파리는 야생에서도 보기 힘든 동물들이 주로 살고 있는 곳이었다. 곰, 사자, 벵골호랑이, 아시아코끼리, 기린, 얼룩말, 타조, 북극여우 등등. 사십 인승 버스에는 고작 여섯 명만 타고 있었다. 우리는 안전하게 맨 끝에 자리를 잡고 앉았고, 탐험대장의 안내 멘트를 시작으로 버스가 사파리로 들어섰다.

"아, 처음이네."

케이가 창밖으로 햇볕이 쨍쨍하게 내리쬐는 사파리를 내다보며 혼잣말로 말했다.

"너도 동물원이 처음이냐?"

"아니. 누구랑 같이 온 게 처음이라고."

"혼자서는 몇 번이나 와 봤는데?"

"셀 수 없을 정도로."

"그 정도로 많았으면 한번은 나한테 같이 가자고 하지 그랬냐?"

"나야 같이 가자고 했었지. 네가 바쁘다고 거절해서 못 왔었지."

내가 그럴 리가 있는가.

"와이란 놈은 그때 뭐 하느라 바빴대?"

"소설 쓰느라."

"소설?"

"기억 안 나? 어떤지 봐달라며 나한테 보여 주기까지 했잖아. 그것도 아주 자랑스럽게."

이상하게도 나는 전혀 기억나지 않았다.

"코끼리가 나오는 소설이었지 아마. 기억 안 나는 게 당연해. 그건 소설도 아니었으니까. 경험이 중요하다고 해놓고 코끼리를 한 번도 안 봤으니 제대로 된 소설이 나올 리 없잖아."

그럼 그때 내 소설을 읽고 도저히 안 되겠다 싶어 동물원에 가자고 했다는 것인가. 나는 케이를 노려봤다. 그러면서 속으로 생각했다. 혹시 그때 케이를 따라 동물원에 갔다면, 그래서 코끼리를 봤다면 지금의 나, 소설가가 되어 있을까, 라고. 인간의 운명이란 갈림길에서 결정 나버리면 그걸로 끝나는 것일까. 케이가 이어서 말했다.

"그러면서 다음에는 기린을, 다음에는 하마가 나오는 소설을 쓰겠다고 했었어."

이제야 어렴풋이 기억이 났다. 동물 시리즈로 여덟 편의 단편소설을 쓰겠다고 했다. 코끼리 테마는 코끼리 다리를 닮은 여자가 스스로를 저주하며 산다는 다소 어두운 내용의 소설이었다. 시리즈에 포함된 동물에는 기린과 하마 외에도 코뿔소와 타조, 악어, 호랑이 등등이 있었다. 물론 코끼리 이후로 기린도 하마도 쓰지 못했다. 왜 쓰지 못했는지는 알 수 없었다. 왜 쓰기 시작했는지 알 수 없는 것처럼.

"넌 왜 소설을 관둔 거냐?"

"돈이 되지 않잖아."

나는 창밖의 노란 햇살을 찌푸린 얼굴로 내다보며 심드렁하게 말했다.

"그건 핑계야."

"핑계?"

"괜히 재능도 없고 능력도 달려서 못 쓰는 거면서 돈이 되지 않아서라고 핑계 대는 거라고. 세상에 베스트셀러 작가는 많아. 좋은 소설도 많고. 그건 바로 소설만 써도 충분히 먹고살 수 있는 직업이란 증거야. 다 먹고살 만하니까 그 직업도 생긴 거고, 해보려고 죽자사자 덤벼드는 인간들도 많은 거라고."

마침 그때 탐험 버스가 아시아코끼리가 있는 곳으로 들어섰다. 코끼리들은 모두 물웅덩이로 들어가 긴 코를 자기 머리 위로 말아 올려 빨아들인 물을 샤워기처럼 뿜어내고 있었다. 동물을 다루는 예능 프로그램이나 사진으로만 봐오던 코끼리를 실제로 보니 저절로 탄성이 쏟아져 나왔다. 상상했던 것보다 코끼리는 훨씬 크고 매력적이었다. 볼수록 주름진 긴 코며, 밟히면 으스러질 것 같은 두툼한 다리며, 집채만 한 몸체를 가진 코끼리가 현실을 사는 동물이 아닌 것처럼 느껴졌다. 코끼리는 상상력이나 창의력을 충분히 자극하는 동물이었다. 문득 소설을 다시 쓰고 싶다는 욕망을 불러일으킬 정도로. 하지만 쓸 수는 없을 것이다. 케이 말대로 소설을 관둔 건 돈이 되지 않아서가 아니라 재능과 능력이 부족했기 때문에.

"네 소설은 개연성도 현실성도 없었어. 문장은 별로였고, 구성은 허술했어."

"그래, 나 재능도 없고 능력도 없다. 그래서 관뒀다. 됐냐?"

그때 새끼 코끼리 한 마리가 멈춰 선 버스로 다가와 코로 유리창을 똑똑, 하고 두드렸다. 마치 문을 열어 달라고, 들어오고 싶다고 노크를 하는 것 같았다.

"하지만 네 소설에는 삶의 비애가 담겨 있었어. 넌 그걸 알고 포착하는 재주는 있었어. 놀랍게도."

비애. 그것은 그녀가 내게 해줬던 말이기도 했다. 삶의 비애. 그 비애는 어디서 비롯된 것일까. 난 왜 '비애' 한 것일까. 가난해서일까. 아버지가 일찍 죽어서일까. 바람처럼 떠나버린 아오이들 때문일까. 소설을 쓰지 못해서일까. 어떤 작가는 비애가 그 사람을 성장시킨다고 했지만 그런 성장이라면 피하고 싶은 게 나라는 인간이었다. 그때 갑자기 내가 왜 소설을 쓰게 됐는지 이제야 생각이 났다. 그건 아마도 삶의 비의와 비밀을 언어로 풀어내고 싶어서였을 것이다. 하지만 그건 어떤 언어로도 풀 수 없는 것이었다. 안다고 착각하는 것일 뿐, 누구도 인생의 비의와 비밀을 알 수 없기 때문이다. 알 수 없기에 대신 나는 할아버지와 아버지의 뒤를 이어 빗장을 푸는 열쇠공이 되었다.

"글이라는 거, 한 가지 재주만 있어도 된다고 생각해. 그 많은 재주를 다 갖출 수는 없는 거잖아. 자기가 가진 한 가지 장점만 끌어내도 돼.”

나는 케이의 말에 이렇게 대답해 주었다.

“병 주고 약 주냐?”

버스 앞쪽에 앉아있던 꼬마 아가씨가 배낭에서 바나나를 꺼내 아기 코끼리에게 주었다. 코끼리는 코로 받아 자기 입으로 쏙 집어넣고는 또 달라고 유리창을 두드렸다. 버스가 천천히 움직이자 코끼리가 계속 뒤따라왔다. 뭔가가 아쉽다는 생각에 나는 뒤돌아 아기 코끼리가 보이지 않을 때까지 쳐다봤다. 마치 손을 흔드는 것처럼 코끼리가 나를 향해 코를 좌우로 흔들고 있었다. 나도 가만히 손을 흔들어 주었다. 이제 나는, 코끼리를 봤으니 적어도 코끼리에 대해서는 잘 쓸 수 있을 것만 같은 기분이었다.

33

탐험 버스가 멈춰 선 곳은 벵골호랑이 무리가 사는 곳이었다. 창살이 없어서인지 호랑이들에게는 철창에 갇혀 사는 동물들에 비해 약간의 자유로움과 자연스러움이 느껴졌다. 가짜지만 진짜 사파리 한가운데로 들어온 기분이었다. 그건 진짜 호랑이가 있기에 가짜 사파리가 진짜 사파리처럼 보이는 것이었다. 그때 내 눈에, 커다란 바위 위에 위풍당당하게 앉아 있는, 유독 짙고 선명한 무늬를 가진 호랑이 한 마리가 들어왔다. 무리의 우두머리 격으로 보이는 호랑이였는데, 아니나 다를까 녀석에 대한 탐험 대장의 설명이 이어졌다. 서열 일 순위라는 정보를 들어서인지 다른 호랑이보다 근엄하고 기백을 갖춘 것처럼 보였다. 그러니까 공중을 향해 우뚝 솟아 있는 바위는 왕좌인 셈이었다. 일 순위 옆에는 아름다운 암컷이 교태 가득한 자세를 하고 왕비처럼 앉아 있었다. 인간이나 동물이나 힘센 자가 미인을 얻는 법이고, 미인을 가진 자는 힘센 자인 모양이다. 아니, 그 전에 미인이란 힘센 자를 좋아한다. 무슨 공식이나 법칙처럼.

탐험 대장이 준비해 온 닭을 양동이에서 꺼내 창밖으로 던졌다. 호랑이를 좀 더 가까이서 볼 수 있게 해주려는 서비스였다. 피 냄새를 맡은 호랑이 무리가 순식간에 버스 주위로 몰려들기 시작했다. 그러자 곧바로 눈앞에서 호랑이들의 먹이 쟁탈전이 벌어졌다. 노란 먼지가 실안개처럼 피어올랐다. 포효할 때마다 드러나는 굵고 하얀 송곳니와 깊이 팬 입가의 주름은, 버스라는 단단한 외피가 없다면 누군가 한 사람은 이미 물어뜯겼겠구나, 라는 생각이 들게 할 정도로 위압적이었다.

"호랑이를 본 적 있어?"

호랑이를 한참 넋 놓고 보고 있던 케이가 궁금한 듯 그녀에게 물었다.

"아니."

그녀도 약간은 호랑이에 겁을 먹은 것 같았다.

"나는 없지만 아버지는 있어. 아니, 만난 적이 있어."

"숲에서?"

"응."

그녀는 호랑이를 보며 아버지가 숲에서 만났다는 그 호랑이에 대해 얘기해 줬다.

"날 숲에 버린 지 일주일쯤 됐을 때였어. 아버지로서 걱정도 되고 잘 지내고 있는지 궁금해서 숲을 향해 걸어오는 길이었어. 그믐인데다 구름이 많이 끼어서 그날은 유독 어두웠어. 숲으로 들어온 지 한이십 분쯤 지났을까. 어디선가 바스락 소리가 들리더니 플래시 불빛이 멀리서 보이더래. 아버지는 산행 중 길을 잃은 사람이겠거니 생각하고는 계속 걸었어. 어두운 숲에서 만난 사람이라 반가워서 조금 빨리 걷기도 하고, 길을 잃었다면 자신의 도움이 필요할지도 모르겠다는 생각이 들어 중간에 몇 번 뛰기도 했어. 그런데 점점 가까워질수록 불빛의 색감이 좀 이상하단 생각이 들더래. 자세히 보니 그건 플래시 불빛이 아니라 호랑이 눈에서 나온 반사광이었어. 아버지는 긴장했지만 정신을 바짝 차렸어. 호랑이는 뒤에서 누군가 자신을 따라오고 있다는 걸 알고는 어슬렁 한 번씩 뒤돌아 쳐다봤어. 아버지는 장장 두 시간을 그렇게 호랑이를 따라 걸어갔어."

"에이, 뒤돌아 도망쳤어야지."

그녀는 단호하게 고개를 저었다.

"안 돼. 호랑이를 만나면 뒤돌아 도망치면 절대 안 돼. 죽어."

"왜?"

"호랑이는 등을 보이고 도망치는 사람을 뒤쫓아 물어 죽이는 습성이 있어. 하지만 자신을 앞에 두고 걷는 사람은 절대 죽이지 않아. 오히려 인도를 하지."

"그래서 어떻게 됐어?"

"아버지는 내가 살고 있는 집과는 반대 방향으로 호랑이와 보폭을 같이하며 계속 걸었어. 어쩔 수 없었어. 방향이 달라도 호랑이는 물어 죽이니까. 손에 들고 있는 낫이 유일한 무기였지만 막상 호랑이가 덮쳤을 때 휘두를 수나 있을지 미심쩍었다고 했어."

"휴, 다행이네. 그나마 낫이라도 들고 있어서."

"숲에 들어갈 땐 원래 무기가 될 만한 걸 갖고 가는 법이야. 다행히 숲이 끝나는 곳에 당도해서야 호랑이가 산등성이를 타고 귀신처럼 홀연히 사라지더래. 아버지는 그때부터 죽어라 뛰어 우리 집으로 돌아왔어. 한겨울이었는데도 두꺼운 솜옷은 땀으로 흠뻑 젖어 있었고. 아버지는 그대로 혼절하고 말았어."

"넌 무섭지 않아? 호랑이가 다시 나타나지 않을까."

케이의 질문에 그녀는 아무런 대답도 하지 않고, 그저 버스 주변을 어슬렁거리는 호랑이만 쳐다봤다. 숲에서 그녀의 아버지가 겪었다는 상황을 머릿속으로 상상해 보자 등에서 식은땀이 주룩 흐를 정도로 아찔했다. 케이가 말했다.

"「조제, 호랑이, 그리고 물고기」라는 영화를 보면 조제가 남자친구와 동물원 호랑이를 보는 장면이 나와. 조제가 남자친구의 손을 붙잡고 이런 말을 해. '좋아하는 남자가 생기면 세상에서 제일 무서운 걸 보고 싶었어. 좋아하는 남자가 생겼을 때, 안길 수 있으니까. 그런 사람이 나타나지 않는다면 평생 진짜 호랑이를 볼 수 없다고 생각했어.'"

케이는, 그때는 조제의 대사가 와 닿지 않았지만 이제는 이해할 수 있을 것 같다고 말했다. 그녀와 함께라면 숲 속에서 호랑이를 만나더라도 무섭지 않을 거라는 뜻일까.

"넌 세상에서 제일 무서운 게 뭐야?"

케이가 그녀에게 물었다.

"호랑이."

어쩌면 그녀도 좋아하는 사람이 생기면 호랑이를 무섭지 않은 표정으로 쳐다볼 수 있을지도 모르겠다. 그 좋아하는 사람에게 안길 수 있을 테니까. 아니, 안길 수는 없으려나.

사파리 탐험을 끝낸 우리는 버스에서 내린 후에도 분수며 인공폭포며 동물 조각상과 잘 가꿔 놓은 꽃밭을 둘러보며 군것질도 한 뒤 입구까지 천천히 걸어 나왔다. 어느새 더운 열기는 한풀 꺾여 있었고 개장 시간이 끝난 동물원은 더없이 한산하고 조용했다. 앞으로 동물원을 떠올리면 슬픈 눈을 하고 철창에 갇혀 있는 동물보다 그녀와 케이가 생각날 것 같았다. 비록 손을 잡거나 어깨동무를 하지는 않았지만.

어둠이 스며든 동물원을 떠나 차를 몬 지 이십 분쯤 지났을까. 케이가 느닷없이 의자에서 등을 떼더니 뭉크의 절규처럼 양손으로 자기 귀를 감싸고 소리쳤다.

"내 귀!"

34

나는 절규하는 케이를 위해 부랴부랴 다시 동물원으로 차를 돌렸다.

"어디서 잃어버렸는데? 사파리 버스에 놓고 내린 거 아니야? 그러게 차에 얌전히 놓고 다니랬잖아. 졸래졸래 달고 다닐 때부터 이런 일 벌어질 줄 알았다!"

케이는 말을 못 할 정도로 사색이 되어 있었고, 그녀가 사파리 버스는 확실히 아니라고 말해 주었다. 자기 기억으로는 그 전부터 케이 손에 아무것도 들려 있지 않았던 것 같다고. 뭔가 허전한 느낌이 들어 이상하다고 생각했는데 그게 귀였던 것 같다고 말했다.

동물원으로 돌아갔지만 이미 개장이 끝난 터라 안으로 들어갈 수는 없었다. 케이는 담이라도 넘자고 했지만 내일 아침까지 기다리자며 내가 뜯어말렸다. 케이는 여전히 절규하듯 귀를 감싸 쥐고는 불안하게 동물원 입구를 서성이며 혼잣말을 했다.

"누가 집어 갔으면 어떡하지? 쓰레기인 줄 알고 쓰레기통에 버렸으면 어떡하지? 밤에 우리를 나온 원숭이나 뭐 그런 것들이 먹을 건 줄 알고 먹어 치우면 어떡하지?"

나는 그보다 이게 더 걱정이었다. 누군가 상자를 열어 보고 물건의 정체를 알고는 기겁을 하거나 기절하면 어떡하지?

가까운 데 방이라도 잡은 뒤 내일 날 밝으면 구석구석 찾아보자니까 케이는 절대 여기서 한 발짝도 벗어날 수 없다고 고집을 피웠다. 자기 귀는 지금 어디서 무슨 대접을 받고 있을지 모르는데 두 다리 쭉 뻗고 잘 수는 없다는 것이었다. 하긴 우울증에다 불면증까지 있는 놈이 자기 신체를 잃어버리고 잘 지낼 리 만무했다. 할 수 없이 우리는 동물원 주차장에 차를 세워 놓고 날이 밝기를 기다리기로 했다. 그제야 케이의 마음이 진정된 것 같았다. 나는 가까운 편의점으로 간단하게 요기할 거리를 사러 갔다. 또 한 번 차 안에서 밤을 보낼 걸 생각하니 벌써부터 피곤했다.

편의점에 다녀온 사이, 그녀는 피곤한지 벌써 곯아떨어져 있었고 케이는 의자를 뒤로 젖혀 놓고 멀뚱한 눈으로 천장만 바라보고 있었다. 케이는 마치 수술실에서 마취를 기다리는 초조한 환자처럼 보였다. 나는 삼각김밥과 콜라를 케이에게 던져 주었다. 오늘 밤도 잠을 자기는 글러 먹은 것 같았다. 날이 밝을 때까지 케이의 말동무를 해 줘야 할 테니까.

김밥과 콜라를 다 해치운 나는 라디오를 틀어 놓고 맥주를 땄다. 술이라도 마셔야 케이와의 긴 밤을 견딜 수 있을 것이다. 케이는 귀 걱정 때문에 입맛이 없는지 줄곧 맥주만 들이켰다. 나는 의자를 뒤로 젖히고 유리창으로 까만 하늘을 올려다봤다. 희미하게 유리창 끝에 북두칠성이 걸려 있는 게 보여 나도 모르게 북두칠성이다, 라고 말했다. 그걸 들은 케이가 갑자기 등을 세우더니 맑아진 목소리로 우리 별 볼까? 라고 말했다. 자기 딴에도 이 어두운 밤을 나름대로 견뎌 보려는 노력인 것 같았다. 그런데 오늘따라 그 말이 참 이상하게 들렸다. 별 볼까? 별이란 하늘만 올려다봐도 보이는 건데, 굳이 볼까? 라는 의지가 담긴 말을 할 필요가 있나 싶어서였다. 별이란 밤이 들면 어디서나 나타나는 것이고, 지금 이 조그마한 차 안 유리창을 통해서도 볼 수 있는 것이었다. 낭만적인 연인 사이라면 또 모를까 사내끼리 그냥 하늘만 무작정 올려다보고 있는 것도 우스운 일인 것 같았다.

"너나 많이 봐라. 서울 하늘이나 여기나 뭐가 다르다고. 여기라고 별 하나가 더 박혀 있겠냐."

심드렁한 내 말에 케이가 트렁크 열림 버튼을 누르더니 문을 열고 차 뒤쪽으로 갔다. 백미러로 살펴보니 트렁크에서 주섬주섬 뭘 꺼내고 있었다. 트렁크 열리는 진동 소리에 그녀도 잠이 깼다.

케이가 트렁크에서 꺼내 온 것은 천체망원경이었다. 언제 또 저런 걸 챙겨 왔는지. 의외로 필요한 게 많을 거라더니, 나 원 참. 케이는 북두칠성이 보이는 곳을 향해 천체망원경을 설치했고, 그녀도 차 문을 열고 밖으로 나왔다. 케이가 자동차 보닛으로 올라앉으며 저 망원경 보면 생각나는 거 없냐며 시간을 잊어 보려는 듯 물었다. 물론 나야 생각나는 게 있었다.

케이는 고등학교 일 학년 때 우리 반으로 전학을 왔다. 첫인상은 그리 좋지 않았다. 짜놓은 시래기처럼 푹 꺼진 볼이며 바람 불면 넘어질 것 같은 송곳 같은 몸뚱이를 보면 누구라도 재수 없다고 생각할 만한 인상이었다. 우울하고 신경질적인 분위기 때문인지 말 붙이기조차 쉽지 않아 보이는 녀석이었다. 재수 없게도 그날 케이와 나는 짝꿍까지 되었다. 한 달에 한 번씩 자리 바꾸기를 하는데 하필 그날 제비뽑기가 있었다. 케이는 짝꿍인 나는 물론이고 반 친구들과도 거의 말을 하지 않았다. 반 친구들도 케이에게 말을 걸지 않았다. 공부를 열심히 하거나 모범적인 타입의 학생이어서가 아니었다. 오히려 그 반대였다. 케이는 선생님들이 지나다니는 복도 창밖으로 얼굴을 내밀고 담배를 거리낌 없이 피워 대는 녀석이었고, 가끔은 교실 안에서도 피웠다. 어떤 선생님도 그런 케이에게 주의를 주지 않았다. 케이는 이미 학교에서 내놓은 학생이었고, 부잣집 아들이라 싸가지 없이 굴어도 뭐라는 선생 하나 없는 거라고 아이들 사이에서도 불만이 많았다.

케이가 친구들의 관심을 끌기 시작한 건 학교로 천체망원경을 가지고 오면서부터였다. 케이는 사물함에 망원경을 넣어 두고 야간자율학습 시간이 돌아오면 창문 앞에 그걸 설치했다. 망원경의 인기는 대단했다. 다른 반 아이들까지 몰려와 거기다 눈알을 대느라 야단법석이었으니까. 아마 그 천체망원경에 관심을 보이지 않은 건 나뿐이었을 것이다. 왜냐면 난 원래 부자와는 생래적으로 궁합이 맞지 않은 사람이었고, 결정적으로 케이는 그 망원경을 오 분 동안 보여 주는 대신 모기 다리에서 피 빼는 격으로 오백 원의 관람료를 받아 챙겼기 때문이었다. 물론 속으로는 보고야 싶었지만 보지 않는 게 마지막 자존심을 지키는 거라고 내 딴에는 생각했다.

그게 못마땅했는지 어느 날 수업을 마치고 집으로 돌아가는 내 뒤를 케이가 따라오며, 넌 왜 내 망원경에 관심을 안 보여? 라고 물었다. 난 명쾌하게 대답해 주었다. 부자는 무조건 싫어! 그러자 케이가 자기 입술을 내 귀에 바짝 대고 비밀 얘기하듯 작은 목소리로 속삭였다. 실은 저 망원경, 훔친 거야. 관람료 받은 돈 차곡차곡 모아서 저거랑 똑같은 걸로 사려고. 순진하게도 나는 그 말을 믿었고, 다음 날부터 케이의 망원경에 눈알을 댔다. 짝꿍이라는 이유로 특별히 나만 공짜로 보여 주었기 때문이었다. 그리고 케이는 하루 동안 모은 관람료로 하교 후 분식점에서 떡볶이와 순대를 사주었다. 조금은 미심쩍어 이런 식으로 관람료를 다 써버리면 언제 망원경을 사겠느냐고 걱정스럽게 묻자, 케이가 날 한심한 눈으로 쳐다보며 말했다. 훔친 게 있는데 뭘 또 사? 그날 이후 훔친 망원경이 아니란 것도, 그런 망원경을 수백 대나 살 수 있는 놈이란 사실도 알게 됐지만 케이와의 관계를 끊을 수는 없었다. 부자 친구가 있으면 옆에 가만히만 있어도 얻어지는 게 많다는 걸 알았기 때문이었다. 그때는 잃는 것도 있다는 걸 알기 전이었다.

"그때 왜 오백 원 받고 별을 보여 준 거였어? 코 묻은 돈 챙겨서 뭐 하려고?"

맥주를 홀짝이며 북두칠성을 이윽히 바라보고 있는 케이에게 물었다.

"인간은 자기 돈을 들여야 오래 기억하는 법이야. 아마 나한테 오백 원 주고 별 봤던 놈들 적어도 당시에는 저 별들이 오백 원어치의 값어치는 했을 거야. 어쩌면 그동안 공짜라고 만만하게 쳐다봤을 저 별들에게 오백 원의 가치라도 주고 싶었는지도 모르지. 그렇다면 별 것 아닌 오백 원이 나중에 별것이 될 수도 있는 거니까."

공짜로 수없이 별을 봐서 내게는 별에 대한 기억이 별로 없는 것일까. 별보다는 망원경에 대한 기억뿐이었다. 케이가 별을 보여 주며 오백 원을 받은 건 별에게 오백 원의 가치를 주려고 했던 게 아니라 아마 자신에게 오백 원의 가치를 주고 싶어서였는지도 모르겠다. 케이 말대로 자기 돈을 들여야 오래 기억하는 법이니까, 친구들에게 별이 아닌 자기를 기억하게 하려는 것이었는지도. 친구들에게 오백 원의 값어치라도 한 인간이 되고 싶었는지도.

"별이 아니라 널 기억하게 하려는 거 아니었어?"

"눈치챘냐?"

순간 케이의 눈이 별처럼 반짝여 보인 건 왜일까. 아니, 슬퍼 보인 건 왜일까. 가진 걸로 치자면 수백 억의 가치를 가진 놈이 고작 오백 원의 가치를 따지고 오백 원에 목말라 있었다는 게 믿기 힘들어서일까. 케이의 의도가 빛을 발했다면 지금쯤 케이를 기억하는 인간들이 저 별무리만큼은 아니더라도 몇몇은 발바닥에 땀나도록 일하고 또 제 몫을 하며 어딘가에서 살고 있겠지.

"오백 원이 오백억보다 가치 있는 게 뭔 줄 알아?"

나는 별을 보듯 말없이 케이를 쳐다봤다.

"오백억으로는 못 하는 게 없지만 오백 원으로는 아무것도 할 수 없어서야. 아무것도 할 수 없다고 생각했던 그 오백 원으로 어느 날 무언가를 할 수 있다는 걸 발견했을 때 오백억에 버금가는 가치가 생긴다는 거지."

"나는 오백 원보다 오백억의 가치가 더 좋아. 사람들이 왜 일을 하는데? 오백 원을 벌자고, 그깟 오백 원의 가치를 발견하자고 일을 하는 건 아니잖아. 다 오백억이지."

할 말이 없다는 듯 케이가 피식, 웃었다.

"너같이 돈 많은 부자들은 왜 일을 해? 오백억이면 일 안 하고 살아도 평생 배 두드리며 살 수 있는데 왜 몸 축나게 일개미로 못 살아서 안달이냐고. 내가 너라면 난 일 안 해. 매일 놀지."

그건 부자를 만나면 꼭 한 번 던져 보고 싶었던 질문 중 하나였다.

"돈을 가져 봐. 가져 보면 왜 그런지 알 수 있을 테니까. 너도 별수 없어. 인간이니까. 돈이란 건 갖고 있으면 그만큼 더 갖고 싶어지는 거야. 그 돈이 어느 순간 바닥날지도 모른다는 불안감이 엄습해 오니까. 하루아침에 망해서 거지가 될 수도 있다는 불안감. 애초에 바닥인 사람은 바닥을 두려워하지 않아. 더 이상 내려갈 데도 없고, 그 바닥이 어떤 곳인지 이미 알고 있으니까. 오백 원이란 바로 그런 거야. 오백억은 오백 원의 세계를 결코 알 수 없어. 오백 원이 오백억의 세계를 결코 알 수 없는 것처럼."

돈을 가져 봐야 알 수 있는 일이라면 나 같은 놈은 평생을 살아도 알 수 없을 거란 얘긴가. 케이는 빈 맥주 캔을 북두칠성 머리 부분에 넣으려는 듯 머리를 향해 힘껏 내던지며 이어 말했다.

"누가 그랬어. 적게 소유한 자는 그만큼 더 적게 지배된다고. 돈이란 건 벌면 벌수록 가난해지는 거고, 가난은 결국 욕심에서 생기는 거야."

그런 논리라면 난 부자인 걸까. 세상에는 가난한 자들을 위해 만든 듯한 말들이 참 많은 것 같다. 위로하자는 것인지 자기 두뇌의 명석함을 말장난으로 뽐내려는 수작인지 알 수 없지만.

별을 보자 해놓고 우리는 맨눈으로 별을 봤고, 천체망원경에 관심을 갖은 건 정작 그녀였다. 그녀는 우리가 보닛 위에 앉아 얘기하는 동안 신기한 듯 줄곧 렌즈만 들여다보고 있었다. 그녀에게도 별을 본 대가로 오백 원을 지불하게 하면 오래 기억할까. 별이든 인간이든. 하지만 그녀는 돈이 없었다. 돈을 벌어 본 적도 써본 적도. 그녀에게 별은 그저 별일 뿐이었다. 별을 돈 주고 본 사람도 보여 준 사람도 있다는 걸 알지 못하는, 오백 원도 오백억도 아닌 0원의 세계. 그래서 만족할 수 있는 세계. 그녀는 만족하는 얼굴로 별을, 보고 있었다.

35

햇살이 따가워 눈을 떠보니 벌써 아침이었다. 그녀와 케이는 보이지 않았다. 어디 갔나 했더니 그들은 이미 저 멀리, 동물원 입구에서 발을 동동 구르며 문이 열리기만을 기다리고 있었다. 나 또한 그 '동동'에 동참하기 위해 문을 열고 어기적어기적 나갔다.

내가 나오기를 기다렸다는 듯 도착하자마자 동물원 문이 열렸고, 케이는 아주 사력을 다해 달려갔다. 도대체 귀를 어디 가서 찾는단 말인가. 나는 어제 우리가 들렀던 곳과 쓰레기통 위주로 찾아다녔다. 그러나 한 시간 동안 돌아다녀도 그 어디서도 귀 상자처럼 생긴 건 보이지 않았다. 아무래도 누가 집어 갔거나 쓰레기 처리장으로 이미 휩쓸려 들어간 게 분명했다.

나는 동물원 입구에 서서 그녀와 케이가 나오기만을 기다렸다. 삼십 분 후에 케이가 모습을 드러냈지만 역시 절망하는 빈손이었다.

"아무래도 포기해야겠다."

"네 말 들을걸."

케이는 이제야 후회하고 자책하는 눈치였다. 삼십 분 후에 그녀가 모습을 드러냈지만 그 역시 빈손이었다. 그녀는 마치 자기 귀라도 잘라서 주고 싶은 표정으로 케이를 쳐다보더니 짜잔, 하며 허리 뒤에 감추고 있던 걸 우리 앞으로 내밀었다. 귀였다.

"어디서 찾았어?"

내가 호들갑스럽게 물었다.

"아이스크림 가게 언니가 보관하고 있었어. 가게 앞 테이블 위에 놓여 있었대."

그러고 보니 아이스크림 가게에 갔던 게 이제야 생각났다. 유난히 맛있던 아이스크림에 정신 팔려서 둘 다 상자에 신경을 쓰지 못했던 것이다. 상자를 건네받은 케이가 고마워 정말 고마워, 라고 울먹이며 그녀를 껴안으려고 하는 걸 내가 간신히 뜯어말렸다. 그녀를 껴안을 수 없는 존재라는 걸 인식해서인지, 아니면 귀를 찾아 행복해서인지 케이는 다리에 힘이 풀린 듯 그대로 시멘트 바닥에 주저앉고 말았다. 그러고는 그녀를 올려다보며 한 번 더 고마워, 라고 말했다. 그 눈빛에 묘한 기운이 서려 있다고 느낀 건 나만의 생각일까. 그녀는 케이를 위해 자기가 뭔가를 했다는 사실에 몹시 기뻐하는 얼굴이었다. 케이를 위해 얼마나 열심히 돌아다녔는지 그녀의 얼굴은 땀으로 범벅이었다. 마르면 버석한 소금이 한 바가지는 나올 것 같았다. 긴장이 풀린 케이는 잠이 쏟아지는 얼굴로 말했다.

"잠을 좀 자야겠어. 오늘은 쉬고 내일 떠나자."

케이는 당장에라도 바닥에 드러눕고 싶은 표정이었다. 밤새 한숨도 못 자고 동물원 입구만 쳐다보고 있었으니 잠이 올 법도 했다. 그녀도 덩달아 옆에서 말했다.

"나도 좀 씻어야겠어. 배도 고프고."

우리는 차에 올라탔다.

"앞으로는 절대 그거 갖고 내리지 마."

난 차에 타자마자 케이에게 경고하듯 말했고, 케이는 분명히 알겠다는 듯 세차게 고개를 끄덕였다. 그렇게 귀중한 거였으면 애초에 왜 잘랐는지 모르겠다는 생각이 들었다. 내 말에 케이가 대답했다.

"귀중한 거니까."

36

아무래도 우리의 여행은 케이가 명명했던 대로 U 자형 곡선을 그리게 될 모양이었다. 며칠째 허탕 치고 우리가 현재 달려가고 있는 곳은 맨 아래쪽, 남해안이었다. 여성의 유방으로 치자면 젖꼭지에 해당되는 부분. 젖과 꿀이 있는 곳. 과연 우리는 그곳에서 젖과 꿀을 만날 수 있을 것인가. 아니면 빨아도 빨아도 아무것도 나오지 않을 처녀의 빈 젖일 것인가.

구름다리가 보이기 시작했지만 케이와 나는 좀 진저리가 쳐졌다. 아니, 겁난다고 표현하는 게 옳을 것이다. 발바닥에 땀나게 산을 올랐다가 아니라는 그녀의 한마디에 곧장 발길을 돌려야 하는 기계적인 허무함이 연일 계속되고 있기 때문이었다. 산이라는 게 원래 올라갔다 내려오는 게 일이라지만, 우리의 목적은 그 오르내림에 있지 않아서인지 즐긴다는 마음은 좀체 들지 않았다. '기대'가 사라진 지 오래되어서인지 그 오르내림에는 의욕도 없었다.

이번에는 그녀도 좀 미안했는지 차마 저기까지 가자는 말을 하지 못하고, 대신 자동차 지붕 위로 올라가도 되느냐며 케이에게 허락을 구했다. 케이는 얼마든지, 라고 대답했다. 그녀는 망원경을 들고 자동차 위로 올라가 구름다리와 주변 산세를 면밀히 관찰했다. 나는 밖으로 나가 맨눈으로 구름다리 주변을 살폈다. 오르기에는 무리가 있어 보일 정도로 험준한 바위너설들이 멀리 바라다보였다. 보고 있는 것만으로도 숨이 탁, 막혀 와 제발 저기만은 아니었으면 좋겠다고 속으로 빌었다. 나는 햇살이 따가워 손차양을 이마에 갖다 붙이고 조릿조릿한 마음으로 그녀의 반응을 기다렸다. 그녀는 망원경에서 눈을 떼며 고개를 저었다. 아니라는 것인지 모르겠다는 것인지 알 수 없었다. 그녀는 지붕 위에서 훌쩍 내려오며, 지대가 낮아 정확히 보이지 않는다고 말했다. 그녀의 말에 우리는 좀 더 지대가 높은 곳을 찾아 이동하기로 했다.

십오 분쯤 달리자 케이가 손가락으로 어딘가를 가리켰다. 누가 봐도 그녀가 원할 만한 안성맞춤의 장소였다. 그것은 바퀴 모양을 하고 공중에서 돌고 있는 대관람차였다.

그러나 그곳은 내가 원하는 장소는 아니었다. 한 번도 저걸 타본 적이 없다는 케이의 손에 억지로 이끌려 놀이공원 대관람차 앞에 서 있긴 했으나 정말이지, 타고 싶은 생각은 추호도 없었다. 억만금을 준다 해도 싫었다. 아니, 억만금을 준다면 억만 번이라도 탈 의향은 있지만 저걸 탄다고 억만금을 줄 사람이 세상에 없다는 게 문제였다. 케이에게, 나도 타본 대관람차를 그동안 안 타보고 뭐 했냐니까 자기가 웬만한 건 다 해봤지만 못 해본 게 딱 두 가지가 있다고 했다.

"뭔데?"

"대관람차랑 번지점프."

사내새끼가 겁은 많아서, 뻔하지 뭐. 고소공포증 때문이겠지. 못 해본 게 아니라 안 해본 거겠지, 라고 생각했는데 케이의 대답은 자못 무서운 것이었다. 대관람차는 놀이공원에 있는 놀이기구 중에서 높은 데까지 올라가는 것인데도 느리게 움직이는 거라, 막상 타고 있으면 유리를 깨고 뛰어내리고 싶은 충동이 생길 것만 같아서라고 했다.

"번지점프는?"

높은 데서 뛰어내린다는 게 어떤 느낌인지 미리 알게 되면 나중에 진짜 뛰어내리고 싶은 마음이 생겼을 때 정작 못 뛰어내리게 될 것 같아서라고 대답했다. 나는 빙글빙글 돌고 있는 대관람차를 올려다봤다. 현기증이 일어, 잠시 눈앞이 정전된 듯 어두워졌다 밝아졌다. 고소공포증 때문에 도저히 안 되겠다고, 그게 아니더라도 얼마 전에 대관람차가 공중에서 뒤집혀 일가족 다섯 명이 한꺼번에 떨어져 죽은 불행한 사고가 있었다고, 그러니 저건 굉장히 위험한 놀이기구라고 겁을 줬는데도 소용없었다.

나는 대관람차를 꽤 많이 타봤고, 많이 타본 횟수만큼 안 좋은 기억 또한 많았다. 그 안 좋은 기억은 모두 여자들 때문이었다. 미련하게도, 아니 무슨 자석에라도 이끌리듯 나는 매번 맘에 드는 여자가 생길 때마다 놀이공원으로 끌고 가 저걸 탔다. 꼭대기에 도달했을 때, 그러니까 여자가 느낄 공포감이 꼭대기에 이르렀을 때, 무슨 일이 있어도 내가 널 지켜줄게, 라고 고백하며 커플링을 꺼내면 모든 여자들이 백발백중 손을 슬그머니 내밀었기 때문이었다. 관람차는 '흔들다리 효과'와 비슷해서 공포스러운 상황에서 사랑을 고백하면 다들 달콤하게 받아들이게 되어 있었다. 문제는 희한하게도, 이별 선언 또한 공중에서 이루어졌다는 것이었다. 여자가 우리 헤어져, 하고 반지를 돌려주면 비참한 데다 고소공포증까지 더해져 매달리기는 커녕 아무 말도 못 하고 씁쓸하게 받아들이게 된다는 것이었다. 관람차는 고백 선언의 용기와 더불어 이별 선언의 용기 또한 주는 곳이었다. 그 후 내게 사랑이란 '높이'로 기억되었다. 누군가를 좋아한다는 건 하늘 높이 올라갔다 결국은 땅으로 내려와야 하는 대관람차 같은 것이었다. 어떤 사랑도 공중에 오래 머물 수는 없었다. 사랑을 '불가능한' 것으로 이해하게 된 것도 그즈음이었다.

"꼭 저걸 오늘 타야겠어?"

"응."

"그럼 혼자 타."

"너한테 할 말이 있어."

"무슨 말? 지금 해. 여기서."

"저 위에서 하고 싶어. 아니, 저 위에서라면 할 수 있을 것 같아."

심상치 않아 보이는 케이의 말눈치에 갑자기 롤러코스터라도 탄 것처럼 심장이 철렁 내려앉았다. 할 말 있는 사람처럼, 며칠 동안 날 바라보는 케이의 눈빛이 느물거리는 게 이상해 보이긴 했었다. 이 새끼 혹시 나한테 무슨 고백 같은 걸 하려는 것일까. 내가 저 위에서 무수히 많은 여자들한테 고백했던 것처럼. 우울증을 오래 겪으면 성 정체성에 변화가 오기도 하는 걸까. 여행 후 줄곧 같은 방을 써온 게 결국 문제를 일으킨 것일까. 나는 죽기보다 싫었지만, 할 말이 무엇인지 궁금해 까짓것 한번 타보기로 마음먹었다. 내가 짐작하고 있는 게 맞다면 이 여행은 여기서 끝나게 될 것이다. 그녀가 자기 집을 찾든 말든 난 이대로 집으로 돌아가는 것이다. 나는 긴장을 풀기 위해 바퀴살에 관람차 수가 몇 대나 달렸는지 세어 봤다. 스물여섯 대였다.

관람차가 멈춰 섰다. 그녀는 우리 다음 관람차에 혼자 몸을 실었다. 관람차는 둘이 타야 제맛인데, 사랑 고백을 듣든 이별 선언을 듣든 간에 둘이 타야 되는 건데 말이다. 유리를 통해 그녀가 건너다보였다. 처음으로 그녀가 안쓰럽다는 생각이 들었다. 하지만 그녀는 내 느낌과는 상관없이 망원경을 들여다보며 벌써부터 열심히 주변을 살피고 있었다.

관람차가 덜컹, 움직이기 시작하자 케이의 얼굴에 살짝 긴장감이 감돌았다. 궁금해 미칠 지경이었지만 채근은 하지 않았다. 나도 좀 긴장이 되는지, 아니면 관람차 수를 세어서 그런지 바깥 풍경은 눈에 들어오지 않았고, 우려했던 높이에 대한 공포감마저도 엄습해 오지 않았다. 어쩌면 저 새끼, 내가 관람차 안 탄다니까 타게 하려고 수작을 부린 건지도 모르겠다는 생각이 뒤늦게 들었다. 아니면 뛰어내리고 싶은 충동을 막아 줄 보호자가 필요했거나. 그런 거라면 다행이지만.

관람차는 점점 꼭대기, 절정을 향해 올라갔고 덩달아 케이의 긴장감도 고조되어 가는 것 같았다. 관람차가 막 절정을 지난 순간, 드디어 케이가 입을 벌렸다.

"있지, 나."

"뭐."

"있지, 나."

"뭔데? 빨리 말해 새끼야. 확 밀어 버리기 전에."

"나, 좋아하는 것 같아."

케이가 내 압박에 떠밀리듯 뱉어 냈다. 순간 온몸에 소름이 돋아 오히려 내가 케이한테 떠밀린 느낌이 들었다. 아니, 떠밀리기 전에 스스로 뛰어내리고 싶은 심정이었다. 집에 가고 싶었다. 그런데 뛰어내릴 수도 없으니 사람을 옴짝달싹 못하게 하고 있으니, 관람차라는 거 고백하기에는 딱 좋은 장소지 싶었다. 케이의 얼굴은 수줍은 소년처럼 박홍 빛으로 빛나고 있었다.

"그래서 나보고 어쩌라고?"

"도와 달라고."

"뭘 어떻게?"

"알잖아."

"바지라도 벗으라는 거야?"

"바……지?"

"나 좋아한다며? 그게 여기서 한 번 하자는 거지, 뭐야? 스릴 있기는 하겠다. 공중에 붕 떠서 하면. 수정이랑도 그래서 짝짜꿍 잘 맞았던 거냐?"

"미친놈!"

"미친놈은 너지!"

"너 말하는 거 아니라고."

"그럼?"

케이가 씩, 웃었다.

"혹시 제이……? 진짜 미친놈!"

가만히 생각해 보니 그건 나를 좋아한다는 것보다 더 심각한 일이었다. 날 좋아하는 건 적어도 현실적이고 충분히 있을 수 있는 일이었지만, 그녀를 좋아한다는 건 있을 수도 있어서도 안 되는 일이었다. 물론 케이가 그녀한테 좋은 감정이 있다는 건 구름다리에서부터 이미 눈치채고 있었지만, 나한테 고백할 정도면 상태가 심각하다는 걸 의미했다. 근데 왜 내가 조급해지는 걸까. 짐작과 확인의 차이인 걸까.

"차라리, 날 좋아해."

"나도 차라리 그럴 수 있으면 좋겠어."

케이는 자기감정에 몹시 괴로워하는 것 같았다. 그러나 그건 나로서도 어쩔 수 없었다. 나한테 백날 얘기해 봤자 도와줄 수 없다는 얘기다.

"그 얘길 왜 나한테 해? 제이한테 직접 해."

"그냥 너한테라도 해야 속이 시원할 것 같아서. 안 하고 놔두면 심장이 고장 날 것 같아서."

"내가 대나무 숲이냐?"

"응."

"아직도 낭만적으로 죽고 싶다느니 이딴 생각 때문이야?"

"나, 진지해."

케이는 사이를 두고 정말 진지하게 이어서 말했다.

"그리고 이젠, 살고 싶어."

그녀의 존재가 케이를 살게 하는 건지 죽게 하는 건지 나로서는 판단이 서지 않았다. 그녀가 좋은 이유가 뭐냐니까 케이는 그녀랑 얘기하고 있으면 마음이 편해진다고 했다. 옆에 있는 것만으로도 그냥 즐겁다는 것이었다. 그건 맞는 말이었다. 그녀는 매일 저녁 우리가 지내는 방에 들러 새벽까지 주절거리거나 기타를 연주하다 자기 방으로 돌아갔다. 언제부턴가 셋이 모여 밤늦게까지 얘기를 하는 건 자연스러운 일과가 되어 버렸고, 나 또한 거기서 어떤 즐거움이랄까 안락을 느끼고 있었다. 신나게 떠드는 동안은 미래에 대한 근심이나 걱정도 잠시 사라졌다. 그 때문인지 요즘 들어 케이는 약 먹는 횟수도 부쩍 줄었고, 잠도 잘 잤다. 가끔 코까지 골며 자는 통에 오히려 내가 불면증에 시달릴 정도였다.

하지만 그 모든 게 전적으로 그녀 때문이라고 볼 수는 없었다. 구중궁궐 같은 집에 몸종 하나 없이 혼자 지낼 때보다는 비록 길바닥이지만 말 상대가 둘씩이나 있으니 아무래도 케이의 정신 건강에 도움이 됐을 것이고, 여행도 어느 정도는 치료에 긍정적인 효과를 주었을 것이다. 복합적인 상황으로 인해 발생한 유연함을 케이는 지금 그녀 때문이라고 착각하고 있는 것이다.

나는 케이에게, 그건 예전처럼 쓸쓸하지 않아서, 마음이 즐겁고 편안해져서 잠깐 든 생각이지 사랑은 아니라고 말해 주었다. 그때 관람차가 다시 한 번 꼭대기에 이르렀고, 그녀가 망원경으로 나를 쳐다보고 있었다. 혹시 눈이 마주쳤을까. 그녀에게는 내 눈동자의 흔들림조차 보이겠지만 내 눈에는 그녀의 눈동자조차 보이지 않았다.

37

"너무 상심하지 마. 곧 찾게 될 거야. 내가 꼭 찾아 줄게."

케이는 나한테 고백한 걸 그녀한테 고백한 걸로 착각했는지 놀이공원을 나와 도로를 질주하는 내내 수다스럽게 떠들었다. 그녀를 정면으로 쳐다보기 위해 나중에는 아예 안전벨트까지 풀어 헤치고 뒤돌아 앉았다. 계속 살고 싶으면 안전벨트 매고 똑바로 앉으라는 내 말도 들어 먹지 않았다. 케이가 그녀에게 노래 한 곡을 신청했고, 그녀는 곧바로 기타 연주에 맞춰 노래를 불렀다. 외국 곡인지 그녀가 부르는 노래들은 대부분 처음 들어 보는 것들이었다. 노래가 끝나자 케이가 그녀에게 물었다.

"기타는 언제 배운 거야?"

"글을 떼고 한창 책 읽기에 빠져 있을 즈음. 아버지 때문에 배우게 됐어. 엄밀히 따지면 기타는 독학이고 정식으로 배운 건 피아노야."

"숲에서 어떻게 피아노를 정식으로 배울 수 있어?"

"어느 날 숲으로 아저씨들이 나무색 피아노를 배달해 왔어. 여기저기 흠집투성인 중고였지만 꽤 근사한 피아노였어. 그러고는 며칠 뒤 지독하게 생긴 여자 피아노 선생이 숲으로 왔어. 선생은 일반 레슨비 세 배를 받고 일주일에 한 번씩 딱 일 년 동안만 내게 피아노를 가르쳐 주기로 했어. 나와 거리를 둬야 해서 선생은 긴 대나무 막대로 건반을 짚을 수밖에 없었어. 그래서 가르치는 사람도 배우는 사람도 애를 많이 먹었지. 나중에는 아주 지긋지긋해하며 떠났어."

그녀의 아버지는 피아노 레슨이 있는 날이면 어김없이 찾아와 그녀의 레슨 과정을 처음부터 끝까지 지켜봤다고 했다. 레슨이 없는 날에는 그녀의 아버지가 선생을 대신해 강압적으로 연습을 시켰다고 했다. 나무 잣대로 손등을 때려 가며 손톱이 빠져나갈 때까지 시키다 보니 하얀 건반 위로 섬뜩한 피가 뚝뚝 떨어지는 날도 있었다고 했다. 그녀의 아버지는 악기 연주란 기초만 익히면 나머지는 모두 연습의 결과라고 했다. 그러나 그녀는 왜 아버지가 피아노를 치게 하는지 이해할 수 없어 많이 울었다고 했다. 당시 그녀는 음악이란 들어 주는 사람이 없으면 쓸모없는 거라 생각하고 있었다.

"그때 아버지가 말했어. 음악을 들어 주는 사람? 너도 사람이다. 이건 널 위해 하는 거야, 라고. 역시 아버지 말은 맞았어. 나중에 음악이 잡힐 듯 눈에 보이기 시작하더니 책하고는 또 다른 재미가 느껴지기 시작했으니까. 피아노 앞에 앉아 있으면 하루가 어떻게 지나가는지도 모를 정도였어. 피아노를 치면서부터 시간 잊는 법을 배웠어. 내가 배운 건 음악이나 음표가 아니라 시간이었어. 혼자 지내야 하는 시간들. 시간이 어떻게 왔다 어떻게 지나가는지. 지나간 자리에 무엇이 남고 또 무엇이 사라지는지."

"피아노를 알면 기타는 금방이지."

"피아노를 수준 있게 치게 되자 어느 날 아버지가 기타를 사 왔어. 그건 새 거였어. 아버지는 기타 잡는 법만 대충 가르쳐 주고는 교본을 잔뜩 던져 놓고 돌아갔어. 그럴 때 아버지는 꼭 엄한 교도관이나 지독한 사감 같았어. 아버지가 무서워서 잠자는 것도 먹는 것도 잊은 채 기타만 쳤던 것 같아. 손가락마다 굳은살이 박혀서 눌러도 감각이 없을 정도로 치고 또 치고……. 음악을 알아서 좋은 건, 내가 할 수 있는 일이 세상에 있다는 거였어. 아무것도 할 수 없고, 하지도 못하고 살 줄 알았는데……."

"기타에 그 깨알 같은 글씨들은 다 뭐야? 네가 낙서한 거야?"

그건 나 또한 예전부터 궁금했던 것이었다. 그녀의 기타는 새까만 시궁창에라도 빠졌다 나온 것처럼 더러웠다. 오래되고 손때가 묻어 낡아 보이는 점도 있었지만 그보다 일부러 적어 넣은 듯한 글씨들 때문에 기타는 아주 더러워 보였다.

"사인이야."

"사인?"

한번 자세히 보자며 케이가 그녀의 기타를 받아 들었다. 슬쩍 보니 기타는 머리부터 몸통까지 구석구석 빈틈 하나 보이지 않을 정도로 깨알 같은 이름들로 적혀 있었다. 뒷부분도 마찬가지였다. 기타를 얼마나 많이 쳐댔는지 손바닥이 닿는 픽 가드가 닳고 닳아 나뭇결이 너덜너덜 드러나 있었다. 조금만 더 치면 조만간 완전히 구멍이 날 것 같았다.

"모두 도시에서 만난 이름들이야. 물론 거기에 없는 이름들이 더 많지만. 전부 고마운 사람들이야. 나한테 잠자리를 주고 먹을 것도 준."

나는 괜히 뜨끔해졌다. 그래서 나 같은 인간은 저 기타에 이름 석 자 적을 권리가 없다는 말인가. 그녀한테 불친절하긴 했지만 그동안 우리 집에서 먹고 잔 게 얼만데. 왜 나한테는 사인하라는 말을 꺼내지 않았던 걸까. 먹여 주고 재워 주긴 했지만 고맙다는 생각까지 들 정도는 아니었나. 그렇다고 쪼잔하게 고작 이름 석 자에 심통이 날 건 또 뭔가. 선택받지 못했다는 억울함일까, 자존심일까.

이름 적힌 기타를 보니 다리에 깁스를 하고 병원에 누워 있던 때가 갑자기 생각났다. 중학교 때 친구들과 축구를 하다 상대편 태클에 걸려 다리가 부러진 적이 있었다. 병문안 온 사람들은 하얀 내 다리에 완쾌를 기원하며 이름을 적었다. 육 인실 병실에는 나 외에 깁스 환자가 다섯 명이나 더 있었다. 나중에는 환자들 사이에서 이상한 경쟁이 붙기 시작했는데, 퇴원하기 전까지 누가 더 많은 사인을 받아 내나 하는 것이었다. 깁스는 일종의 방명록이자 사나이의 자존심 같은 것이었다. 나는 그 경쟁에서 보란 듯 일등을 했고, 일등으로 퇴원도 했다. 아니, 실은 내가 꼴찌였다. 대부분은 병원을 돌아다니며 모르는 사람한테 부탁해 받은 사인이거나 화장실 변기에 다리를 올리고 위조한 사인이었다. 그렇게라도 해야 내가 불쌍하지 않을 것 같아서였다. 그때는 불쌍해지는 것보다 비겁한 게 더 낫다고 생각했다.

"이 사람 이름에는 왜 하트가 그려져 있어?"

기타를 꼼꼼히 살펴보던 케이가 기타 브리지 부근을 손가락으로 짚으며 민감해진 목소리로 물었다. 어떤 질문에도 의무처럼 답하던 그녀가 그 대답만은 피했다.

"기준이 있어?"

"기준이랄 것까지는 없지만…… 내가 곡을 준 사람들이야."

"작곡도 해?"

"악기를 오래 다루다 보니까."

"그래서 다 첨 들어 보는 음악들이었구나."

"내가 할 수 있고 줄 수 있는 게 그것뿐이라. 밥값도 해야 하고."

"어떤 기록도 남기지 않을 거라고 했잖아."

"작곡은 내가 아닌 다른 사람에 대한 기록이니까."

"세상에 단 하나뿐인 곡이겠네."

"멍청이. 저작권이라는 것도 몰라? 잘만 하면 그거 돈 되는 거야."

내내 가만히 있던 나는 그 대목에서 백미러를 매섭게 노려보며 지껄였다.

"난 살려고 음악을 배운 거야."

"그러니까. 살려면 가장 먼저 필요한 게 돈이잖아."

나는 좀 섭섭해서 한 템포 쉬었다 물었다.

"근데 넌 왜 우리 집에서는 밥값 안 했어?"

"당신이 싫어했잖아. 노래 부르는 건 물론이고 말하는 것조차."

심술부릴 데가 없어 나는 브레이크를 꾹, 밟았다. 안전벨트를 풀고 있던 케이의 몸이 순식간에 앞으로 쏠리더니 뚝, 하는 소리가 들렸다. 비끗했는지 케이가 허리를 부여잡고 비명을 질렀다. 쌤통이었다.

38

파스를 덕지덕지 붙였지만 케이의 허리는 좀체 낫지 않았다. 아무래도 허리 찜질을 좀 해야겠다며 케이가 오늘 밤은 찜질방에서 묵자고 했다. 가까운 대형 찜질방을 찾아갔지만 워낙 사람들이 바글대는 곳이라 그녀가 지내기에는 불편할 것 같았다. 그러자 케이가 사장에게 불한증막 한 동을 내일 정오까지 세 사람만 이용할 수 있게 해달라고 특별히 부탁했다. 물론 '특별히 부탁'하기 위해 꽤 많은 돈을 특별히 지불해야 했지만 케이에게 그만한 돈은 껌 값이라 문제 될 것도 없었다. 분위기로는 그녀를 위해서라면 찜질방을 통째로라도 빌릴 기세였다.

우리는 찜질방 로고가 찍힌 옷으로 갈아입고 양머리도 하고 불한증막 안으로 들어갔다. 천장이 돔 형식으로 되어 있어서 꼭 깊은 동굴 속으로 들어온 것처럼 안온했다. 늘 그렇듯 케이와 나는 한쪽에, 그녀는 우리와 멀찍이 떨어져 구석에 베개를 베고 누웠다. 후끈한 기운이 온몸을 휘감자 그동안 쌓인 객고가 한꺼번에 풀리는 듯했다. 기분 좋은 땀이 기름기 빠지듯 쫙 흘러내렸고, 케이는 들어온 지 얼마 되지도 않았는데 벌써 허리가 다 나은 것 같다고 호들갑을 떨었다. 우리는 곧, 스르르 끝 모를 깊은 잠 속으로 빠져들었다.

눈을 떴을 때는 자정이 지나 있었고, 어디를 갔는지 그녀는 보이지 않았다. 나는 말똥말똥 뜬 눈으로 둥근 천장을 쳐다보며 그녀를 생각했다. 그녀에 대한 생각이 깊어질수록, 이상하게 그녀의 존재가

의심되기 시작했다. 세상에 정말 그런 인간이 있을까 싶고, 혹시 내 앞에서 전기를 먹는 척만 했던 건 아닐까 싶고, 그런 거라면 왜, 무슨 이유로 전기 인간인 척하는 걸까 싶고, 지금처럼 우리 몰래 자리를 비우는 건 어디 가서 닭이라도 한 마리 삶아 먹고 오려는 게 아닐까 싶고, 어쩌면 그녀, 떠돌이 사기꾼일지도 모르겠다는 생각도 들었다. 미모로 사내들을 유혹해 잠자리와 옷을 제공받고 여행도 공짜로 하는 사기꾼.

내 생각을 옆에서 가만히 듣고 있던 케이가 돌아누우며 말했다.

"전기세 엄청 많이 나왔다며. 고지서는 거짓말 같은 거 안 한다며."

그건 사실이지만 사람이 한번 의심하기 시작하면 모든 게 다 의심되는 법이다. 전기세 문제는 전기 계량기를 조작하면 그렇게 나올 수 있었다. 사기꾼이라면 그런 기술쯤은 얼마든지 보유하고 있지 않겠는가.

"사기 치려면 제대로 치지 그렇게 치겠냐. 차라리 꽃뱀 노릇을 하는 게 더 낫지. 제이는 털끝 하나 만질 수도 없는 애잖아."

"그러니까 아주 고고하게 사기 치시겠다는 거지. 굴욕적이지 않게 손끝 하나 못 대게 하고 누릴 거 다 누리겠다는 수작. 사내놈들 애간장만 녹여 놓겠다는 거지."

케이가 다시 천장을 보고 돌아누웠다. 어쩌면 그녀, 누구보다 사랑을 하고 싶지만 사랑 후에 오는 상처가 두려워 스스로 제어하기 위한 방법으로 거짓말을 만들어 낸 건지도 모른다.

"우리 확인 한번 해볼까? 진짠지 가짠지?"

"어떻게?"

"참새 한 마리 잡아다 제이 몸에 던져 보는 거야."

"참새가 얼마나 날쌘데. 그거 잡는 게 더 어렵겠다."

"그럼 비둘기로 할까. 비둘기는 밑밥만 던져 주면 먹는 데 정신 팔려서 도망도 잘 안 가니까."

"관둬. 진짜면 어떻고 가짜면 어떤데. 우리는 지금까지 그렇게 믿어 왔고 그런 채로 여기까지 왔잖아."

"앞으로 얼마를 더 가야 할지 모르는 상황이니까 그렇지. 우리가 속은 거면 여기서 이 피곤한 여행을 끝낼 수도 있어. 어쩌면 숲도 아버지도 피아노도 전부 다 가짜인지도 몰라. 집 같은 거 애초부터 없었는지도 모르고. 그러니까 구름다리가 나올 때마다 매번 아니라고 하지. 우리를 이용한 거야. 분명해."

"그 구름다리가 아니니까 아니라고 한 거겠지. 그리고 이용? 뭐하려고 우리 같은 놈들을 이용해? 돈을 요구한 것도 아니고 몸을 요구한 것도 아니잖아. 시간뿐이야. 우리가 제이한테 준 것도 우리 시간뿐이라고."

"시간이 돈이란 말도 모르냐?"

나는 알고 있었다. 케이도 그녀의 정체를 확인해 보고 싶어 한다는 걸. 다만 두려워서, 내 짐작이 맞을까 봐 두려워 이대로 모른 척

바람처럼 지나가고 싶은 것이다. 그녀에 대한 믿음이 깨지면 실망하게 될 것이고, 그러면 그녀를 좋아하는 마음에도 변화가 올까 봐 싫은 것이다.

"너무 믿지는 마라. 너만 상처받으니까 이쯤에서 단념해. 진짜라 해도 불가능하고, 가짜라 해도 믿음이 깨져서 안 돼. 넌 가만 보면 사람을 너무 믿어서 문제야."

내 말에 또 바락 대들거나 무슨 대꾸든 할 줄 알았는데 케이는 조용했다.

"왜 아무 말 안 해?"

"맞는 말이니까. 아버지도 여자들도 형들도 문제였어. 너무 믿어서."

"형들은 또 왜?"

"아버지랑 좀 다를 줄 알았는데 그래서 믿고 의지했는데……."

"무슨 일 있었구나?"

"……."

"형들도 정신병자 취급했어?"

"그런 거면 차라리 낫게. 아예 내가 죽어 없어지길 바라고 있으니까 문제지."

"왜?"

"내가 없어지면 내 몫까지 챙길 수 있으니까. 돈이란 게 그런 거야. 부모 자식 사이도 형제 사이도 짐승만도 못하게 만들어 버리는 무섭고도 끔찍한 거."

케이의 얘기를 듣다 보니 형제가 없는 걸 다행으로 여기며 살아야 하는 건가, 라는 생각이 들었다. 그러나 형제 없이 자란 난 이해가 가지 않는 대목이었다. 형제란 서로 나눌 수 있는 사이라고 생각했는데, 빼앗을 수 있는 사이인 것인가. 형제가 나눠 주지 않으면 누가 나눠 줄 것이고, 가족을 믿지 못하면 누구를 믿어야 할까. 갑자기 아버지가 생각났다. 형제 하나 만들어 주지 않고 덜컥 죽어 버린 아버지. 형제 하나 못 만들어 줄 거였으면 오래 살기라도 했어야 하는 게 아닌가. 죽는 한이 있어도 아버지 뒤를 잇는 자식은 되지 않겠다고 다짐한 내가 열쇠공이 된 건 아버지가 평소 입버릇처럼 했던 말 때문이기도 했다. 자신은 평생 누군가의 마음을 열지 못하고 살아온 패배자라고. 자식인 내 마음조차 열지 못한 아비가 무슨 아비겠냐고. 아마 아버지는 다른 사람들에게 열쇠를 만들어 주는 것으로 스스로를 위로하며 살았을 것이다. 아버지에게 열쇠는 어쩌면, 믿음 같은 게 아니었을까. 결국 아버지 뒤를 이어 열쇠공이 됐으니 아버지는 내 마음을 연 것이나 다름없었고, 패배자도 아니었다.

"형들 좋은 일 시키려고 죽으려고 했던 거냐?"

"내 몫을 지킬 자신이 없다."

"한심한 놈. 나 같으면 더 악착같이 살겠다. 죽는 것도 사는 거랑 똑같아. 자기를 위해 살 듯 죽는 것도 자기를 위해 죽어야 된다고. 남을 위해 죽어 봤자 남은 결국 남일 뿐이야. 죽은 사람만 억울한 거라고."

"누가 들으면 죽어 본 줄 알겠다."

"꼭 죽어 봐야 아냐. 개똥밭을 굴러도 이승이 낫다잖아."

케이는 긴 한숨을 내쉬며 내게 등을 보이고 다시 돌아누웠다.

39

"제이는 어디 갔는데 여태 안 들어오는 거야."

케이가 잠꼬대하듯 흘린 말에 시간을 확인하려 휴대폰 폴더를 열었다 닫았다. 나는 자리에서 슬그머니 일어나 그녀를 찾아 찜질방을 돌아다녔다. 자동차에서 쉬고 있나 싶어 밖에도 나가 봤지만 거기에도 없었다. 기타도 보이지 않았다. 불현듯 이상한 예감이 들어 헐레벌떡 불한증막으로 달려갔다.

"제이가 안 보여. 기타도 없고 배낭도 없어."

내가 숨을 헐떡이며 말하자 케이가 벌겋게 익은 얼굴을 하고 나를 나른하게 쳐다봤다.

"볼일이 있어 잠깐 어디 갔나 보지."

"요게 우리한테 사기 친 거라니까. 눈치챈 거 알고 도망 간 거라고. 분명해!"

"내가 한번 찾아볼게."

갑자기 심각해져 자리에서 부랴부랴 일어서려는 케이를 내가 말렸다.

"관둬. 작정하고 도망간 애를 무슨 수로 찾아."

케이는 절망하는 얼굴을 하고 바닥에 도로 힘없이 주저앉았다. 무릇 모든 여자가 그랬던 것처럼, 그녀 또한 자신의 곁을 말없이 도망가 버렸다고 생각하는 것 같았다. 다른 여자들과 다를 게 하나도 없다고. 농담처럼 던진 내 말이 현실이 되자 당황한 것도 같았다.

"너나 나를 위해 잘된 건지도 몰라. 그나마 양심이 좀 있어서 이쯤에서 놔준 걸 거야. 끝까지 갔으면 어쩔 뻔했어."

"인사나…… 하고 갈 것이지."

"인사하고 갈 애였으면 도망을 갔겠어. 후련하다. 이제 집으로 돌아가면 되는 건가."

나는 후끈한 바닥에 대자로 팔다리를 뻗고 누웠다. 근데 말처럼 후련하지 않은 이 기분은 뭘까. 나 또한 속으로 이렇게 말하고 있었다. 인사나…… 하고 갈 것이지.

그때 케이가 그럴 리 없다는 듯 자리에서 벌떡 일어나 밖으로 뛰쳐나갔다. 이상한 건 나 또한 케이를 따라 한달음에 뛰쳐나갔다는 것이었다. 우리는 찜질방 옷차림을 한 채로 그녀를 찾아 주변을 이 잡듯 뒤졌다. 내가 잡히기만 해봐라를 연발할 때, 케이는 무슨 사고가 난 건 아닐까, 라고 걱정 섞인 말을 연발했다. 우리는 도시의 새벽 공기를 마셔 가며 차와 인적이 끊긴 조용한 거리를 두 시간이나 헤맸다. 그러나 어디에도 그녀는 없었다. 공기처럼 보이지 않았다.

땀을 뒤쓴 채 우리는 늘어진 엿가락처럼 되어 찜질방으로 돌아왔다. 말 그대로 둘 다 초죽음이 되어 있었다. 찜질방 한쪽 구석에 누군가 벽을 보고 모로 누워 있는 게 보였다. 불한증막 한 동을 '특별히 부탁'해 웃돈 주고 얻긴 했지만 이제 그녀가 없으니 아무나 들어와 이용해도 무방했다. 샤워나 해야겠다 싶어 문을 열고 나가려는데, 케이가 갑자기 소리를 질렀다.

"제이!"

깜짝 놀란 나는 구석으로 다가가 누워 있는 사람의 얼굴을 살짝 들여다봤다. 정말 제이였다. 하마터면 다리로 흔들어 깨울 뻔했다. 제이는 죽은 듯 케이의 부름에도 꼼짝하지 않고 자고 있었다. 나는 나무 베개를 가져다 그녀의 엉덩이 쪽으로 집어 던졌다. 그래도 일어나지 않자 이번에는 케이의 나무 베개를 아까보다 좀 더 센 강도로 집어 던졌다. 베개가 그녀의 엉덩이를 세게 때렸고, 그제야 그녀가 눈을 뜨고 일어났다.

그녀라는 걸 확인한 케이가 함부로 입을 놀린 나를 말없이 구타하기 시작했다. 구타가 끝나자 케이는 환한 얼굴로 그녀에게 어디 갔다 온 거냐고 캐물었다. 그녀는 기타 줄이 끊어져 악기점을 찾으러 나갔다가 그만 길을 잃고 말았다고 했다. 기타 줄은 구했느냐니까 가만히 고개를 끄덕였고, 어떻게 구했느냐니까 악기점 주인한테 피아노 연주를 해준 대가로 받아 왔다고 했다. 그녀의 얘기를 다 듣고 난 케이는 환한 얼굴을 딱딱하게 굳히더니 화난 목소리로 말했다.

"앞으로 어디 갈 거면 간다고 말하고 가. 걱정하잖아."

그녀의 입다짐을 받아 낸 케이는 허리 통증이 다시 도진 듯 앓는 소리를 내며 자리에 누웠다. 나 또한 샤워를 포기하고 케이 옆에 쓰러지듯 누웠다. 누울 때 케이는 안심하고 안도하는 얼굴이었고, 입가에는 살짝 미소가 걸려 있었다. 덩달아 나 또한 안심하고 안도하는 건 왜인가. 나도 모르게 입가에 미소가 지어진 건 왜……. 그렇다고 그녀가, 내 짐작과 달리 도망간 게 아니라고 해서 그녀에 대한 의심이 말끔히 가신 건 아니었다. 나는 오기가 발동했다.

"이봐."

의미심장한 내 부름에 그녀가 바닥에 누운 채 나를 향해 고개를 돌렸다.

"혹시 다른 이유 때문에, 그러니까 널 숲에 숨겨야만 하는 필연적인 다른 이유가 있어서 아버지가 널 전기 인간으로 만들어 버린 거 아닐까. 그런 생각해 본 적 없어?"

나는 정면 돌파하기로 했고, 케이는 관두라는 뜻으로 내 허벅지를 제이 몰래 꼬집었다. 비명이 나오려는 걸 이 악물고 참았다.

"왜 안 해봤겠어."

그녀는 천장으로 고개를 돌리며 말했다.

"자포자기 심정으로 이 생각 저 생각, 정말 별별 생각을 다 하며 살았어. 부모와 세상을 끔찍할 만큼 증오도 해봤고, 죽을 생각까지도 했었어. 그런 생각을 안 한다면 오히려 그게 이상한 거지. 물론 나도 아버지를 의심한 적이 있어. 근데 아니란 걸 스무 살이 됐을 때 알았어."

스무 살, 인생의 변곡점이 시작되는 나이이다. 마법이 풀리는 나이 혹은 새로운 마법이 시작되는 나이.

"스무 살 때 처음 숲을 나왔어. 호기심이 많은 나이라 정말 궁금한 게 많았어. 그때 한 남자를 만났어."

"혹시 계란 넣은 라면을 좋아했다던 그 사람이야?"

내가 아는 척, 중간에 끼어들었다. 단지 그 사람이냐고 물었을 뿐인데, 그녀는 입가에 깃털구름 같은 하늘하늘한 미소를 지으며 수줍게 웃었다. 그때는 빠져나갈 구멍을 만들려고 농담 삼아 해본 말이라 생각했는데 진짜였단 말인가. 물론 육체적인 사랑이 불가능하다고 해서 정신적인 사랑까지 불가능한 건 아니다. 누군가를 좋아하는 마음까지 허락하지 않을 수는 없는 것이다. 그녀도 인간이다. 방식이 다르다고 거짓이라 할 수는 없다. 나와 그녀만이 아는 사실에 불쾌감을 느꼈는지 케이도 끼어들어 아는 척, 한마디 거들었다.

"기타에 적혀 있던 그 이름이지? 하트로 장식해 둔."

그녀는 바람 불어 깃털구름이 흩어지는 듯한 얼굴로 고개를 끄덕였다. 생각만 해도 가슴 두근거리게 하는 사내인 모양이었다. 괜히 질투가 났고 어떤 사내인지 궁금해졌다.

"자동차 엔지니어였어. 가난하지만 생각이나 이해심이 깊고 바른 사람이었어. 궁금한 게 많은 나한테 피곤한 기색 없이, 그 흔한 짜증

한 번 안 내고 많은 걸 가르쳐 줬어. 그 친절에 흔들렸던 건지 안 되는 줄 알면서도 나도 모르게 그만 좋아해 버렸어."

잠시 묵직한 침묵이 흘렀다.

"그래서 어느 날 내가 해버렸어."

뭘 해버렸다는 것인가. 주제도 모르고 마음으로만 좋아하는 걸로 끝내지 않았다는 얘긴가.

"뭘?"

다급하게 내가 물었다. 내가 묻지 않았다면 아마 케이가 더 다급하게 물었을 것이다.

"키스란 거."

더욱 묵직한 침묵이 그녀와 우리 사이를 갈라놓았다.

"너무 궁금해서 견딜 수 없었어. 소설 속에서 작가란 사람들이 날카로운 언어로 표현해 놓은 것들이 도대체 어떤 느낌이고 감정인지. 나도 똑같이 느낄 수 있는 건지. 내가 그 사람에 대해 가장 궁금해했던 것도 그거였으니까."

"그래서 어떻게, 됐어?"

내가 아주 조심스레 물었다. 케이 또한 묻고 싶어 하는 것 같았지만 이번에는 차마 입이 떨어지지 않는지 내가 물어 주길 바라는 눈치였다. 오랜 침묵이 어색하게 느껴질 즈음, 그녀도 침묵의 어색함을 느꼈는지 드디어 입을 뗐다.

"죽었어. 심장마비로."

짧은 침묵이 흘렀다.

"그 남자도 좋아하긴 했던 거야?"

내가 물었다.

"몰라. 그런 건."

대단히 이기적인 대답이었다. 또다시 짧은 침묵이 흘렀다.

"찰나적으로 내 생각만 했었어. 그래서 한동안 죄책감 때문에 죽고 싶었어. 그 뒤로 누구도 좋아하지 않겠다고 다짐했어. 다른 사람이 아니라 나를 위해서. 그 사람 유골이 강에 뿌려지던 날 강가에 조금 흩어져 있는 유골을 거둬다 집 앞 나무 밑에 뿌렸어. 이상하게 그 후로 바람이 불 때마다 이상한 소리가 들렸어."

소름 돋은 팔뚝을 연신 문질러 대는 나와 달리 케이는 누구도 좋아하지 않겠다는 그녀의 다짐에 심각해졌다.

혼자 살아가야 하는 운명. 친구와 새끼손가락 걸고 약속을 할 수도, 연인과 열정적인 키스를 나눌 수도 없는 운명. 그저 멀리서 바라보기만 해야 하는 사람. 물론 그녀도 사랑이란 걸 할 수는 있을 것이다. 그녀를 죽을 만큼 사랑하는 사내만 있다면, 그래서 그녀와 단 한 번의 입맞춤을 위해 자기 목숨을 내놓을 수 있는 사내라면. 누구든, 그녀를 사랑하려면 죽을 각오를 해야만 한다.

그런데 왜 그녀의 애로 사항이나 고통과 상관없이 그녀가 부러운 것일까. 그녀를 사랑하는 사람이 있다면 적어도 그녀는 그 사랑이 진실이란 걸 알 수 있어서일까. 의심할 필요가 없어서일까. 지금까지 내가 만나 왔던 그녀들의 얼굴이 떠올랐다. 모두 거짓이었던 것처럼, 세상에 판치는 거짓된 만남들이었다. 나는 그녀들을 맘껏 껴안을 수 있었지만 대신 그녀들과 이룰 수 있는 건 아무것도 없었다. 어쩌면 맘껏 껴안을 수 있기에 아무것도 이룰 수 없었던 건지도 모른다. 그렇다면 말이다, 애초에 껴안을 수 없는 그녀와 사랑이란 걸 한다면 그 사랑은 깊어질까. 애절해질까. 애달파질까.

"너처럼 사랑이 진짠지 가짠지 판별할 수 있는 방법이 있는 것도 나쁘지는 않겠어."

"꼭 그걸 알아야만 해? 모른 채 살아가는 당신들이 나는 더 부러운데."

"왜?"

"가끔은 자기를 쳐다보는 사람이 아무도 없다는 걸 알아 버리는 게 끔찍하잖아. 가짜든 진짜든 그 순간에는 진짜라고 믿고 행복하다면 그걸로도 충분하지 않을까."

인간은 한때 절절하게 사랑을 한다. 하지만 그 한때가 지나면 사랑은 사라진다. 마치 한 번도 사랑하지 않았던 사람처럼 차가워진다. 사랑이란 그런 것이다. 매번 새롭고 매번 차갑다. 그래서 매번 하는 것이다. 알면서도 아무것도 모르는 바보들처럼.

나 지금, 한 사내의 희생, 죽음 앞에서야 그녀에 대한 의심을 거두는가. 그러나 괴롭게도 완전히 거둬지지는 않는다. 사랑이란 것도 일종의 전기이기 때문이다. 사람을 찌릿하게 만드는 전기는 도도한 강물처럼 누구의 몸에나 흐른다. 그 전기가 연인 사이에서 발생한다면 엄청난 스파크를 일으킬 수도 있을 것이다. 어쩌면 사랑이란 전기가 통하거나 전기에 감전돼야만 비로소 생겨나는 감정인지도 모른다. 그녀의 몸에 흐르는 전기의 양이란 것도 나나 케이의 몸에 흐르는 것처럼 아주 미미한 정도에 불과할지도 모른다. 그 사내의 죽음을 불러일으킨 심장마비는, 아마 우연이었을 것이다. 갑자기 닥쳐온 신체 접촉에 너무 흥분한 나머지 심장이 순간적으로 정지됐던 것인지도. 수만 볼트의 전기에 감전됐는데 살아난 사람이 있는가 하면 아주 미미한 전기에 감전돼 죽는 사람도 있다. 사내의 죽음은 여타 다른 환경적 요인이나 개인의 운에 의해 발생한 단순한 사고사였을 것이다. 그래서 나는 속으로 다짐했다.

내일, 비둘기를 잡자.

도심은 비둘기 천지였다. 자연을 잃어버린 비둘기에게 도심은 자연이 되어 주었다. 인간들이 던져 주는 음식은 수고하지 않고 배를 채울 수 있는 훌륭한 먹잇감이 되어 주었고, 나무처럼 뿌리를 내리고 박혀 있는 콘크리트 건물은 집이 되어 주었다. 도시는 비둘기를 길들였고, 비둘기는 도시에 길들여졌다. 비둘기는 아무 데도 날아가지 않고 자동차나 버스와 함께 아스팔트 위를 한가롭게 걸어 다녔다. 사람들이 지나가도 도망갈 줄 모르고 앞뒤로 목을 움직이며 바쁘게 제 갈 길을 갔다.

그러나 그 도시는 비둘기에게 안전한 곳이 아니었다. 어디에나 포식자가 있기 마련이듯 도시에 사는 비둘기에게 포식자는 인간이었다. 도시와 달리 인간은 비둘기를 허락한 적이 한 번도 없었다. 비둘기는 평화를 상징하지만 비둘기와 함께 살기에 도시는 평화롭지 않을뿐더러 함께 나눠 쓰기에 도시란 공간은 너무 비좁은 데다, 또 너무 더럽기 때문이었다. 비둘기가 도시를 더럽히는 주범 중 하나라고 생각한 인간은 어느 날부터 비둘기를 증오하며 몰아내기 시작했다. 자연을 빼앗은 인간이 도시마저 빼앗으려 하고 있었다. 나 또한 이른 아침부터 비둘기에게 도시를 빼앗는 중이었다.

그새 나는 것조차 망각해 버린 건지, 그 덕에 비둘기 한 마리를 아주 쉽게 잡을 수 있었다. 몸집이 작고 정수리 부근에 솜털이 보송보송 난 걸로 보아 어미 품을 벗어난 지 얼마 안 된 새끼 비둘기인 것 같았다. 새끼라 아직 구구구, 하고 울지도 않았다.

나는 비둘기를 허리 뒤로 감추고 케이의 자동차가 주차된 곳으로 갔다. 마침 그녀가 찜질방에서 나오고 있었다. 나는 걸음을 늦춰 그녀가 차로 다가가기만을 기다렸다. 그녀의 등을 향해 이 작은 비둘기를 던지는 순간 모든 의문은 풀리게 될 것이다. 나는 손아귀의 비둘기 목을 가만히 죄어 보았다. 비둘기의 꿈틀거림이 느껴졌고, 그녀의 작은 등이 보였다. 지금이었다.

비둘기를 막 던지려는 찰나에 어디선가 케이가 나타나 내 손목을 뒤에서 잡아 비틀었다. 어찌나 힘이 센지 꼼짝도 할 수 없었다. 나는 케이를 노려봤다.

"놔!"

"관둬."

"싫어!"

"뭘 바라는 거야?"

"뭘 바라다니?"

"아니길 바라는 거야, 기길 바라는 거야?"

"확인만 하려는 거야. 기왕 든 의심 이참에 확실하게 뿌리를 뽑자고."

"아니면 어쩔 거고, 기면 어쩔 건데?"

"그건 나중에 생각해도 늦지 않아. 너보고 달려들라는 것도 아니니까 저리 비켜!"

나는 케이를 옆으로 세게 밀치고 그녀의 등을 향해 비둘기를 던졌다. 과녁을 향해 화살이 던져진 것이었다. 케이와 나는 가만히 서서 비둘기 화살을 쳐다봤다. 순간, 시간이 정지된 듯 비둘기가 포물선을 그리며 아주 느리게 그녀를 향해 날아갔다.

앗, 이럴 수가.

내 입에서 짧은 비명이 흘러나왔다. 비둘기는 그녀의 치맛자락에 스치듯 닿고는 하늘로 푸드덕, 날렵하게 날아가 버렸다. 도시에서는 날개 꺾인 새처럼 날지도 못하더니만 제법 새답게 높이 날아가 버렸다. 허무하고 허탈했다. 케이와 나, 그리고 그녀가 하늘 높이 떠 있는 비둘기를 찌푸린 눈으로 바라보았다. 비둘기는 스스로의 목숨도 구하고 그녀의 진실도 구한 채 그렇게, 도시로 다시 날아갔다.

무엇도 확인되지 않아 평화로운, 아침이었다.

40

아니, 라는 그녀의 한마디에 나는 다음 장소로 핸들을 꺾었다. 우리의 여행은 U 자형 여행으로 마무리될 가망성이 커 보였다. 앞으로 우리가 찾아가야 할 구름다리도 몇 개 안 남은 상태였기 때문이다. 그녀의 집을 찾든 못 찾든 우리의 여행도 조만간 끝날 거라는 얘기였다. 나는 그녀에게 다시 물었다. 만에 하나 집을 못 찾게 되면 어떻게 할 거냐고. 그녀는 그럴 일은 없어야지, 라고 대답했다.

"그러니까 만에 하나 못 찾으면 다시 도시로 갈 거야?"

"당신들을 따라갈 일은 없을 테니까 걱정 마."

"널 걱정해서 하는 말이잖아!"

여행을 떠나온 지 두 달이 되어 가는데 아무런 성과도 얻지 못하자 화가 난 것일까. 나는 그녀한테 줄곧 큰 소리를 내고 있었다. 어쩌면 비서실장이란 사람이 건네준 정보에 누락된 구름다리가 있었는지도 모른다. 만약 그런 거라면, 어딘가에 분명 그녀의 집이 있는데 우리가 못 찾은 거라면 어떻게 해야 할까. 나는 케이를 힐끔 쳐다봤다. 케이는 구름다리가 나오지 않기를 바라고 있을까? 아마도 케이는 그런 생각을 품고 있을 것이다. 그렇다면 나는, 나는 어떤가. 이 여행에 익숙해진 건지, 그녀에게 익숙해진 건지, 나 또한 차라리 나오지 않았으면 좋겠다는 생각을 하고 있었다. 놀랍게도. 근데 왜 그녀한테 화를 내고 있을까. 그녀와 나의 말싸움은 계속되었다.

우리의 말싸움을 멈추게 한 건 갑자기 터져 나온 케이의 비명 섞인 이 한마디 때문이었다.

"내 귀!"

"또 왜! 그놈의 귀, 귀! 아주 그냥 귀찮아 죽겠네! 네 귀님 거기 얌전히 계시잖아!"

나는 차 속력을 갑자기 높이며 턱짓으로 대시보드를 가리켰다. 케이가 손을 덜덜거리며 상자를 무릎 위로 올려놓더니 매듭을 조심히 풀어 상자를 열었다. 상자 안을 뚫어지게 들여다보던 케이가 불길한 자기 예감이 맞았다는 듯, 뭉크의 절규처럼 자기 귀를 양손으로 감싸며 자동차가 떠나갈 듯 절규하기 시작했다. 나는 놀라서 차를 세웠고, 차가 멈추자마자 기다렸다는 듯 고약한 썩은 내가 확, 풍겨 왔다. 케이의 귀는 보기 흉할 정도로 물에 퉁퉁 불어 절반이 썩어 있었다.

케이는 그녀한테 정신을 쏟느라 자기 귀한테 정신을 쏟을 시간이 없었던 것이다. 나한테 고백한 후 확실히 관리가 소홀했던 것도 사실이었다. 얼음도 자주 갈아 주지 않았고, 그때처럼 잃어버릴까 차에 놓고 다니다 보니 간혹 저녁에 숙소로 들고 들어가는 걸 잊어 먹기도 했다. 케이는 패닉 상태에 빠져서 울먹이고 있었다. 우울증 발작을 일으킬 때보다 더 상태가 심각해 보였다.

　케이는 결국 자기 귀를 양지바른 곳에 묻어 주기로 했다. 우리는 차에서 내려 귀를 묻을 만한 장소를 물색했다. 숲에서 살아온 그녀답게 그녀가 좋은 곳을 찾아내 우리를 인도했다. 케이가 눈시울을 붉히며 뒤처져서 우리를 따라오고 있었다. 머리를 풀어 헤친 케이는 마치 하얀 유골함을 껴안고 있는 상주처럼 보였다. 누가 봐도 망자의 유골을 뿌리러 산을 오르는 상주의 모습이었다.

　내가 땅을 파는 동안에도 케이는 상자를 붙들고 서서 곡을 하듯 계속 울었다. 고작 귀가 묻힐 곳이었기에 땅을 파는 일은 오 분도 걸리지 않았다. 케이가 구덩이 앞에 양쪽 무릎을 내리꽂더니 상자를 열어 귀를 꺼냈다. 그러고는 떨리는 두 손으로 구덩이 한가운데 그것을 조심스레 내려놓았다. 순간, 기분이 이상해졌다. 나도 모르게 울컥, 하는 기분이 든 것이었다. 마치 사람을 묻는 것처럼, 아버지의 관이 땅속에 놓이던 그때처럼, 비슷한 무언가가 가슴 한복판에서 치밀고 올라왔다.

　불현듯 케이의 귀에게 미안해졌다. 좀 더 충분히, 자세히 들여다봐 주지 못한 게. 한번 자세히 봐보라는 케이의 권유를 무시해 왔던 게. 한때 케이의 얼굴 한쪽에 붙어 소리를 듣고 먼지와 소음을 막아 주었을 그것. 그동안 우리와 함께 긴 여행을 해온 게 사실이니까……. 대시보드 위에서, 케이의 머리맡에서, 식탁 위에서, 나의 잔소리와 불친절 속에서……. 알고 보면 고마운 존재였다. 문득 귀에게, 험한 먼 길을 함께 해줘서 수고했다고 말해 주고 싶었다. 나는 처음으로, 그리고 마지막으로 케이의 귀를 자세히 힘껏, 봐주었다. 생각만큼 징그럽지도 기이하지도 않았다. 그동안 왜 외면해 왔나 싶을 만큼, 스스로가 원망스러울 만큼. 그건 그냥 귀였다. 세상 모든 사람의 것과 비슷한 모양을 하고 있는 평범한 귀.

한참 구덩이 속을 들여다보고 있던 케이가 천천히 흙을 그러모아 덮었다. 아쉽게도 귀가 천천히 사라지기 시작했다. 케이는 지금 자기 몸을 자기 손으로 묻고 있는 것이었다. 자신의 신체 일부를, 아니 자기를 미리 장사 지내는 기분은 어떨까. 자기가 묻히는 걸 자기 눈으로 지켜보는 심정이란. 훗날 자신이 묻히게 될 때 함께 묻어 달라고 하기 위해 보관하고 있었다는 그 귀는 그렇게 묻혔다. 생전 처음 와본 어느 산자락에. 케이보다 먼저.

산을 내려오기 전 케이는 다시 찾아오겠다는 듯, 자기 귀가 묻힌 곳을 바위로 표시해 두고는 위치를 눈에 담기 위해 주변을 한참 두리번거렸다. 차마 발길이 떨어지지 않는 듯 산을 내려오면서도 케이는 한 번씩 뒤돌아 그곳을 쳐다보며 엉엉 울었다. 누군가를 혼자 남겨 두고 와서 걱정되는 듯한 표정으로, 부모라도 묻고 온 표정으로. 하긴 케이에게 귀는 부모보다 더 소중한 무엇이었을 것이다. 케이는 귀를 자른 걸 처음으로 후회한다는 말도 했다. 비록 자기 몸에 붙어 있지는 않았지만 상자를 열면 언제든 볼 수 있어서 '있다'는 기분이 들었다는 것이었다. 하지만 앞으로는 보고 싶어도 영원히 볼 수 없는 것이 되어 버려서 '없다'는 기분이 들 것 같다고 말했다. 나는 케이에게 이렇게 말해 주었다.

"찾아올 수는 있잖아."

케이의 푸른 입술이 파르르 떨렸다. 케이는 차에 올라타자마자 한동안 끊었던 항우울제를 털어 넣고 퉁퉁 부은 눈을 지그시 감았다. 어느새 해가 지고 있었다.

41

우리는 바다가 훤히 내려다보이는 펜션에 방을 잡았다. 휴가철이 지나서 그런지 방을 잡는 데 예전처럼 애를 먹지는 않았다. 짐을 풀고 기분 전환 삼아 바다 구경이나 나가자는 데도 케이는 넋 나간 사람처럼 천장만 멀거니 쳐다보며 누워 있었다. 머리맡에 놓여 있던 하얀 상자가 안 보이자 나 또한 허전한 기분이 든 게 사실이었다. 나는 케이를 그냥 내버려 두고 베란다 난간에 팔을 기대고 서서 어둠이 내리기 시작한 바다를 바라보았다. 끈적하고 짭조름한 바닷바람이 한가득 몰려와 빗자루처럼 얼굴을 쓸고 지나갔다.

저 멀리 그녀가 보였다. 그녀는 아무도 없는 바닷가를 혼자 거닐고 있었다. 왠지 쓸쓸해 보여 함께 걸어 주고 싶다는 생각이 들었다.

그녀는 허리를 수그려 모래사장에서 열심히 무언가를 주워 올려 치마폭에 담았다. 아마 조개껍데기나 조약돌 뭐 그런 것쯤이 될 것이다. 바다를 보겠다면서 내가 보고 있는 건 줄곧 그녀였다. 그녀의 행동 하나하나를 오로지 나 혼자서만 유심히 지켜보고 있다는 것에 어떤 만족이랄까 쾌감 같은 걸 느끼고 있었다. 그녀는 맨발이었고 들어 올린 치마 때문에 하얀 무릎이 보였다. 이 순간만큼은 그녀의 맨발이며 무릎이 오직 나만을 위해 존재한다는 착각에도 빠져들었다. 착각에서 빠져나온 건 하얀 무릎이 치마로 덮어질 즈음이었다. 그녀는 치마가 움푹 처질 정도로 가득 모았던 것들을 바닷속으로 모조리 쏟아 버리더니 대신 바닷속에서 다른 무언가를 건져 올렸다. 그러고는 뒤돌아 펜션을 향해 걸어왔다. 사위로 몰려든 먹빛 어둠 때문에 그녀의 손에 들린 것이 무엇인지는 보이지 않았다.

입맛이 없다는 케이 때문에 늦은 저녁을 컵라면으로 혼자 해결하고 맥주 캔 하나를 막 따고 있을 때 그녀가 들어왔다. 이 시간은 그녀가 늘 우리 방을 방문하던 시간이라 별다를 것도 없었다. 그런데 그녀가 기타를 들고 케이에게 다가가더니 별다른 무언가를 건넸다. 그것은 내 주먹보다 큰 소라 껍데기였다. 아까 바다에서 애써 주워 모은 것들을 모조리 쏟아 버리고 대신 주워 올린 것이 저것인 모양이었다. 케이는 소라 껍데기를 받아 들고는 바닥에 누운 채 그녀를 올려다봤다.

"귀에 대봐. 파도 소리가 들려."

케이는 무심히 소라 껍데기를 사라진 귀에 대고는 눈을 감았다.

"들리지?"

케이가 눈을 뜨자 그녀가 물었고, 케이는 그녀의 물음에 또다시 무심히 고개를 끄덕였다.

"귀는 잃었지만 소리는 잃지 않았지?"

그녀의 말에 케이가 소리 없이 웃었다. 귀를 묻고 돌아온 후 처음으로 보는 케이의 웃음이었다. 그녀는 자기 자리인 양 구석으로 가더니 기타를 치며 노래를 부르기 시작했다. 가사에 '귀'라는 단어가 여러 번 반복되어 나오는 걸로 보아 케이와 케이의 귀를 위해 그녀가 특별히 만든 곡인 것 같았다. 짧지만 케이의 마음이 잘 표현된 노래였고, 아까는 잘 알지 못했던, 자기를 미리 장사 지내는 기분이라든가, 자기가 묻히는 걸 자기 눈으로 지켜봐야 했던 케이의 심정에 대해 조금은 가깝게 이해할 수 있을 것 같았다. 노래란 어려운 마음을 쉽게 이해하고 동요하게 만들어 주는 구석이 있다는 생각이 들었다. 케이는 감사 표시로 가볍게 박수를 치며 앙코르를 신청했고, 그녀의 노래가 다시 시작되는 동안 나는 맥주 한 캔을 다 비웠다.

이어서 늘 그렇듯, 우리의 대화가 시작되었다. 엄밀하게 따지면 그녀와 나, 단둘만의 대화라고 볼 수 있었다. 케이는 오늘만큼은 그녀에게 한마디의 말도 건네지 않았고, 질문도 하지 않았다. 그저 우리가 하는 얘기를 엿듣듯 가만히 듣고만 있었다. 아마도 '듣는' 건 사라진 한쪽 귀를 위한 케이만의 위령 의식 같은 거라고 나는 생각했다. 그녀의 얘기를 듣고 있으면 안정된다는 케이를 위해 나 또한 다른 때보다 적극적으로 그녀에게 질문을 던졌다. 마치 단 한 순간도 그녀의 얘기가 방 안의 공기를 벗어나서는 안 된다는 듯이. 오늘만큼은 세상의 모든 소리가 케이의 귓속으로 스며들어야 한다는 듯이. 그녀와 나만의 대화가 오간 건 여행 후 처음 있는 일이기도 했다. 돌이켜 보건대 무엇이 못마땅했던 건지 그녀와 케이의 대화에서 난 항상 이방인이었다.

나는 그녀에게 숲을 나와 도시에서 만난 사람들의 얘기를 해달라고 했다. 어떤 사람들이었고 그들의 집에서는 주로 뭘 하며 지냈는지. 늘 그렇듯 그녀는 회상하듯 창밖을 이윽히 쳐다보며 말했다.

"가장 먼저 한 일은 일단 배를 채우는 거였어. 그 뒤에는 책을 읽었어. 아무거나 꺼내서 닥치는 대로. 어느 집이나 책 한 권 정도는 있으니까."

"우리 집에서는 『자라투스트라는 이렇게 말했다』를 읽었지."

집을 잃은 후 그녀도 살고 다른 사람들도 살 수 있는 유일한 방법은 숲에서 살던 방식과 크게 다르지 않았다고 했다. 혼자 사는 것. 그러기 위해서 배가 고프면 빈집을 터는 것밖에 방법이 없었다고 했다. 물로 배를 채우는 데도 한계는 있었다. 빈집을 털다 보면 운 좋게 주인한테 들키지 않고 배를 채운 뒤 무사히 그 집을 떠나게 되는 경우도 있지만, 이상하게 특별히 자주 가게 되는 집도 있다고 했다.

"우리 집처럼?"

"응."

그런 경우는 대개 집주인한테 정체를 들켜 버리곤 하는데, 그녀는 일단 집주인을 안심시킨 후 자연스럽게 이야기를 꺼냈다고 했다. 무슨 이야기든 상관없었다. 자신의 이야기든, 어딘가에서 들은 이야기든, 아주 멀리 떨어진 곳에 사는 사람의 이야기든, 책을 통해 알게 된 허구의 이야기든. 그들은 그녀의 이야기를 들으면서 이해와 안정을 되찾아 갔고, 점점 그녀의 얘기를 듣는 걸 좋아하게 되었다고 했다. 하루 종일 TV를 켜놓고 있는 것보다, 인터넷을 들여다보며 악플을 다는 것보다 그녀와 이야기하는 걸 좋아하게 된 것이었다. 그녀는 TV와 컴퓨터가 전기를 소모한 대가로 내놓는 즐거움보다 더 싱싱한 즐거움을 그들에게 선사해 주었다. 그녀 나름대로는 전기 값을 톡톡히 해내고 있는 셈이었다.

"내가 해줄 수 있는 건 그것뿐이었어. 이야기를 들려주고 노래를 불러 주는 것."

"아버지가 정말 선견지명이 있었던 걸까."

"한번은 아버지가 이런 말을 한 적이 있어. 책 읽기와 피아노 연습에 권태를 느끼고 있을 때였는데, 앞으로 네가 할 수 있는 건 사람들에게 이야기를 들려주는 것밖에 없을 거다. 말로든 노래로든. 그러니까 그것으로 너의 쓸모를 해라. 역시 이번에도 아버지 말은 틀리지 않았어. 언젠가 내가 숲을 떠나게 되리라는 것도, 그때 내게 필요한 게 무엇인지도, 내가 사람들에게 팔 수 있는 게 무엇인지도 알고 있었던 거야. 왜 계부처럼 혹독하게 책과 신문을 읽으라고 했는지, 왜 손끝이 갈라지도록 피아노와 기타를 치게 했는지 도시로 온 후 알았어."

숲에서는 교환이 필요 없지만 도시에서는 교환이 이루어져야 한다. 하나를 가졌으면 비슷한 하나를 상대방한테 줘야만 살아갈 수 있는 곳이 도시다. 도시에는 공짜가 없다. 도시에서 살아가는 그녀는 마치 조선 시대의 전기수나 강담사 같은 모습이었다. 사람들에게 돈을 받고 책을 읽어 주거나 이야기를 들려주었던 이야기꾼. 어쩌면 그녀는 셰에라자드인지도 모르겠다는 생각이 들었다. 이야기를 함으로써 스스로를 구해 낼 수밖에 없는 운명. 죽지 않기 위해 이야기를 해야만 했던 「천일야화」의 화자처럼 그녀는 밤늦게까지 이야기를 했다. 「천일야화」의 셰에라자드는 스스로 잠을 자지 않으려고 이야기를 했지만 그녀는 타인을 잠재우려고 이야기를 했다. 케이는 정말 그녀의 이야기를 듣다 종종 졸기도 했다. 그렇게 생각하자 그녀가 지금까지 해온 그녀의 이야기 자체가 믿기 어려운 동화처럼 느껴졌다.

"셰에라자드……. 난 셰에라자드처럼 이야기만 했던 건 아니야."

그녀는 이야기를 하는 것보다 더 중요하게 생각하고, 그래서 더 많이 했던 건 상대방이 하는 이야기를 들어 주는 것이었다고 말했다. 대부분의 사람들은 그녀가 이야기를 끝내고 나면 나중에는 그녀보다 더 많은 이야기를 그녀에게 쏟아 냈다고 했다. 마치 한 번도 누군가에게 자기 얘기를 안 하고 살아왔던 사람들처럼. 가끔은 이야기의 무게가 너무 커서 그녀를 감당 못할 정도로 짓눌렀다고 했다. 물론 고통스러울 때도 있지만 그 때문에 몸에 전기가 흐르거나 흐르지 않거나 시대를 살아가는 사람들의 이야기에는 서로 닮은 데가 있다는 걸 알게 됐다고 말했다.

"그때 알았어. 도시에 사는 사람들이란 이야기에 목마른 자들이란 걸. 그게 어떤 형태의 이야기든. 듣는 이야기든 읽는 이야기든 말로 하는 이야기든."

문득, 사람이란 살기 위해 사는 게 아니라 이야기하기 위해 사는 건가, 라는 생각이 들었다. 삶이란 자기 이야기를 쓰고 읽고 듣는 과정인 건지도 모른다고. 인쇄술이 발달하기 전 인간은 구술로 모든 정보를 전달받으며 살았다. 이야기가 전달되기 위해서 말하는 사람과 듣는 사람은 필연적으로 가까운 거리를 유지해야만 했다. 그래서 인간은 구술을 통해 자연스럽게 공동체를 형성할 수 있었다. 물론 인쇄 문화에도 장점은 있었다. 공동체의 유대를 무너뜨리는 대신 멀리 떨어진 사람들과의 소통을 가능하게 했다는 점이었다. 그러나 분명한 건 이야기의 화자와 청자는 이야기가 진행되는 동안만큼은 함께할 수 있다는 것이었다. 그에 반해 책을 통해 이야기를 접하는 독자는 혼자 떨어져 있기에 고독한 존재가 될 수밖에 없었다. 글을 써보라던 케이의 권유에 무엇도 남기고 싶지 않던 그녀의 말은 그런 맥락이 아니었을까. 시대에 뒤떨어지게도 그녀는 고독한 도시에서 고독하지 않은 방법으로 이야기를 전해 주고 있었다. 오늘날 사람들은 다양한 채널을 통해 정보를 얻으며 살아간다. 대화 또한 다양한 채널 중 한 가지라는 걸 모르지는 않을 것이다. 그러나 한때 나는 그 대화를 거부하며 산 사람 중 하나였다. 대화를 통해 앎을 얻는 것보다 그 대화가 삶을 복잡하게 뒤엉켜 놓지는 않을까 두려웠기 때문이었다. 그녀와의 대화를 거부했던 것 또한 마찬가지 이유에서였다.

"그런데 사람들은 점점 지쳐 가기 시작했어."

"왜?"

"대부분은 날 감당 못했어. 찾아오지 말아 달라고 정중히 부탁하거나 애걸하는 사람들이 많았어. 물론 거칠고 모욕적으로 쫓아내는 사람들도 종종 있었지만. 값싼 전기료로 TV나 인터넷을 즐기는 게 더 낫다고 생각한 거겠지."

"부자들이 있잖아."

"부자들은 문을 꽁꽁 걸어 잠그고 살아서 들어가기도 힘들지만 우선은 입에 안 맞아서 좋아하지 않아."

"배를 채우는 게 우선 아니야?"

"제일 싫어하는 음식이 뭐야?"

"콩."

"매일 콩만 먹고 살라면 살겠어?"

"아니."

"나도 마찬가지야."

"하여튼 부자들은 쓸모라고는 없어. 나중에 내가 부자 되면 찾아와. 맛있는 전기 얼마든지 공짜로 먹게 해줄게."

"과연 그렇게 될까?"

"어째서?"

"가난을 벗어난 사람 중에 처음 그 맛을 간직한 사람은 아무도 없었어."

"왜?"

"욕망 때문에. 욕망은 사람을 더럽히는 거야."

케이는 그새 새근새근 잠들어 있었다. 모처럼, 평안한 얼굴이었다. 나는 케이에게 얇은 이불을 덮어 주며 생각했다. 케이의 욕망은 얼마나 할까. 가진 것만큼일까, 아니면 가진 게 없는 나만큼일까. 이상하게도 나는 처음으로 케이와 내가 다르지 않을 거라는 생각이 들었다. 삶은 누구에게나 고된 노동이고, 또 누구나 감당할 만큼의 혹은 감당 못할 고통까지도 껴안고 살아가야 한다. 케이나 나나, 그리고 그녀에게나 삶이 끝나는 날까지 고통 또한 끝나지 않을 거라는 건 똑같았다. 우리는 삶을 사는 게 아니라 고통을 살고 있는 것이다.

42

다른 날보다 피곤한 하루였는지 모두 늦잠을 자는 바람에 점심까지 먹고 펜션을 나와야 했다. 늦게 출발한 탓에 우리가 찾아간 구름다리는 두 군데뿐이었다. 다음 장소로 이동하기에는 조금 어중간한 시간이어서 나는 서두르지 않고 천천히 차를 몰았다. 차가 덜컹거릴 때마다 케이가 귀 상자 대신 올려 둔 소라 껍데기가 대시보드 위에서 흔들렸다. 그것은 귀 모양을 하고 있었다. 어쩐지 우리가 하는 얘기를 다 듣고 있는 것만 같았다.

이제 우리에게 남은 구름다리는 세 곳뿐이었다. 세 곳 중 하나가 우리가 바라 오던 그녀의 집일 수 있었고, 그녀의 집은 아예 없을 수도 있었다. 긴장감에 벌써부터 운전대를 잡고 있는 손에 땀이 찼다. 합격자 발표를 기다리는 수험생처럼 심장도 조금 두근댔다. 이렇게 될 줄 알았다면 서울 반대쪽에서 출발할 걸 그랬나, 라는 생각도 들었지만 여행을 떠나자마자 그녀의 집을 찾아 버렸다면 그만큼 경험하지 못한 일도 많았을 것이다. 특히 그들에 대해 많은 부분을 오해하거나 혹은 이해하지 못한 채로 헤어져야만 했을 테니까. 어쩌면 이렇게 된 게 차라리 잘된 일일 수도 있겠다는 생각이 들었다. 시간이 지난 만큼 그들은 물론이고 나에 대해서까지도 알게 되었으니까. 많은 시간이 내게서 달아난 기분이었지만, 시간은 결코 게으르지 않고 그렇다고 부지런하지도 않았다. 다만 내가 게을러지거나 부지런해질 뿐이었다. 이번에 나는 부지런히 여기까지 달려왔을 뿐이다.

"내일 세 군데를 다 들러볼 수 있을까?"

케이가 물었다.

"아침 일찍 출발하면 가능할 거야. 첫 번째면 금방 끝날 거고 세 번째면 좀 늦어지겠지만."

"세 번째도 아니면?"

"처음부터 다시 시작해야지."

"네 입에서 그런 말이 나오다니 오래 살고 볼 일이다. 내일 해가 서쪽에서 뜨겠는데."

내가 한 말이었지만 나도 내가 그런 말을 했다는 것이 조금은 믿어지지 않았다. 이 여행에 익숙해진 건지, 뒤늦게 이제야 여행을 제대로 즐길 수 있게 된 건지.

"오래 살다 보면 별꼴 다 보는 게 인생이지. 내일 일은 내일에 맡기자고. 해는 분명 동쪽에서 뜰 테니까."

"잠을 자야 해도 뜰 테니까 오늘은 아주 근사한 데로 가자."

"근사한 데 어디?"

"별 다섯 개쯤 되는 호텔."

케이가 내비게이션으로 가까운 호텔을 찾았다. 별 다섯 개쯤 되는 호텔에 묵기 위해서는 도시로 진입해야 했다. 나는 기꺼이 도시를 향해 차를 몰았다.

벌써부터 도시는 불야성을 이루고 있었고, 퇴근길 도로는 매연과 소음으로 엉망진창이 되어 있었다. 주로 녹음 짙은 숲을 지나고, 또 숲을 찾아 헤매며 보내 온 시간들이 많았던 탓인지 회색빛 도시가 낯설어 나와 무관한 곳처럼 느껴졌다. 뭔가 답답하고 복잡해 얼른 이곳을 빠져나가고 싶다는 생각뿐이었다. 아마도 장애물 없이 줄곧 쌩쌩 달려오던 차가 장시간 정체되다 보니 답답해서 그럴 것이다.

나는 고개를 쳐들어 사나운 도시의 끝을 올려다봤다. 삐쭉삐쭉 솟은 도시의 끝은 마치 맹수의 이빨처럼 보였다. 도시인을 보호하기 위한 게 아니라 물어뜯기 위해 벼려 온 듯한 이빨. 버스를 기다리는 사람들은 언제 저 이빨에 할퀼지 몰라 불안한 얼굴이었다. 신기하게도 이방인의 눈을 갖고서야 그들이 짓고 있는 표정이 보이기 시작했다. 그것은 도시 한 귀퉁이에서 나 또한 똑같이 짓고 있었을 표정이었다. 아마 그 불안한 표정은 고독에서 시작됐을 것이다. 숲은 원래 사람이 없는 곳이라 고독하지만 도시는 사람이 바글바글한 데도 고독한 곳이었다. 사람이 너무 많아 고독한 곳, 그게 바로 도시였다.

날씨가 끄물끄물하더니 서쪽 하늘이 번쩍 갈라지면서 갑자기 비가 쏟아지기 시작했다. 비가 어기차게 내리자 여행 첫날이 떠올랐다. 장마철이라 그때도 참 많은 비가 내렸었는데. 나는 창밖으로 손을 내밀어 손바닥으로 비를 받았다. 도시를 닮아, 비조차 왠지 차갑고 쓸쓸하게 느껴졌다.

별 다섯 개쯤 되는 호텔은 확실히 뭔가 달랐다. 침대 시트는 깨끗했고, 내부 인테리어는 고급스러웠으며, 호텔리어들은 친절했다. 케이와 나는 번갈아 가며 샤워를 마치고 나왔다. 젖은 머리를 수건으로 툭툭 털며 욕실에서 나가자 케이는 침대도 아닌 바닥에 벌러덩 드러누워 있었다. 나 또한 그 옆에 노그라진 다리를 벌리고 누웠다.

노독이 한꺼번에 달아나 뭔가가 깨끗하고 홀가분해진 기분이었다.

"아, 개운하다. 천국이 따로 없네."

"넌 제이가 집을 찾았으면 좋겠냐, 아니면⋯⋯."

죽은 사람처럼 말없이 눈을 감은 채로 뱉어 낸 케이의 말을 내가 중간에 끊었다.

"우리가 여기까지 온 목적이 뭔데."

"보내기 싫어하는 것 같아서. 나처럼."

"내가 왜?"

"좋아하잖아. 제이."

고개를 돌려 케이를 쳐다보려는 순간 갑자기 방 안의 모든 불이 턱, 하고 숨이 끊어지듯 꺼져 버렸다. 정전이었다. 어둠 속에서 나와 케이는 숨소리조차 내지 않고 건전지 다 된 인형처럼 손가락 하나 까딱 못하고 누워 있었다. 고작 정전이 됐을 뿐인데 세계가 시간을 잃고 정지된 느낌이었다. 하긴 어디나, 문명에게 전기 없는 밤은 시간이 멈춘 거나 마찬가지였다. 도시와 문명의 최대 약점은 정전이었다. 알고 보면 도시란 것도 건전지가 있어야 움직이는 조립 로봇 같은 것이었다.

잠시 후 복도 스피커를 통해 안내 방송이 흘러나왔다. 번개 때문에 전기 시스템에 문제가 발생했다며 불편을 끼쳐 드려 죄송하다는 다급한 내용이었다. 호텔 매니저는 머리를 조아리는 듯한 목소리로 연방 죄송하다고 한 뒤 조속하게 조치를 취하겠다는 말로 안내 방송

을 마쳤다. 정전 때문일까. 우리의 대화도 갑자기 툭, 시간을 잃은 듯
끊겨 버렸고 누구도 먼저 말을 하지 않았다. 그러나 누구든 말을 해
야만 하는 상황이었고, 어쩌면 어둡기 때문에 좀 더 진지하게, 그래
서 더 용기 내 할 수 있을지도 모르겠다는 생각이 들어 내가 먼저 말
을 꺼냈다.

"어떻게…… 알았냐?"

"눈치채고 있었어."

"언제부터?"

"제이를 의심할 때부터."

"그게 뭐?"

"가짜길 바라고 있었잖아."

"……"

"언제부턴가 제이한테 자꾸 투덜거렸잖아. 그건 고유한 네 방식이
잖아. 좋아하는 사람한테 화를 내고 친절하게 대하지 않는 거. 네가
어떻게 해줄 수 없어서 너 자신한테 화를 내는 거잖아."

케이가 사이를 두고 내게 물었다.

"뭐야? 좋아하는 이유."

나는 사이를 두다 말했다.

"아오이 유우를 닮았잖아."

말은 그렇게 했지만, 주로 난 독특한 타입의 여자한테 끌리는 편
이었다. 평범하지 않은, 독특한 사상을 가진 여자와의 만남은 독특

한 연애로 이어진다고 줄곧 믿어 왔기 때문이다. 예를 들면 이런 것이다. 은행 창구 여직원과의 만남은 돈을 입금하고 찾고 세는 것처럼 그 연애라는 것도 밋밋하고 지루한 관계의 연속이 될 거라는 것이고, 무비 스타와의 연애는 영화 속 주인공처럼 드라마틱한 연애의 연속이 될 거라는 이상한 믿음 같은 것이었다. 그런 믿음이라면 그녀처럼 독특한 타입의 여자가 세상천지에 어디 있겠는가.

"욕망을 조절할 수 있어서가 아니고?"

어둠 속에 울려 퍼지는 케이의 목소리는 날카롭게 빛이 나서 마치 케이의 얼굴이 뚜렷하게 보이는 것 같았다. 나는 그 말에 아무런 대꾸도 하지 못했다. 맞기 때문이었다. 케이의 말대로 그녀가 옆에 있으면 욕심의 불필요성을 자주 떠올릴 수 있기 때문이었다. 솔직하게 고백하면, 그녀는 자물쇠를 채워 두고 싶은 최초의 것이었다. 상자 안에 몰래 감춰 뒀다 자물쇠를 찰칵, 하고 열면 오르골처럼 톡 튀어나와 빙글빙글 도는 여자. 나만을 위해 노래를 불러 주고 기타를 쳐 주고 책을 읽어 주는 사람. 그리고 자기 얘기를 들려주고 내 얘기를 들어 주는 사람.

"정말 살아 움직이는 오르골이네."

"오르골……."

"비둘기가 날아갔을 때 어땠어?"

실은 나도 확인하기가 두려웠다. 진짜일까 봐. 비둘기가 죽을까 봐.

"살아서 다행이었지 뭐. 비둘기가."

"집을 못 찾으면 정말 처음부터 다시 시작할 셈이야?"

"아니."

"그럼?"

"일단은 집으로 데려갈 거야."

"넌 언제부터 집이 안 나오길 바라고 있었어?"

"글쎄 나도 잘……. 넌?"

"처음부터."

케이는 솔직하게 말했고, 솔직한 나를 케이 또한 조금도 질투하지 않았다. 아마 케이도 알고 있어서일 것이다. 그렇더라도 그녀에게 속 내를 말할 수 없을 거라는 걸. 그건 케이도 마찬가지였다. 그녀에게 속내를 말할 수 없지만 케이한테라도 말할 수 있어서 다행이란 생각이 들었다. 물론 정전이 되지 않았다면 이조차도 꺼내지 못했겠지만. 간혹 어둠이란 말의 용기를 주기도 한다. 그래서 밤에 많은 일들이 벌어지는지도 모르겠다. 누군가는 고백을 하고, 누군가는 편지를 쓰고, 누군가는 생명을 만들고, 누군가는 싸우기도 하고, 또 누군가는 죽기도 하고. 밤은 가끔 인간을 무서울 정도로 솔직하게 만든다.

"세상에 전기란 게 완전히 없어진다면 제이는 죽는 걸까?"

정전이 생각보다 오래 지속되는 것 같자 문득 든 생각이었다. 전기는 문명의 상징과도 같은 것이었다. 간혹 문명과 비문명의 기준을 전깃불을 사용하느냐 촛불을 사용하느냐로 가르지 않던가.

"물만으로 살 수 없다면 그렇겠지."

"별 다섯 개쯤 되는 호텔도 별수 없구나. 정전이나 되고."

"어디를 가나 도시를 이루는 것들은 말썽이잖아. 그래서 늘 소란스럽고 분주하고 야단법석이고, 또 유난스러운 데다 실수투성이고."

"제이가 사는 숲에도 정전이 될까."

"전기는 도시와 문명이 만든 거니까 거기도 한 번씩은 되겠지."

그러고 보니 아이러니하다는 생각이 들었다. 숲이라는 비문명에 사는 그녀가 전기라는 문명 없이는 살 수 없다는 사실이. 다른 것 같아도 반쪽은 우리와 다르지 않다는 뜻이리라. 가로등이 필요하기도 하고 필요하지 않기도 한, 어둡기도 하고 어둡지 않기도 한, 경계의 시간에 태어난 그녀는 도시와 숲의 경계에 존재하는 사람인지도 모르겠다.

"우울증은 좀 어때?"

"요즘은 괜찮지만 집으로 돌아가면 또 어떤 변화가 생길지 모르겠어. 사실 두려워. 그래서 이 여행이 죽을 때까지 계속됐으면 좋겠다는 생각도 들어. 집을 못 찾으면 다시 처음부터 시작하자는 네 말에 괜히 든든해졌달까. 여행을 계속하기 위해서라도 제이가 집을 못 찾았으면 좋겠다는 생각도 했었어. 약 먹는 것도 지겹고 약에 의존해 사는 것도 지겨워. 그보다 더 지겨운 건……."

갑자기 침묵한 케이가 다시 말을 이을 때까지 잠자코 기다렸다.

"부작용이야. 두통, 피로감, 불면증, 졸음, 성기능 장애. 가끔 병을 치료하자는 건지 다른 병을 얻자는 건지 모를 때가 있어. 물론 좋을 때도 있지만."

"좋을 때?"

"육체적 고통이 심해지면 두려움이나 미련 같은 거 없이 죽음에 대한 생각이 단순해지거든. 그저 오로지, 죽고 싶다는 생각만 드니까. 그래도 부작용이 계속되면 치료법을 바꾸려고 해."

"어떤?"

"ECT."

"그게 뭔데?"

"전기충격요법"

"그것도 부작용은 있을 거 아니야?"

"있다고 들었어."

"어떤?"

"치료 효과는 좋지만 기억이 사라지기도 한대. 단기 기억장애를 일으키기도 하고 어떤 경우는 영구적으로 기억력 장애를 얻기도 한대. 차라리 잘됐다 싶어. 그깟 기억……. 기억하고 싶은 좋은 기억도 별로 없는데 뭘. 죄 불쾌하고 끔찍한 것들뿐이니 사라져 준다면야 나야 고맙지, 뭐."

부작용 없는 인생이 어디 있을까. 아니, 인생이란 부작용 그 자체다.

"다 잊어버려도 우리가 했던 여행만은 잊지 마."

케이는 아무 말이 없었다. 가벼운 숨소리만 공기 속을 부유하고 있었다. 우리는 한참 동안 말이 없었다. 천둥과 번개가 칠 때마다 방 안이 환해졌다 다시 어두워졌다. 긴 침묵 속에서 빗소리는 한층 또 렷해지기만 했다. 정전 때문인지, 내 머릿속 전기 또한 끊어져 어둠이 깃든 것처럼 기억이 흐릿해졌다. 잘 지내다 케이와 내가 왜 절교 비슷한 걸 하게 됐는지 그 기억마저 가물가물해지고 있었다. 우리가 어쩌다 막역한 친구 사이가 됐는지 가물거리고 있는 것처럼. 아마도 그건 중요하지 않기 때문일 것이다. 하지만 어쩌다 우리가 다시 만 나 이 여행을 하게 됐는지는 오십 년의 시간이 흐른대도 잊어버리지 않을 것 같았다. 케이도 마찬가지일 것이다.

그때, 기억이 돌아오듯 전기가 들어왔다.

43

밖에서 노크 소리가 들려왔다. 아마 그녀일 것이다. 문을 열자 당 연하듯 그녀가 서 있었고, 몹시도 자연스럽게 기타를 들고 안으로 들어왔다. 뒤이어 룸서비스도 도착했다. 우리는 모처럼 건배를 했다. 케이와 나는 맥주잔을 들고 그녀는 물 잔을 들고. 물론 그녀는 우리 와 멀찍이 떨어져 나붓이 앉아 있었다. 우리는 내일을 위하여, 라고 외치며 잔에 담긴 술과 물을 단숨에 비웠다. 케이와 나는 점점 취해 가고 있었고 그녀만 맹물처럼 멀쩡했다.

"집으로 돌아가려는 이유가 뭐야? 나한테 서운해서야?"

나는 술기운을 빌려 모처럼 그녀에게 자신 있게 물었다.

"서운한 건 없어. 충분히 이해하니까. 도시에 살면서 알게 된 건 도시라는 데는 이해를 필요로 하는 곳이란 거야. 이해마저 없으면 도시는 한순간에 무너지고 말 거야."

"그럼?"

"지쳤어. 지쳐 있는 그들을 보면서 나도 지쳐서 이젠 좀 쉬고 싶어. 도시에 너무 오래 있어서 그런지 오염도 많이 됐어. 시력도 나빠졌고 난청도 생겼어. 물이 안 맞는지 피부도 꺼칠해지고 숨 쉬는 것도 예전 같지 않아."

"오염이 치료되면 다시 돌아올 거야?"

케이가 물었다.

"글쎄."

"가지 말고, 도시와 숲 경계쯤 되는 곳에 집을 짓고 사는 건 어때?"

"난 경계보다는 숲이 좋아. 당신들이 도시를 좋아하는 것처럼. 당신들은 도시가 얼마나 탁한 공기에 휩싸여 있는지 잘 몰라. 하지만 난 알아. 숲을 아니까. 그래서 벗어나고 싶은 건지도 몰라. 무엇보다 아버지를 만나야 하기도 하고 돌아가서 하고 싶은 일도 생겼고."

"뭐?"

"땅에 뭔가를 심어서 키우는 일. 아버지로부터 자립도 해야 하니까."

"도대체 숲이 뭐가 좋다는 거야!"

케이가 갑자기 빈 맥주잔을 바닥에 탁, 내려놓으며 목소리를 높였다. 술기운 때문이었다.

"아무것도 없는 곳이 뭐가 좋다는 거냐고!"

"아무것도 없으니까."

이상하게 나는 그녀의 말을 이해할 수 있을 것 같았다. 이해를 필요로 하는 도시에 살고 있어서일까. 아니, 예전의 나였다면 이해하지 못했을 것이다. 하지만 이제는 이해가 되었다. 그곳은 사람도 없고, 학원도 없고, 학교도 없고, 경찰도 없고, 공장도 없고, 병원도 없고, 백화점도 없고, 동물원도 없고, 교회도 없고, 직장도 없고, 화폐도 없고, 인터넷도 없고, 연애도 없다. 그래서 질서도 없고, 위계도 없고, 차별도 없고, 범죄도 없고, 불평등도 없고, 배반도 없고, 사고도 없고, 거짓도 없고, 싸움도 없고, 경쟁도 없고, 오염도 없고, 위험도 없다. 아무것도 없으니까 그 또한 없는 것이다. 그곳은 비문명에 가까운 곳이었다.

"가족도 없고 친구도 없고 애인도 없는데도 좋다고?"

케이가 잔에 맥주를 한가득 부었다. 하얀 거품이 바닥으로 흘러넘쳤다.

"도시를 떠나려는 진짜 이유를 말해 줄까?"

케이와 내가 동시에 눈을 동그랗게 뜨고 그녀를 쳐다봤다. 술이 깨 정신이 맑아지는 것도 같았다.

"나도 어쩔 수 없는 인간이란 걸 알아 버렸어. 날 오염시킨 건 자동차 매연이나 소음이 아니라 욕망이었어. 누군가를 만나고 싶어 하고, 맛있는 걸 먹고 싶어 하고, 예쁜 옷이나 신발을 신고 싶어 하고, 질 좋고 깨끗한 물건을 갖고 싶어 하고. 어느 날 눈을 떠보니 필요만을 생각하는 인간이 되어 있었어. 계속 여기 있다가는 불가능한 것마저 원하게 될 것 같았어. 가질 수 없는 걸 갖고 싶어 하는 것만큼 괴로운 게 또 있을까. 도시는 나 같은 인간의 욕망을 자극하는 데도 성공했어. 진짜 오염은 그런 거야. 하지만 절대적으로 잘못된 거라고는 생각하지 않아. 욕망은 도시를 움직이는 윤활제니까. 욕망이 없으면 도시는 존재할 필요도 없는 거니까. 욕망을 절제할 수는 있어도 거부할 수 있는 인간은 세상에 아마 없을 거야. 도시는 늘 이겨. 거대하니까."

"그러니까 결론은 아무것도 없으면 아무것도 욕망하지 않을 거다?"

"있는 만큼만, 가능한 만큼만 욕망하겠지."

숲에 있는 것, 그리고 그녀에게 가능한 것은 무엇일까. 약간의 물과 전기를 먹고 잠을 자고, 책을 읽고, 이야기를 하고, 노래를 부르고, 음표를 그리고, 기타를 치고, 땅에 뭔가를 심어 기르는 것일까. 그것도 직업이고 노동이라면 그건 그녀가 가질 수 있는 유일한 직업일 것이다. 그녀는 그것만으로도 살 수 있다고 말하고 있었다. 아니, 살 수 있다는 걸 지금껏 보여 주지 않았는가.

"어떤 작가가 그랬어. 무욕보다 더한 만족은 없고, 만족할 줄 아는 만족만이 영원한 만족을 준다고. 도시가 달콤한 건 사실이지만 그 달콤함이 더해지면 쓰게 마련이야."

세상에는 두 종류의 인간이 있다. 부자거나 가난하거나. 그런데 한 종류의 인간이 더 있다는 걸 오늘 나는 확인했다. 부자인 것도 그렇다고 가난한 것도 아닌, 아무것도 갖지 않은 상태. 아무것도 갖지 않은 상태는 마음먹기에 따라 부자가 될 수도 가난한 자가 될 수도 있다. 만족만 한다면 텅 빈 상자 안에서 우주를 꺼낼 수도 있기 때문이다.

비가 멈췄는지 창문을 때리던 빗소리는 더 이상 들리지 않았다. 벌겋게 달아오른 케이가 빈 맥주잔과 함께 옆으로 쓰러졌다. 그녀 또한 구석에서 꾸벅꾸벅 몇 번 졸더니 벽을 보고 누웠다. 나 또한 잔을 마저 비우고 자리에 누웠다. 그러나 꽤 많은 술을 마셨는데도 잠은 오지 않았다. 내일에 대한 생각 때문이었다.

44

호텔을 나온 지 삼십 분이 지나 우리는 국도로 접어들었다. 이유를 알 수 없을 정도로 가는 내내 우리는 즐거웠다. 비가 온 뒤라 날씨는 깨끗하고 화창했으며 바람은 시원했다. 바람과 속도를 느끼기 위해 모처럼 지붕까지 열어 놓고 있는 힘껏 차를 몰았다. 그녀와 케이는 자리에서 일어나 양팔을 활짝 벌린 채로 환호성을 지르며 바람 속을 주유했다. 살아 있구나, 라는 생각이 들게 하는 순간이었다. 아마 케이도 나와 다르지 않을 것이다.

한바탕 환호성이 끝나고 이번에는 그녀가 자리에 앉아 줄이 끊어질 듯 거칠게 기타를 쳤다. 「여행을 떠나요」라는 곡이었다. 빠르고 경쾌한 기타 반주에 맞춰 케이와 내가 목구멍이 찢어져라 노래를 불렀다. 살아간다는 건 이런 거구나, 라는 생각이 드는 순간이었다. 아마 그녀도 나와 다르지 않을 것이다.

바람을 맞으며 환호성을 지르고, 또 노래까지 부르고 나자 모두들 얼굴은 얼얼해졌고 녹슨 쇠처럼 목은 금방 쉬고 말았다. 우리는 잠시 생수로 목을 축인 뒤 웃고 떠들다 이야기를 하다 다시 웃고 떠들기를 반복했다. 그러는 사이에 첫 번째 구름다리에 도착했지만 그녀는 차를 멈출 필요가 없을 것 같다고 했다. 그녀의 말에 나는 다음 행선지를 향해 곧바로 핸들을 꺾었다.

아침 일찍 출발한 데다 차 안에서 너무 격렬하게 움직여 피곤했는지 그녀와 케이는 금방 또 곯아떨어졌다. 나는 그들의 숙면을 방해하지 않기 위해 부드럽게 차를 운전했다. 나 또한 간밤에 한숨도 못 잔 터라 쏟아질 듯 잠이 밀려와 결국에는 도로 한쪽에 차를 세우고 잠깐 눈을 붙였다. 꿈속에서 혼자서 숲을 헤매는 나를 보았다.

눈을 떴을 때는 정오가 훌쩍 지나 있었고 케이와 그녀는 보이지 않았다. 화들짝 놀라 밖으로 나가 주변을 둘러봤다. 저 멀리, 호숫가에 나란히 서 있는 그들이 보였다. 나는 그들을 부르려다 말았다. 방해해서는 안 될 것만 같은 생각이 들어 모른 척, 다시 차에 올라탔다. 한참 있다 그들이 오는 걸 발견한 나는 잠자는 척하고 있다 차의 흔들림에 다시 깨는 척했다. 어디 갔다 오느냐는 내 말에 케이는 그냥 바람 좀 쐬러, 라고 말했다. 아까 실컷 쐬놓고 무슨 바람이냐고 말하려다 또 관뒀다. 케이 나름대로는 그녀한테 따로 전하고 싶은 말 같은 게 있을 것이다. 나는 괜히 아까 꾼 꿈에 신경을 쓰고 있었다. 무언가를 찾아 헤매다 찾지 못한 채 깨버린 꿈이라 기분이 좋지 않았다.

차는 다시 출발했고, 이번에는 가는 내내 모두들 한마디도 하지 않았다. CD를 들으며 시무룩하게 창밖만 내다봤다. 내비게이션은 다음 목적지까지 고작 일 킬로미터도 남지 않았음을 알려왔다. 그러나 내게 일 킬로미터는 십 킬로미터나 되는 것처럼 멀게만 느껴졌다. 아마도 결과에 대한 어떤 두려움 때문에 속도를 자꾸만 늦추고 있어서 그럴 것이다. 하지만 아무리 늦춰도 일 킬로미터는 고작이라 금방 끝나 버렸고, 예정대로 차는 목적지에 도착했다.

그녀는 다른 때보다 더 세심하게 주변을 살폈다. 주변의 온갖 지물과 산세의 곡선 하나도 놓치지 않으려는 자세였다. 마치 속이 투명하게 비치는 종이를 대고 선을 따라 눈으로 그리고 있는 것처럼 보였다. 그 눈이 한 번씩 멈칫하며 날카롭게 멈추거나 이리저리 바쁘게 움직일 때마다 목울대가 타들어 갈 정도로 긴장이 됐다. 본뜨기가 끝나자 그녀 또한 목울대가 타는지 물 한 모금을 마시고는 차지붕을 열어 달라고 부탁했다. 지붕이 열리자 그녀는 망원경을 들고 주변을 더 가까이 둘러봤다. 망원경을 들여다본 지 삼십 초도 지나지 않아 그녀가 건전지 다 된 인형처럼 자리에 힘없이 주저앉아 버렸다. 이번에도 아닌 모양이었다.

"너무 상심 마. 한 군데 남았잖아."

망원경의 렌즈만 만지작거리고 있는 그녀에게 케이가 말했다. 나 또한 무슨 말인가를 해야 할 것 같았다.

"그래, 다음에도 아니면 일단 우리 집으로 돌아가면 돼. 다시 시작하는 것도 나쁘지 않지 뭐. 쭉 봐서 알겠지만 우리, 할 일은 없고 시간은 남아돈다고."

그녀가 바보처럼 히죽히죽 웃고 있는 나를 이윽히 쳐다봤다. 감동이라도 한 걸까. 그녀가 케이와 나를 번갈아 쳐다보더니 아주 작은 목소리로 말했다. 내가 차 지붕을 닫고 다음 목적지를 향해 시동을 걸려는 찰나였다.

"어쩌지…… 여기가…… 맞는 것 같은데."

순간 뭔가가 바닥으로 쿵, 하고 내려앉는 심정이었다. 케이와 나는 어리둥절해서 서로를 쳐다봤고, 차 안은 순간 고요해졌다. 무슨 의미의 고요인지는 다들 잘 알고 있었다.

그녀는 자기 물건을 챙겨 차에서 내렸고 케이는 자신이 그린 지도를 챙겼다. 나는 일부러 지도를 들여다보지 않았다. 우리는 그녀의 뒤만 묵묵히 따라갔다. 그녀의 말에 의하면 나무다리까지는 여기서 두 시간 정도는 걸어 들어가야 한다고 했다.

숲은 험했고 거칠었고 끝 간 데 없었다. 사람의 발길이 거의 닿지 않아 자연 그대로의 숲이 어떤 모습인지를 유감없이 보여 주고 있었다. 공기는 믿기 힘들 만큼 맑고 차고 투명했다. 정말 그녀의 집이 있는 곳이 맞는지 그녀는 나침반을 따라 길을 걷는 사람처럼 우리를 빈틈없이, 그리고 차질 없이 그곳으로 인도했다.

해가 서쪽으로 좀 더 기울고, 험한 길을 두어 개 지나고 나자 공원 같은 평지가 나왔다. 평지라고는 하지만 수령이 오십 년은 돼 보이는 나무들이 빽빽하게 들어차 있었고, 또 꺽꺽한 잡풀들이 허리까지 웃자라 있어 헤치고 나가는 것도 만만치 않은 일이었다. 그 순간, 나는 얼음조각이 된 것처럼 걸음을 멈추고 말았다. 기시감 때문이었다. 나는 요요한 적막감이 흐르는 주변을 두리번거렸다. 놀랍게도 낮에 꿈에서 봤던 그 숲이 분명했다. 나는 소름이 돋아 한동안 발을 떼지 못했다. 그사이 케이와 그녀가 풀숲으로 점점 멀어지는가 싶더니 눈 깜짝할 사이에 연기처럼 사라지고 말았다. 꿈에서와 똑같이 나 혼자만 남겨진 것이었다. 나는 두려움에 발을 몇 걸음 떼며 케이를 불렀다. 대답이 없었다. 다시 몇 걸음 떼며 이번에는 그녀의 이름을 불렀다. 역시 대답이 없었다. 꿈에서처럼 나는 길을 헤매고 있었던 것이다. 그러자 심장이 요란하게 두근거리더니 귀가 먹먹해지기 시작했다. 숲을 헤매다 깨버린 꿈이었기 때문에, 낮의 꿈은 내게 어떤 방향이나 미래도 제시해 주지 못했다. 이제부터는 나 혼자서 길을 찾아야만 하는 것이었다.

혼몽한 상태로 한참 길을 헤매고 있던 그때, 어디선가 케이와 그녀의 목소리가 먹먹해진 귀로 꿈결처럼 들려왔다. 꿈인가. 이젠 무엇이 꿈이고 무엇이 현실인지 헷갈리기 시작했다. 꿈이라 해도 지금 그들의 목소리는 내게 유일한 방향이자 미래였다. 꿈인지 현실인지 따질 겨를도 없이 목소리가 희미하게 들리는 곳을 향해 무작정 달렸다. 꿈이라면 곧 깰 것이고, 꿈이 아니라면 그들을 곧 만나게 될 것이다. 나는 밀밀한 풀숲을 커튼처럼 젖히며 소리가 나는 곳을 향해 계속 달렸다. 숨을 헐떡이며 마지막 커튼을 양쪽으로 가른 순간, 케이와 그녀가 나란히 서서 나를 쳐다보며 비현실적으로 웃고 있었다.

"어디 있었던 거야?"

나는 그들을 향해 한달음에 달려가며 물었다. 왠지 비현실적인 질문 같았다.

"어디 있긴 바로 네 코앞에 있었지. 네가 다람쥐처럼 그 안에서 빙글빙글 돌고 있었잖아."

잠시 뭔가에 홀린 건가. 그들을 만난 걸 보니 꿈은 아닌 모양이었다. 정신을 차리고 나서야 우리 앞에 익숙한 무언가가 놓여 있는 게 보였다. 그건 폭이 좁은 계곡이었고, 계곡의 이쪽과 저쪽을 나무로 만든 작은 다리가 연결하고 있었다. 사람의 손길이 전혀 보이지 않던 자연 그대로의 숲에서 저 나무다리는 유일하게 사람의 손길이 닿은 인공의 흔적이었다. 그녀 아버지가 그녀를 위해 나무로 만들었다는 그 다리인 것 같았다. 케이가 지도를 펼쳤다. 지도에서처럼 숲 오른쪽 끄트머리에 구름다리가 몽몽한 저녁 안개 속으로 살짝 걸려 있는 게 보였다. 의심의 여지가 없었다.

그녀는 나무다리를 지나 다시 두 시간 정도 더 걸어 들어가면 집이 나온다고 했다. 그녀가 나무다리로 올라서자 케이가 그녀에게 지도를 주었다. 집을 잃어버리지 말라는 의미일 것이다. 답례라도 하고 싶었는지 그녀가 기타 통에서 종이 두 장을 꺼내 건넸다. 오선지였다. 오선지 위에는 까만 음표들이 촘촘히 나열되어 있었다. 그녀가 케이와 나를 위해 만든 곡인 것 같았다. 세상에 하나뿐인, 한 사람이 한 사람을 위해 만든 곡이었다. 음표에서 어떤 소리와 멜로디가 흘러나올지 궁금해졌다.

"언제나 그렇지만 내가 줄 수 있는 게 그것뿐이라서."

그러더니 그녀가 기타를 내밀며 사인을 해줄 수 있겠느냐고 했다. 우리는 물론이라고 말하며 케이가 먼저 사인을 했고, 뒤이어 내가 했다. 케이는 이름 옆에 자기 휴대폰 번호를 적었고, 지기 싫어서 나는 휴대폰 번호와 이메일 주소를 함께 적었다. 그녀가 나란히 적힌 이름을 들여다보더니 케이와 내 이름 옆에 별 표시를 했다. 아, 별이라. 그 별 하나에 괜히 기분이 좋아졌고, 그 별 하나가 하늘에 떠 있을 수천 개의 별보다 더 진귀하게 느껴졌다.

"기회가 되면 언젠가 또 만나게 되겠지?"

내가 말했다.

"아마도. 언젠가 또 당신 집을 털게 될지도 모르니까."

"모른 채 털러 들어왔는데 우리 집일지도 몰라."

"그때는 어떻게 인사를 해야 할까?"

"악수를 할 수는 없으니까 손을 흔들어야지."

"이렇게?"

그녀가 우리를 향해 손을 흔들었다.

"그래, 그렇게. 그때는 쫓아내지 않을게."

내 말에 그녀가 설핏 웃더니 뒤돌아 짧은 다리를 짧은 순간, 훌쩍 건너가 버렸다. 만남이 순간적이듯 헤어짐 또한 순간적으로 일어났다. 그러나 아직 그녀는 다리 너머에 있었고, 우리는 이쪽에 서 있었다. 아직은 눈에 보이는 곳에. 그러나 계곡과 다리 하나를 두고 세계가 구분되고 있다는 느낌을 지울 수는 없었다. 다리 하나가 천리길처럼 멀게만 느껴졌다.

"도움이 필요하면 언제든 연락해."

"응."

"다신 집 잃어버리지 말고."

내 말에 그녀가 가만히 고개를 끄덕였다. 그러고는 조금 우물거리는 듯하더니 시선을 아래로 두고 말했다.

"고맙고…… 미안해."

그녀는 약간 울먹이는 목소리였다. 고마운 건 뭐고 미안한 건 뭔지 알 수 없었지만, 나 또한 고맙고 미안한 마음이었다. 숲은 이제 그녀에게 안전만을 제공할 것이다. 그녀에게 그곳은 낙토일 것이다. 차마 발이 떨어지지 않는 듯 그녀가 조금 머뭇거리다 나중에는 애써 밝게 웃으며 양손을 모아 입에 대고는 큰 소리로 끊어서 말했다.

"즐거운, 시간이었어, 모두들, 잘 지내고, 아프지 마."

그 말을 한 그녀가 양손을 크게 흔들고는 뒤돌아섰다. 양 볼에 흐르는 눈물이 반짝, 하고 빛나는 걸 찰나적으로 볼 수 있었다. 그녀가 그렇게 등을 보이자 정말 헤어지는구나, 라는 실감이 들었다. 나 또한 그녀의 등에 대고 너도, 라고 말해 주었다. 그러나 아쉽게도 그 말은 그녀에게 전해지지 않은 것 같았다. 그녀는 한 번씩 뒤돌아 손을 흔들며 조금씩 멀어져 갔고, 나중에는 속수무책으로 작아지고 있었다. 나는 그녀를 조금이라도 더 보기 위해 뒤꿈치를 속수무책으로 들어 올려야 했다. 그런데 이상하게 케이는 내가 '눈바래기'를 하고 있는 그때까지도 그녀에게 잘 가라는 말은커녕, 손 한번 흔들어 주지 않고 있었다. 나는 너무 서운해 말문이 막힌 거라고 생각했다. 그런데 그녀가 숲을 향해 가던 길을 멈추고 아쉬운 눈으로 우리를 힐끗 쳐다봤을 때, 케이가 갑자기 다리 위로 뛰어 올라갔다. 내가 황급히 붙잡지 않았다면 아마 다리를 건너고 말았을 것이다.

"너 왜 그래?"

"놔줘."

"놔주면?"

"……."

"너…… 이러려고 여기까지 왔던 거야?"

"태어나 이토록 진지하게 뭘 해본 건 처음이야."

케이는 처음부터 그녀를 따라갈 목적으로 여기까지 왔고, 그래서 버텨 온 듯했다.

"처음으로 살아야겠다는 생각도 들었어."

"알아. 나도."

그녀가 아득하게 멀어지고 있었다. 그녀가 마지막으로 뒤돌아 우리를 쳐다보더니 웃었다. 그 웃음에 조바심이 난 케이가 더 강하게 내 손에서 벗어나려고 했다. 난 그보다 더 강한 힘으로 케이를 붙잡았다. 그건 케이를 위한 것인지, 날 위한 것인지, 아니면 그녀를 위한 것인지 알 수 없는 힘이었다.

"알면 놔줘. 이쪽은 지옥이야."

"미친놈!"

"미친놈이 살기에 이쪽은 아니라고."

"제이는 우리랑 달라. 다르니까 다른 삶을 살 수 있었던 거야. 제이가 이쪽에서 힘들었던 것처럼 가봤자 너도 마찬가지일 거라고. 이건 도망치는 것밖에 안 돼."

케이에게 다리 밑으로 흐르는 계곡은 레테의 강쯤으로 보이는 것 같았다. 계곡을 건너면 이쪽 삶에 대한 안 좋은 기억을 모두 잃고 새롭게 시작할 수 있을 거라 생각한 것이다. 하지만 계곡을 건넌다고 해서 새로운 삶이 기다리고 있을 거라고는 생각되지 않는다. 그건 새로운 삶이 아니라 단지 다른 삶일 뿐이고, 그 다른 삶에도 우리가 모르는 다른 고통이 있을 것이기 때문이다.

그녀가 점처럼 작아지더니 어느 순간, 그녀의 치맛자락마저 완전히 숲 사이로 사라지고 말았다. 사라짐은 꿈처럼 몽롱하게 찾아왔다. 그녀는 그렇게 우리를 떠났고, 이쪽 세계를 벗어났다. 이제 남은 건 케이와 나 둘뿐이었다. 나는 모든 게 끝난 듯, 그제야 케이의 팔을 놔주었다. 케이는 허망한 얼굴로, 아니 절망하는 얼굴로, 아니 원망하는 얼굴로 다리 위에 걸터앉았다. 나는 케이에게 이쪽에서 함께 지옥을 이겨 낼 방법을 찾아보자고 말했다. 중요한 건 살아 있다는 것이고, 이쪽 세계가 갖고 있는 유일한 위안점이라면 누군가에게 손을 내밀 수 있고 또 누군가가 손을 내밀면 잡을 수 있다는 것이었다. 아무도 없는 저쪽이야말로 케이에게는 지옥일지도 몰랐다. 나는 케이에게 손을 내밀었다. 한참 만에 케이가 내 손을 잡고 다리 위에서 일어났다. 케이가 그녀가 사라진 쪽을 쳐다보며 말했다.

"다시 만날 수 있을까."

"살아 있다면 언젠가는."

우리는 뒤돌아 우리가 가야 할 곳을 향해 발걸음을 뗐다. 날이 어두워지고 있었다.

45

숲을 나오자 우리를 여기까지 데려다 준 케이의 자동차가 지친 기색으로 서 있었다. 시간이 한 일 년쯤 지난 것처럼 그새 곳곳에 먼지가 뿌옇게 내려앉아 있었다. 나는 보닛 위에 쌓인 먼지를 손바닥으로 쓱, 쓸어 주고는 차에 올라탔다. 시동을 걸며 뒷좌석으로 고개를 돌렸다. 그녀는 없고, 대신 그녀가 여행 중에 짬짬이 읽었던 『자라투스트라는 이렇게 말했다』가 얌전히 자리를 차지하고 있었다. 놓고 간 걸 보니 다 읽은 모양이었다. 엉덩이를 들어 책을 집어 드는데 바닥에 뭔가가 떨어져 있는 게 보였다. 그녀가 전기 먹을 때 쓰던 플러그였다. 반대 방향을 향해 더듬이를 세우고 있는 두 마리의 엉큼한 달팽이가 날 노려보고 있었다. 돌려줘야 하는 건가 싶었지만, 그 핑계로 그녀한테 다시 가보려는 속셈인 걸 스스로 알고 있던 터라 피식, 웃음이 나왔다. 밥 먹는 숟가락을 한 개만 두고 사는 사람은 없을 테니 굳이 돌려줄 필요도 없을 것이다. 그때 케이가 차에 올라탔다. 나는 플러그를 바지 허리춤 안으로 얼른 숨기고, 책은 대시보드 위 소라 껍데기 옆에 올려놓았다.

늘 뒷자리에서 들려오던 그녀의 목소리가 들리지 않자 허전했는지 케이와 나는 집으로 돌아가는 내내 그녀 얘기를 했다. 그러고 보니 그녀의 진실을 밝히지도 못했다. 내가 허망한 웃음을 흘리자 케이가 왜 웃냐고 물었다.

"진짠지 가짠지도 못 알아냈잖아."

"실은 나, 너한테 고백할 게 있어."

케이가 대시보드 위에 놓여 있는 책을 집어 들며 말했다.

"뭔데?"

케이는 자꾸 뜸을 들였다.

"뭐냐고!"

"제이한테 입 맞춘 적 있어."

케이가 내 재촉에 황급히 말을 쏟아 냈고, 놀란 나는 급브레이크를 밟았다. 그게 언제냐고 했더니 동물원에서 그녀가 자기 귀를 찾아 주었던 다음 날 아침이라고 했다. 나는 다이어리 페이지를 넘기듯 그날을 재빨리 상기했다. 내가 생각해도 그날 좀 이상하긴 했었다. 편의점에서 담배 두 갑을 사 들고 모텔 방으로 올라오다 그녀의 방에서 나오는 케이를 본 적이 있었다. 왜 네가 그 방에서 나오냐니까, 케이는 귀를 찾아 줘서 고맙다는 말을 전하고 나오는 길이라고 대답했다. 정말로 고마웠던 모양이네, 라는 생각이 들면서도 한편으로는 말투나 행동에서 당황하고 있다는 느낌이 들었고, 뭔가 둘러대고 있다는 느낌도 받았었다.

"아무렇지 않았어?"

"약간 찌릿한 감은 있었지만, 보시다시피 아무렇지 않았으니까 살아 있겠지."

"제이가 가짜라는 거야?"

"아마 깊이 잠들어 있을 때 해서 그랬을 거야. 깊은 잠은 죽음 같은 거니까. 그게 아니면 이 책 때문일지도 몰라."

"책?"

"그때 제이가 손에 이 책을 쥐고 있었거든."

"책이 방전 역할을 했다는 거야?"

"아마도."

듣고 보니 그럴 수도 있겠다는 생각이 들었다. 나는 차를 다시 출발시켰고, 입맞춤의 느낌이 어땠는지 궁금했지만 묻지는 않았다. 케이는 그 사실 하나로 만족하고 있는 것 같았다.

그녀와의 여행을 여행책 넘기듯 한 장 한 장 넘기는 사이에 날은 완전히 어두워졌고, 우리는 어느새 케이의 집 앞에 도착해 있었다. 우리는 둘 다 햇볕에 잘 말린 하얀 운동화 같은 얼굴을 하고 있었다.

"운전하느라 고생했다."

자동차 너머로 던진 자동차 키를 케이가 받아내며 말했다.

"내가 언제 또 이런 차를 몰아 보겠냐."

"몰아 보니까 어때?"

"별거 없더라."

"맞아. 부자 그거, 별거 없어."

"조만간 다시 보자."

"그래."

책과 소라 껍데기를 들고 대문으로 들어서는 케이를 내가 다시 불렀다.

"왜?"

"넌 그림 그릴 때가 가장 멋져."

"그래? 넌 코끼리 나오는 소설 다시 써보는 건 어때?"

"죽는다는 게 두려운 이유가 뭔지 알아?"

"……."

"완전히 혼자가 된다는 거야."

"누가 한 말이냐?"

"그런 게 뭐 중요하냐. 살아 있다는 게 중요하지. 그러니까 우리, 죽지 말고 살자."

케이가 나를 향해 손을 번쩍 들어 한 번 흔들고는 대문을 닫고 돌아섰다. 왠지 봄기운이 아련하게 느껴지는 뒷모습이었다. 그래, 미래란 미리 훼손될 수는 없는 것이다. 나는 케이의 집 앞에 두 달 동안 주차되어 있었을 내 마티즈를 끌고 집으로 향했다.

46

보잘것없고 누추하지만 돌아갈 집이 있다는 건 행복한 일이었다. 우편함에는 두 달 동안 배달된 우편물이 한가득 쌓여 있었다. 나는 우편물 뭉치를 꺼내 들고 방으로 들어가 불을 켰다. 저녁 아홉 시가 넘은 시간이었지만 배는 고프지 않았다. 나는 방문 앞에 쌀뜨물처럼 멀쩡게 서서 좁디좁은 방을 운동장이나 되는 것처럼 오랫동안 쳐다봤다. 그녀와 지낼 때는 그렇게도 비좁아 보이던 방이 이렇게 넓었나 싶은 게 뭔가가 조금 허전한 기분이었다. 아마 혼자라 그럴 것이다. 내가 없으면 아무도 내 집에 머무르는 사람이 없다는 것. 혼자 살아간다는 건 이런 거구나, 라는 생각이 새삼스레 들었다. 그러자 그녀와 함께 지낸 시간들이 다시금 떠올랐다. 그때는 왜 누군가와 함께 지낸다는 느낌이 없었던 것인지. 그래서 그런가. 그녀와 단둘이 지냈던 느낌이 어떤 것이었는지 떠올리려 해도 잘되지 않았다.

나는 벽에 등을 기대고 앉아 바닥에 흩어져 있는 우편물을 하나하나 뜯었다. 휴대폰 요금 청구서부터 안경점에서 보내 온 할인쿠폰까지, 나의 부재에도 불구하고 많은 기관들은 내게 돈을 요구하거나 돈 쓰기를 유혹하고 있었다. 두 장의 전기요금 고지서도 보였다. 여행을 다녀온 지 두 달이 넘었으니 지금은 전기요금 청구가 이루어질 시기였다. 나는 두 장의 고지서를 비교해 봤다. 그녀가 내 집에 머물렀던 달과 그렇지 않은 달의 청구 금액에 확연한 차이가 있었다. 머물지 않았던 달의 청구 금액에는 고작 칠백육십 원이 반듯하게 적혀 있었다. 삼십만 원이 넘게 나오던 요금이 그녀가 없다고, 그러니까 아무도 전기를 쓰지 않았다고, 칠백육십 원밖에 나오지 않은 것이었다. 역시 고지서는 거짓 없이 그녀의 존재에 대해 누구보다 많은 말을 전해 주고 있었다.

나는 그녀가 늘 앉아 있던 그녀의 지정석으로 갔다. 그녀는 없고 대신 니체의 『자라투스트라는 이렇게 말했다』가 방구석에 놓여 있었다. 나는 책을 집어 들어 첫 장을 펼쳐 읽었다. 사놓고 한 번도 들춰 보지 않았던 책을 이제야 읽게 된 것이다. 책은 자라투스트라가 서른 살이 됐을 때 숲으로 들어갔고, 그 숲에서 십 년 동안 고독을 즐기며 살았다는 내용으로 시작되고 있었다. 그러다 심경에 변화가 생겨 홀로 숲을 내려와 도시로 간다는 얘기로 진행되고 있었다. 마치 그녀의 얘기 같았다. 숲에서 노래를 짓고 그 노래를 부르며 울고 웃으며 살았던 자라투스트라가 갑자기 숲을 떠나 도시로 간 이유는 인간을 사랑하기 때문이었다.

나는 그녀가 밑줄 그어 놓은 문장만을 찾아 읽고 자리에 누웠다. 그때 뭔가에 허리가 짓눌려 아팠다. 그녀가 차에 흘리고 간 플러그였다. 나는 플러그를 꺼내 머리맡에 두고 트랜지스터라디오를 켰다. 라디오 스피커 구멍에 사과 꼭지가 그려져 있는 게 보였지만, 이상하게 그 구멍의 개수가 몇 개였는지 생각나지 않았다. 궁금하지도 않았다. 그러고 보니 여행 중 어느 순간부터 개수 세는 버릇이 말끔히 사라져 있었다. 그 버릇이 없어졌다고 생각하자 나를 옭아매고 있던 깊은 사슬에서 해방된 기분이 들었고, 이젠 답답하지도 불안하지도 않았다. 대신 내 머릿속에는 그녀가 준 사과 하나가 있었다. 그 사과는 내 예상처럼 독사과는 아니었다.

라디오에서는 음악이 끝나자 디제이의 긴 멘트가 시작되었다. 나는 예전처럼 음악을 찾아 분주히 채널을 돌리지 않고 그냥 그 말을 계속 들어 주었다. 계속 들어 주고 나니 자연스럽게 음악이 시작되었고, 음악이 끝나고 나자 다시 디제이의 멘트가 자연스럽게 이어졌다. 그때 문득 그녀가 나를 위해 작곡해 준 음악이 생각났다. 뒷주머니에서 종이를 꺼내 펼쳤다. 음악에 문외한이라 한 번 봐서는 어떤 느낌의 곡인지 알 수 없었다. 나는 각각의 음표가 어느 계이름 자리에 걸려 있는지 손가락으로 하나하나 짚으며 음표 밑에 계이름을 적었다. 음표마다 계이름을 찾아 주고 나서는 책상 서랍을 뒤져 초등학교 때 음악 시간에 불었던 낡은 피리를 찾아냈다. 나는 계이름을 따라 피리를 더듬더듬 불어 봤다. 높고 낮은 음표들이 만들어 낸 오묘한 피리 소리가 잔잔하게 방 안에 울려 퍼졌다. 나만의 소유라는 듯 음표들은 어디로도 흘러가지 않고 내 방에만 머물러 있었다. 깊은 밤이라 그런지 왠지 쓸쓸하고 적막한 느낌이 나는 것도 같았다. 케이에게 준 곡은 어떤 느낌일까 궁금했지만, 아마 내 곡의 느낌과 크게 다르지는 않을 거라는 생각이 들었다.

나는 다시 자리에 누웠다. 그러고는 팔다리를 쭉 뻗어 모처럼 기지개를 켰다. 그때 머리맡에 두었던 플러그가 손에 잡혔다. 나는 플러그를 집어 이리저리 살펴보았다. 전선은 낡아 더러웠고, 전선 양쪽 끝에 달려 있는 플러그는 다시 봐도 이상했다. 반대 방향을 향해 더듬이를 꼿꼿이 세우고 있는 두 마리의 엉큼한 달팽이. 나는 그녀를 생각하며 엉큼한 달팽이 두 마리를 만지작거렸다. 그때였다. 달팽이 한 마리가 힘없이 바스러져 버리더니 반쪽으로 쪼개졌다. 너무 낡고 오래된 데다 플러그를 조이고 있던 나사마저 풀려서 양쪽으로 갈라진 것이었다. 나는 한쪽 눈을 지그시 감고 여성의 성기처럼 벌어진 플러그 안쪽을 가만히 들여다봤다. 더 깊이 들여다보고 싶은 욕심에 손가락을 집어넣어 틈새를 더 벌려 보았다. 예기치 않게 쫙, 소리가 나더니 석류처럼 그것이 내 앞에서 활짝 벌어졌다. 나도 모르게 눈이 휘둥그레졌다. 내게 모습을 드러낸 플러그의 내부는 내가 익히 알고 있던 플러그 모습이 아니었다. 놀랍게도 안은 텅, 비어 있었다. 금속성 달팽이 더듬이에 연결되어 있어야 할 가는 구리철사는 보이지 않았고, 전선 안에도 구리철사 같은 건 없었다.

나는 밤새도록 전기요금 고지서와 플러그 사이에서 혼란스러웠다. 진실과 거짓 사이에서 지금 나는, 어느 쪽을 믿어야 하는가. 혹시, 그녀의 삶조차 그녀 스스로가 만들어 낸 이야기였던 건 아닐까. 만나는 사람들에게 들려주기 위해 창조해 낸 하나의 소설 같은 이야기에 불과했던 것일까. 그렇다면 그녀가 말한 숲이란 것도 이 세계 어디에도 존재하지 않는 곳은 아닐까. 그래서 누구도 가보지 못하고 갈 수도 없는 곳. 그녀조차도 가본 적이 없는 곳. 지구에도 지도에도 없는 곳. 아니, 케이의 그림 속에서만 존재하는 곳. 플러그를 믿는다면 그럴 것이다. 그러나 고지서를 믿는다면 나는 그녀의 모든 걸 그대로 받아들여야 한다.

날이 밝을 때까지 잠은 오지 않았다. 어떻게든 결론을 내려야 앞으로 살아갈 수 있을 거란 생각이 들어서였다. 나는 내 눈앞에 놓여 있는 고지서도 플러그도 믿지 않기로 했다. 내가 믿는 건 지금 내 눈앞에 없는 그녀였다. 그녀가 내 집에서 보냈던 시간들과, 두 달간 우리가 함께 보냈던 여행이면 충분하다고 생각했다. 그렇게 생각하자 복잡하게 얽혀 있던 마음의 가닥들이 정리된 기분이었다.

나는 고지서와 플러그를 쓰레기통에 버렸다. 하지만 매달 전기요금 고지서가 우체통으로 날아들 때면 그녀가 생각날 것 같았다. 콘센트에 플러그를 꽂을 때도 그녀가 생각날 것 같았고, 전기세가 많이 나왔다고 투덜대는 사람을 만나도 그녀가 생각날 것 같았다. 이상한 사람을 만나면 저 집은 어떤 전기 맛을 지닌 집일까 궁금할 것 같기도 했다. 어쩌면 문을 안 잠그고 출근하는 새로운 버릇이 생길지도 모르겠다.

나는 당신들에게 말해 두고 싶다. 어쩌면 당신이 집을 비운 사이, 그녀가 당신 집을 찾아갈지도 모른다고. 그녀가 다녀간 걸 어떻게 아느냐고? 다른 달보다 전기세가 유독 많이 나왔다면, 그녀가 다녀갔다고 생각하면 된다. 그렇다고 너무 놀랄 필요는 없다. 그것은 그녀가 당신을 해하지 않으려는 노력이니까. 전기세가 연달아 많이 나왔다면 그녀가 당신과 당신 집을 맘에 들어 했다는 뜻이다. 그렇다고 너무 걱정할 필요까지는 없다. 그녀는 결코 당신을 사랑하지 않을 것이고, 사랑하더라도 당신을 결코 껴안지 않을 테니까. 그녀를 만나게 된다면 당신은 그냥 그녀의 얘기를 가만히 들어 주어라. 그러면 그녀는 당신의 이야기를 들어 줄 것이다. 어쩌면 당신은 어디선가 그녀를 만났다는 사람을 만나게 될 수도 있을 것이다. 그렇다면 그 사람이 하는 말을 믿어 주어라. 그 말은 진실일 테니까.

생각을 마치고 눈을 감으려는 그때, 창밖에 서 있던 가로등이 탁, 꺼졌다. 그녀의 생일, 가로등이 우는 시간이었다.

집으로 돌아간다.

그 길에
그녀의 집은 어디인가를 생각하고 내 집은 어디인가를 고민하다 당
신의 집은 어디인가를 묻고 우리의 집은 어디인가를 얘기하다 이야
기의 집은 어디일까를 궁금해 한다.

집에 도착했을 때
시계는 고장났고 달이 떠올랐다.
누군가 뒤에서 건조한 목소리로 나를 불렀다.
이봐, 라고.

그때 처음으로
돌아갈 집이 있어 아직은 다행이구나, 라는 생각을 했다.
당신도 그렇다면
그 역시 아직은 다행이라고 생각한다.

2011년 봄
장은진

아가미 | 구병모 장편소설

죽음과 맞닥뜨린 순간, 생을 향한 몸부림으로 물고기의 아가미를 갖게 된 남자와 그를 둘러싼 인물들의 비밀스럽고 가슴 저린 운명을 그린 소설. 작가 특유의 상상력과 개성 넘치는 서사는 한층 깊어진 주제의식으로 강렬해졌고 절망적인 현실을 판타지적 요소로 반전시킨 참혹하면서도 아름답기 그지없는 작품이다.

일곱 개의 고양이 눈 | 최제훈 장편소설

무한대로 뻗어가지만 결코 반복되지 않는, 단 한 편의 완벽한 미스터리를 꿈꾸다! 하나의 코드 혹은 전체의 서사를 엮어 계속해서 생성되고 소멸되는 이야기의 향연. 출구를 찾을 수 없는 미로 같은 이번 작품은 작가의 무한한 상상력의 결정판이다.

라이팅 클럽 | 강영숙 장편소설

글쓰기를 빼놓고는 그 삶을 상상조차 할 수 없는 두 여자, 평생 '작가 지망생'으로 살아온 싱글맘 김 작가와 그녀의 딸 영인. 글쓰기란 삶 전체를 대가로 하는 모험일 수밖에 없다는 것을 온몸으로 증명하는 이 두 여자의 이야기.

오렌지 리퍼블릭 | 노희준 장편소설

1990년대 강남 오렌지들의 이야기! 타자화된 욕망에 의해 움직이던 주인공 '준우'가 하나의 주체로 서게 되기까지의 여정을 그린 아름다운 성장소설. 강남 오렌지들의 유복함 뒤의 상처와 공허, 분노가 작가의 경험을 바탕으로 매우 생생히 그려져 있다.

15번 진짜 안 와 | 박상 장편소설

삶의 갭을 극복하기 위한 박상의 현실 초월 멜로디! 세상의 경계와 한계에 치여 '선을 넘어버릴 테다'라고 선언한 후 런던으로 떠나버린 고남일의 포기할 수 없는 것에 대한, 살아 있는 것에 대한, 끝내 살아남는 것에 대한 이야기.

키위새 날다 | 구경미 장편소설

아내의 죽음을 국제상사 여주인 탓으로 돌리는 아버지. 큰딸 은수와 막내아들 경수는 아버지의 복수극에 반강제로 가담하게 되는데…… 느닷없는 복수극을 통해 슬픔을 극복해 나가는 은수네의 유쾌하면서도 애잔한 이야기가 펼쳐진다.

비즈니스 | 박범신 장편소설

국내 최초 한·중 동시 연재, 동시 출간! 천민자본주의의 비정한 생리에 일상과 내면이 파괴되어가는 사람들의 풍경을 서늘한 만큼 날카로우면서도 가슴 저리게 그려낸 박범신의 새 장편소설.

길 위의 시대 | 장원 장편소설 · 허유영 옮김

한·중 동시 연재, 동시 출간! 국내 최초로 소개되는 중국의 대표 작가, 장원 장편소설. 시의 낭만으로 충만했던 1980년대, 순수를 좇아 중국의 광활한 황토 고원을 유랑하는 젊은이들의 사랑과 열정, 그리고 그 뒤에 찾아오는 상실의 비극을 그린다.

브로콜리 평원의 혈투 | 듀나 소설집

흡입력 있는 소설을 쓰는 작가, 듀나의 새 소설집. 판타스틱하면서도 괴기스럽고, 때로는 당혹스럽기까지 한 거대 우주 프로젝트들, 시공간을 초월한 음모와 비밀들이 거침없이 펼쳐진다.

살인자의 편지 | 유현산 장편소설

제2회 자음과모음 네오픽션상 수상작. 아무런 흔적도 없이 교수형 매듭의 밧줄을 이용해 연쇄살인을 하는 범인, 그를 추적하는 사람들의 이야기가 등장인물의 심리와 내면에 초점을 맞춰 설득력 있고 박진감 넘치게 전개된다.

페이스 쇼퍼 | 정수현 장편소설

튜닝 시대, 성형 왕국인 21세기, 아름다움을 사고파는 성형 이야기! 유지하고 싶은 젊음, 독점하고 싶은 아름다움을 무기로 행복을 사냥하는 사람들, 페이스 쇼퍼를 통해 새로운 시각으로 '성형'을 말한다.

소현 | 김인숙 장편소설

소현세자의 숨 막히는 운명과 대격변의 정점에 놓여 있던 조선의 얼굴을 장대하면서도 섬세하게 그린 소설. 청나라가 명나라와의 전쟁에서 승리를 거두고 중국 대륙을 제패하던 시점, 소현세자가 볼모 생활을 마치고 환국하던 1645년 전후의 이야기를 담고 있다.

4월의 물고기 | 권지예 장편소설

"얼마나 더 사랑할 수 있을까?" 천사와 악마를 동시에 사랑한 한 여자의 애절한 사랑. 선과 악이 얽힌 인간의 양면적 본성을 파헤치며 엉킨 실타래처럼 복잡한 사랑의 내면을 조심스럽게 들춰낸다.

A | 하성란 장편소설

전대미문의 참사 '오대양 사건'을 모티프 삼아, 한 시멘트 공장에서 일어난 의문의 집단 자살을 그렸다. 작가는 소설 속 인물들이, 그리고 소설 밖 우리들이 벼랑 끝에 서 있음을 가감 없이 보여준다.

가와바타 야스나리 상 수상 작품집
| 아오야마 고지 등저 · 양윤옥 옮김

국내 최초로 소개되는 가와바타 야스나리 문학상! 일본 최고의 권위를 자랑하는 이 상은 전년도에 발표된 작품 중에서 가장 완성도 높은 단편에 수여되는 상이다. 일곱 편의 수상작을 엄선해 일본문학의 정수를 보여준다.

쓰리 | 나카무라 후미노리 장편소설 · 양윤옥 옮김

나카무라 후미노리의 새 장편소설. 오에 겐자부로가 직접 뽑은 오에 겐자부로 상 수상작! 절대 악이 짜놓은 거미줄 같은 운명에 빠진 천재 소매치기! 부조리하면서도 관능적이기까지 한 두 인물의 숨 막히는 대결이 펼쳐진다.

그녀의 집은 어디인가

ⓒ 장은진, 2011
초판 1쇄 발행 | 2011년 4월 29일
초판 2쇄 발행 | 2011년 6월 13일

지은이 | 장은진
펴낸이 | 강병철
주   간 | 정은영
책임편집 | 장지희
편   집 | 이수경, 임선영
디자인 | 송민재
제   작 | 장성준, 김우진
영   업 | 조광진, 안재임, 강승덕
마케팅 | 원종필, 정지운, 박제연
웹홍보 | 한설희, 전소연, 이혜미, 김성아

펴낸곳 | 자음과모음
출판등록 | 2001년 5월 8일 제20-222호
주   소 | 121-753 서울시 마포구 동교동 165-1 미래프라자빌딩 7층
전   화 | 편집부 02) 324-2347, 총무부 02) 325-6047
팩   스 | 편집부 02) 324-2348, 총무부 02) 2648-1311
E-mail | neofiction@jamobook.com
홈페이지 | www.jamo21.net

ISBN 978-89-5707-559-3 (03810)